I0694244

MAGGIE SHAYNE

Profecía en el Crepúsculo

Editado por Harlequin Ibérica.
Una división de HarperCollins Ibérica, S.A.
Núñez de Balboa, 56
28001 Madrid

© 2011 Margaret Benson. Todos los derechos reservados.
PROFECÍA EN EL CREPÚSCULO, N° 9

Título original: Twilight Prophecy
Publicada originalmente por Mira Books, Ontario, Canadá

I.S.B.N.: 978-84-9010-910-6

Maggie Shayne posee una mente muy creativa, que se desborda cuando escribe romance paranormal, el género al que pertenece *Profecía en el crepúsculo*.

Se trata de una historia trepidante y llena de acción, que discurre de una manera vertiginosa por los inesperados giros que da la trama y el cambio continuo de escenarios.

Las referencias históricas que aparecen en la novela nos dan una nueva versión de los mitos y leyendas que han aparecido en la Literatura a lo largo de los siglos.

Pero si la historia es increíble, lo son aún más los personajes: una brillante y solitaria arqueóloga, dos gemelos mitad humanos, mitad vampiros, agentes secretos del gobierno, antiguos reyes sumerios, sacerdotisas egipcias y una muchedumbre de mortales enloquecidos que quiere acabar con los vampiros.

En medio de este apocalipsis, nuestros protagonistas viven un amor mágico que se enfrentará a la traición y a la muerte.

Por todo lo dicho hasta ahora, no queremos dejar pasar la oportunidad de recomendar a nuestros lectores *Profecía en el crepúsculo*.

Feliz lectura

Los editores

Capítulo 1

James vestía de blanco. Bata blanca, pantalones blancos, zapatillas blancas. A veces rompía la pauta con alguna camisa de colores, pero para aquellas visitas se vestía generalmente de blanco. Un color que le encajaba perfectamente.

Eso era importante para él: encajar en algo. Porque en lo más profundo de su ser sabía que no encajaba en ninguna parte. Entre los de su clase, era único. Bueno, el único de un par... porque incluso su hermana gemela tenía un carácter completamente opuesto al suyo.

Pero encajar allí, sin embargo... o al menos proyectar la apariencia de que así era, le resultaba necesario. Una cuestión de vida o muerte, y quizá parte de aquella cosa tan escurridiza que se había pasado toda la vida buscando: la razón de su propia existencia.

Saludaba con una confiada y cortés inclinación de cabeza a la gente con la que se cruzaba en los atiborrados y antisépticos pasillo del hospital infantil de Nueva York. Era un lugar bullicioso, incluso pasadas las horas de visita. Tan pronto como tuvo oportunidad, se metió en una de las habitaciones de pacientes... y se detuvo en seco.

Allí, dormida en una cama, yacía una niña pequeña con un gorro tejido que servía para ocultar que había perdido el pelo. Tampoco tenía cejas, aunque eso era más difícil de esconder, pese a la penumbra que reinaba en la habitación. Estaba como envuelta en un olor dulzón y empalagoso: el del cáncer. Y mientras que la mayoría de los seres humanos eran incapaces de detectarlo, él sí que podía. Al fin y al cabo no era del todo humano, por mucho que detestara admitirlo. Sangre de vampiros corría por sus venas, lo cual agudizaba sus sentidos mucho más de lo que era normal entre los humanos. Era por eso por lo que podía oler el cáncer, mezclado con los densos olores de los antibióticos y del mejunje de yodo que tintaba su piel alrededor de cada punto de sutura. Los bracitos de la pequeña parecían que hubieran servido de acericos. Apenas eran las nueve de la noche pero ya estaba dormida, exhausto su cuerpecillo y agotada su alma. Se llamaba Melinda, tenía diez años y era una enferma terminal.

Sin despegar los ojos de la niña que dormía, se acercó a la cama. Moviéndose sigilosamente, extendió sus manos abiertas y las colocó delicadamente sobre el centro de su pecho, con las palmas hacia abajo, tocándose los pulgares. Cerró luego los ojos y abrió su corazón.

–¿Doctor? –inquirió una mujer.

James abrió los ojos, pero no retiró las manos. No había advertido la presencia de la mujer sentada al pie de la cama. Ni siquiera se había cuidado de comprobar que la habitación estuviera vacía. Aquella pequeña había constituido su única preocupación. Entrar y salir subrepticiamente de las habitaciones del hospital por las noches era algo que había hecho tantas veces que, al final, se había confiado. Había estado tan concentrado en su trabajo...

–¿Qué está haciendo? –le preguntó la mujer.

James sonrió y se encontró con su mirada, procurando disimular el sobrenatural brillo de sus ojos.

–Simplemente tomarle el pulso.

La mujer, la madre de la pequeña a juzgar por su parecido físico, enarcó las cejas. Podía distinguirla claramente, pese a la oscuridad de la habitación.

–¿No es para eso el estetoscopio?

–¿Le importaría dejarme terminar? –esa vez inyectó autoridad a su voz. Era lo que habría hecho un médico de verdad, al fin y al cabo–. Puede usted quedarse, pero necesito silencio.

Frunciendo el ceño, la madre de Melinda se levantó de la silla para observarlo. James seguía con las manos sobre el torso de la pequeña; podía sentir cómo empezaban a calentarse, consciente de que no tardarían en obrar el milagro. Necesitaba distraerla.

Asintiendo, aunque obviamente todavía algo recelosa de él, la mujer se apartó para acercarse a la mesilla. Y James dejó que el poder que sentía crecer en su interior continuara reverberando por su cuerpo, transmitiéndose a la niña a través de sus manos. Un tenue resplandor dorado emanó de sus palmas durante un buen rato, pero no por ello se detuvo: ni siquiera cuando supo que la madre se dispuso a volverse hacia él. Por la manera que había tenido de contener la respiración, estaba seguro de que lo había visto.

El poder debía fluir durante todo el tiempo que fuera necesario. A veces tardaba un segundo, otras un minuto. No se podía prever: solamente se sabía al final, una vez acabado.

–¿Qué es eso? –preguntó la mujer–. ¿Qué diablos está haciendo?

–Shhh –susurró él–. Sólo un momento, por favor.

–Al diablo un momento... ¿Quién es usted? ¿Por qué no lo he visto antes? ¿Cómo se llama?

El resplandor crecía en intensidad.

–Dios mío, ¿qué es eso? –de repente la mujer se plantó en dos zancadas en la puerta y la abrió–. ¡Socorro! Que alguien me ayude, hay un desconocido aquí y es un...

James se quedó sin palabras, envuelto en el suave rumor que empezó a resonar en su cabeza. Era una vibración, un tono armónico que hacía que su cuerpo entero vibrara como una caja de resonancia, algo como si... bueno, no podía describirlo. Nunca había sido capaz de hacerlo. Pero imaginaba que debía de ser algo así como si el alma de uno abandonara su cuerpo al morir para fundirse con el universo. Era perfección y maravilla, éxtasis y felicidad.

El resplandor se apagó. Las manos se le enfriaron. Una enfermera acudió corriendo y las luces de la habitación se encendieron de golpe, cegadoras. Cuando levantó la cabeza y volvió por fin a la realidad, fue consciente de que varias personas lo miraban desde el umbral, paralizadas.

Pero su principal preocupación era la niña. Tenía los ojos abiertos y lo estaba mirando fijamente: lo sabía. Él sabía que ella lo sabía. El diálogo entre ellos era tan real como silencioso, sobrecargado de sentido. La pequeña tal vez no fuera capaz de describirlo, de explicarlo o incluso de entenderlo, pero en lo más profundo de su ser *sabía* lo que acababa de suceder entre ellos. James le sonrió cariñoso y asintió con la cabeza en un gesto de afirmación; primero vio alivio, y luego gozo en sus ojos.

Ella le devolvió la sonrisa, pero de repente alguien lo estaba agarrando y retorciéndole los brazos detrás de la espalda para inmovilizarlo, mientras otro le arrancaba la placa con su nombre de la bata, diciendo:

–¡Llamad a la policía!

–La policía ya está aquí –dijo una voz familiar, más que bienvenida–. Llevaba un buen rato rondando por las instalaciones –explicó la uniformada «agente»–. Alguien dio el aviso –lo agarró de un brazo–. Vamos, amiguito. Tú y yo vamos a tener una pequeña conversación en privado…

–Quiero saber qué significa todo esto –exigió la madre.

–¿Le importaría enseñarme su placa? –pidió una de las enfermeras al mismo tiempo, dirigiéndose a su captora.

–Claro, claro –repuso Brigit con un tono de impaciencia–. ¿Pero qué tal si saco antes a este tipo de la habitación de la pobre niña? Necesitaré interrogarles a ustedes tan pronto como lo haya encerrado en el coche patrulla. No se muevan de aquí.

Se colocó detrás de James mientras hablaba, y este sintió el frío metal en las muñecas, y luego el revelador chasquido de las esposas: evidentemente estaba haciendo bien su papel. Agarrándolo de un codo, lo sacó de la habitación de Melinda. En cuanto la puerta se hubo cerrado a su espalda, se oyó la dulce voz de la niña:

–No pasa nada, mamá. Creo que es un ángel. No es de esos hombres malos que secuestran a los niños. Es de esos hombres buenos que hacen que te sientas mucho mejor.

James sonrió al escuchar aquellas palabras. Sí. Aquel había sido su propósito. Era lo único que podía proporcionarle algún placer en aquella solitaria, aislada vida que llevaba: utilizar su don para salvar a los inocentes.

Su captora lo empujó dentro del ascensor y bajaron en silencio. Su «ricitos de oro» llevaba la melena recogida detrás de la cabeza, en un estilo severo, y sus ojos azul claro, de profundas ojeras, evitaban los suyos. Cuando se abrieron las puertas del ascensor, lo escoltó sin mayores ceremonias hasta el coche que estaba esperando: un Thunderbird azul celeste.

Abrió la puerta y le hizo entrar. Ella rodeó el morro, se sentó al volante y encendió el motor. A continuación se sacó una llave de un bolsillo.

–Vuélvete hacia la puerta –ordenó.

James se volvió hacia la ventanilla, presentándole las manos esposadas. Ella insertó la llave, la giró y las esposas se abrieron. Pero en el instante en que juntaba las manos, James vio que una de las enfermeras de la habitación de Melinda salía del hospital para dirigirse hacia ellos con el ceño fruncido.

–Vienen –musitó.

Segundos después, la enfermera había rodeado el coche y estaba golpeando la ventanilla de Brigit.

Brigit la bajó justo cuando la enfermera estaba gritando:

–¡Lo sabía! ¡Tú no eres una poli, eres una...!

Brigit lanzó de pronto un rugido como el de una pantera a punto de atacar. No era un sonido humano: hasta a James le provocó escalofríos. Sabía que había enseñado sus colmillos, y probablemente también el fulgor de sus ojos.

La enfermera retrocedió tan rápido que fue a dar con su trasero en el suelo. De inmediato, Brigit pisó el acelerador y su T-Bird salió disparado, con un chirrido de neumáticos.

—Eso no hacía ninguna falta.

Lo miró, con los colmillos todavía visibles y los ojos encendidos.

—¿Quién lo dice?

—Lo digo yo. ¿Y te importaría esconder esas malditas cosas?

Brigit se encogió de hombros, pero se relajó lo suficiente para volver a retraer sus aguzados colmillos. Sus ojos recuperaron su habitual color azul cielo.

—¿Vas a dejar por fin de refunfuñar? Preferiría escuchar un: «hola, hermanita, gracias por haberme salvado el pellejo. ¿Qué tal te encuentras?».

James suspiró, sacudiendo la cabeza.

—Me alegro de volver a verte, hermanita. ¿Qué tal estás?

—Bien, por el momento. ¿Y tú?

—Bien.

—Típico. Los monosílabos siempre han sido tu fuerte. Y veo que aún sigues ideando maneras de practicar tu don. ¿Has decidido erradicar la muerte del mundo, o sólo para aquellos que estimas que son demasiado jóvenes para morir?

—No necesitaba tu ayuda y lo sabes —bajó la cabeza—. Hago esta clase de cosas todo el tiempo.

—Ya lo sé. Al contrario que tú, hermano mayor, yo ya tengo bastantes preocupaciones con conservar el pellejo.

James cerró los ojos.

—Preferiría verte más a menudo si dejaras de soltarme ese sermón a la menor oportunidad.

–¿Qué sermón? ¿El de que abandonaste a tu propia familia? ¿O el de que volviste la espalda a quien eres realmente, J.W.?

–Me llamo James.

–Te llamas J.W. Siempre te has llamado J.W. y siempre serás J.W.

–Ni abandoné a mi familia ni di la espalda a quien soy.

–¿Ah, no? ¿Cuándo fue la última vez que enseñaste tus colmillos, J.W.? ¿La última vez que probaste sangre humana?

¿La última vez...? Fue cuando su hermana gemela y él no eran todavía más que unos adolescentes, y su «tía» Rhiannon insistió en que la bebieran. De un vaso, que no de un caliente cuello recién abierto, y sin embargo aquello todavía lo repugnaba.

–Te mientes a ti mismo –le dijo Brigit–. Fue delicioso. Te encendió el alma y te dejó anhelando más, lo sabes tan bien como yo.

James se quedó sobresaltado, pero sólo por un instante.

–No estoy acostumbrado a estar cerca de alguien que puede leerme el pensamiento.

–Ya, bueno. La culpa no es mía.

–Mira, lo admito: la sangre resultó... apetecible. Eso fue lo que me repugnó. Yo no quiero ser... así. No es que me esté negando a mí mismo: yo escojo quien quiero ser, incluso mientras intento descubrir por qué estoy aquí, por qué me ha sido dado ese poder –alzó las manos y se las quedó mirando como si fueran un enigma, algo que había hecho muchas veces a lo largo de su vida–. El poder sobre la vida y sobre la muerte.

–Tú siempre has estado seguro de que existe una razón –repuso ella.

–*Sé* que existe, Brigit.

–Bueno –asintió con la cabeza–, detesto reconocerlo, hermanito, pero estás en lo cierto. Existe una razón. Y yo he descubierto recientemente cuál es.

James se quedó mirando a su hermana gemela, aquel ser tan diferente a él en tantos aspectos. Y, sin embargo, sólo existían dos como ellos: eran únicos. Al principio pensó que estaba bromeando, porque siempre se estaba burlando de su búsqueda de alguna explicación, de su sed de conocimiento, de su innato sentido de la bondad y la moralidad. Pero esa vez, Brigit no se rio; ni siquiera sonrió. Su expresión era absolutamente seria.

–¿Me estás diciendo que sabes por qué nacimos?

–Sí. Y no fue para recorrer la costa resucitando estrellas de mar para devolverlas al agua como solías hacer cuando éramos críos, o para curar a niñas pequeñas enfermas de cáncer –le lanzó una rápida mirada–. Porque era eso lo que estabas haciendo hace un rato, ¿verdad? Curarla.

James se sintió enternecido. Su sonrisa fue genuina:

–Sí. Se pondrá bien.

Los labios de Brigit también esbozaron una sonrisa antes de que pudiera retomar su característica expresión severa. Era una *dura*. O al menos le gustaba que la gente pensara que lo era. Llevaban toda la vida jugando sus respectivos papeles, y a menudo James se preguntaba por qué su hermana había aceptado el suyo con tanta facilidad como él.

Porque el de James era fácil: el hermano bueno. El sanador. El chico de oro.

El de ella, en cambio, era más difícil de asumir. La gemela mala. La destructora, por así decir. Y, sin embargo, Brigit jamás se había quejado de aquella etiqueta: más bien había vivido conforme a sus exigencias.

–¿Y bien? –preguntó él al fin–. ¿Vas a contármelo o no?

–Creo que tendré que enseñártelo –señaló una revista enrollada que estaba encajada en el sujetavasos del salpicadero.

James suspiró, a punto de ponerse a discutir, pero cuando se cruzaron sus miradas, encontró la mente de su hermana igualmente abierta. Nada oculto, ninguna barrera, lo cual era ciertamente un detalle muy extraño en ella. Entrecerró los ojos y en su ser percibió solamente sinceridad. Cero pretensiones, cero motivos ocultos.

–El fin del mundo está llegando, hermanito, y nosotros somos los únicos que podemos evitarlo. Para eso nacimos: para salvar a toda nuestra raza. Lee el artículo mientras conduzco. La página está señalada. Sólo espero que no sea ya demasiado tarde.

–¿Demasiado tarde?

–Creo que empezará esta misma noche –le dijo ella.

James sacudió la cabeza, todavía sin comprender.

–¿*Qué* es lo que crees que empezará esta noche?

Brigit se humedeció los labios teñidos de rojo y volvió a suspirar.

–El Armagedón. Al menos para los de nuestra raza, y quizá también para la de ellos.

–Una cuarta parte de nuestro ser es humana, Brigit. Su raza también es la nuestra.

–Al diablo con su raza –relampaguearon sus ojos–. En cualquier caso, este podría ser el fin de todos. A no ser que nosotros hagamos algo al respecto –miró su reloj–. Durante los próximos cuarenta y cinco minutos, para ser exactos.

–¿Y dónde exactamente va a estallar el Armagedón dentro de cuarenta y cinco minutos?

–En Manhattan –respondió ella–. En una grabación del show de Will Waters –volvió a mirarlo y lo sorprendió contemplándola como si estuviera hablando alguna lengua extraña–. ¿Quieres leer de una vez ese maldito artículo? Y abróchate el cinturón de seguridad. Nos vamos a mover un poco.

Frunciendo el ceño, se abrochó el cinturón y abrió el ejemplar de la revista *JANES* por la página marcada. El artículo hablaba de una tablilla sumeria recién traducida por una tal profesora Lucy Lanfair. De repente se quedó fascinado con la diminuta foto de retrato de la profesora, casi incapaz de apartar los ojos de ella para leer el texto. Era como si aquellos ojos castaños hubieran saltado de la página para asomarse directamente a su alma.

Brigit hundió el pie en el acelerador, y el potente motor del vehículo rugió como un vampiro con ganas de alimentarse.

Capítulo 2

Lester Folsom había dejado de disfrutar de la vida: una vida que ya estaba más que dispuesto a abandonar. Lo que no quería, sin embargo, era llevarse sus secretos a la tumba. Aquellos secretos valían dinero. Una fortuna. Y, diablos, él se había jugado tantas veces la vida por ellos que, en su opinión, se había ganado el derecho a proclamarlos y recoger los beneficios... antes de despedirse del mundo.

Por esa razón había pasado aquel último año haciendo exactamente eso mismo.

Estaba viejo y cansado; tenía muchos dolores. Un decaimiento que había comenzado de golpe: nada que ver con el gradual declive físico tan esperable en las personas de su edad. No, eso no iba con él. Si una semana se sentía normal, a la siguiente le dolía el simple gesto de levantar los brazos. Tenía la sensación de que las articulaciones de los hombros habían perdido lubrificación, de lo duras y tensas que las tenía. Algo similar sentía en las rodillas y en las muñecas, o en los tobillos. Había empezado a suceder más o menos por la misma época en que su vista se había ido al garete. A partir de entonces, todo había ido cuesta abajo. Había perdido pelo, y el poco que le quedaba se había vuelto blanco. Su espalda se había ido encorvando progresivamente; su piel se había tornado gris, como de papel.

El principio de su final había comenzado, por lo que

podía colegir, quince años atrás, inmediatamente después de que se hubiera jubilado de su trabajo en el gobierno. Tenía una buena pensión. Pero no tan buena como el anticipo que la editorial River House le había dado por su revelador libro. Aquel dinero le había permitido pasar el último año en una isla privada del Caribe, descansando y escribiendo. Reviviéndolo todo, y sí, despertándose de cuando en cuando por las noches con escalofríos. Pero no habían sido más que falsas alarmas.

Dejarían de serlo, sin embargo, a partir de esa misma noche. Si sus antiguos jefes no acababan con él, lo harían los sujetos a cuyo descubrimiento había dedicado su vida. Fuera como fuese, ya era historia. Lo tenía aceptado.

Había pasado aquel último año al sol tropical. Las playas de arena y el mar cálido hacían mucho más soportables las bifocales y la artritis. Y ahora el año tocaba a su fin. Dentro de un mes su libro inundaría las librerías: sería todo un éxito. Imaginaba que, al poco tiempo, él estaría muerto. Pero estaba preparado. Todos sus asuntos estaban en orden.

—Cinco minutos, señor Folsom —dijo una voz femenina.

Alzó la mirada a la regidora pelirroja que había asomado la cabeza por la puerta de la sala de espera, contigua a los estudios.

—Muy bien —replicó.

La puerta se abrió un poco más, lo suficiente para permitir la entrada de otra mujer.

—Usted saldrá justo después del señor Folsom —le explicó la pelirroja.

—Gracias, Kelly.

Kelly: ese era el nombre de la joven pelirroja. Debería haberlo recordado de cuando se presentó a sí misma, hacía unos veinte minutos. Pero supuestamente ya no importaba. De algún modo, ya estaba muerto.

La recién llegada tenía aspecto de introvertida intelectual. Lo saludó con la cabeza y miró luego a su alrededor, tal y como había hecho él unos minutos atrás, reparando en la mesa servida con café, té, leche y azúcar, y su espartano surtido de frutas y pasteles. Había un monitor de televisión montado en una esquina, sintonizado con el show en el que ambos iban a participar, pero él había bajado el volumen, aburrido por las palabras del presentador.

La mujer terminó de examinar la habitación y se volvió de nuevo hacia él, para bajar los ojos en cuanto sus miradas se encontraron. Unos ojos bonitos, castaños y soñadores, como los de una cierva, pero escondidos detrás de unas gafas de concha.

–Bueno –dijo él para romper el hielo–, parece que Kelly no es muy amiga de las presentaciones, así que tendremos que hacerlo nosotros por ella. Soy Lester Folsom y he venido a presentar un libro.

La joven le sonrió, sosteniéndole por fin la mirada.

–Profesora Lucy Lanfair –dijo mientras se acercaba para tenderle una mano bonita, de dedos largos.

No era una mano delicada, sino más bien de trabajadora. Eso le gustó. Tenía un cabello color castaño visón que hacía juego con sus ojos, pero que llevaba recogido en un apretado moño en la nuca.

Le estrechó la mano, más aliviado de lo que le habría gustado admitir por la calidez de su contacto.

–Encantado de conocerla.

–Lo mismo digo –retiró la mano y enseguida se limpió la palma en su falda de tweed marrón–. Disculpe que me suden tanto las manos: estoy hecha un manojo de nervios. Es la primera vez que piso un estudio de televisión.

–No tiene motivos para estar nerviosa –le aseguró él–. Es usted bonita y fotogénica, si es que eso puede servirle de consuelo.

–La verdad es que mi aspecto nunca me ha preocupado demasiado, pero se lo agradezco. De verdad que sí.

Una mujer que no se preocupaba de su aspecto. Aquello se presentaba interesante.

–¿De qué ha venido a hablar?

La joven se sentó en una silla colocada en la esquina opuesta de la habitación, y desenrolló la revista que aferraba más que portaba en la mano.

–Una nueva y sorprendente traducción de una tablilla de arcilla de entre unos cuatro y cinco mil años de antigüedad.

Enarcó las cejas, cautivada ya plenamente su atención.

–¿Sumeria?

–¡Sí! –pareció sorprendida–. ¿Cómo lo ha sabido?

–No son muchas las culturas que poseían un lenguaje escrito por aquellos tiempos. ¿Puedo? –señaló la revista, y ella se la tendió. La cubierta del *Journal of Ancient Near Eastern Studies, JANES* en acrónimos, presentaba la clásica imagen de un zigurat, sobre la que se leía el siguiente titular: *Nueva traducción sugiere otra profecía apocalíptica.* La miró–. ¿Es su artículo? –al ver que asentía, comentó–: Sale usted en portada. Impresionante.

–Sí: portada de una revista universitaria con unos tres mil suscriptores. Y, sin embargo, es bonito sentirse reconocida. Aunque la verdad es que podría prescindir del sensacionalismo. Lo que predice la profecía es absurdo.

–Oh, no esté usted tan segura –desvió la mirada hacia el libro del que nunca se separaba–. Y debería alegrarse del tratamiento sensacionalista. Piense que, sin él, puede que no hubiera conseguido eco alguno.

–Supongo que tiene razón.

–¿Entonces es usted traductora? –le preguntó mientras hojeaba las páginas de la revista en busca de su artículo.

–Y arqueóloga, y profesora en la universidad de Binghamton –explicó ella con tono modesto.

No se había jactado: simplemente había declarado los datos simples y escuetos, pensó él. Era una monada. Un poquito más flaca de lo que le habría gustado, aunque las mujeres de su generación eran de otra estética, más curvilíneas. Iba bastante bien vestida, probablemente para que la tomaran más en serio en su trabajo. Falda tubo, sencilla blusa blanca debajo de un suéter de botones color crema.

–Y ahora escritora de éxito –añadió.

–Es una exigencia de mi especialidad: «publica o mue-re» es algo más que una manera de hablar.

O, en su propio caso, «publica *y* muere», pensó él. Encontró el artículo y, sin tiempo para leerlo todo, pasó a la traducción. Ya con las primeras líneas quedó fascinado:

Los retoños del Viejo,
todos los niños del Antiguo,
de Utanapishtim,
de golpe, ya no hay más.
A la luz de los ojos, ya no hay más,
es el final, el mismo final.
A no ser que el propio Utanapishtim (fragmento perdido)

–Lo interesante no es tanto lo que se dice... –comentó de pronto la profesora, interrumpiendo su lectura– como que los sumerios nunca fueron famosos por sus profecías. Y sin embargo...

Él alzó una mano para pedirle silencio mientras sus ojos seguían recorriendo los renglones.

Cuando la luz se encuentre con la sombra,
cuando la oscuridad esté bien iluminada,
cuando lo oculto sea revelado,
estallará la guerra.
Como un león, que devora.
Como una tigresa, que destruye sin misericordia.

Porque el fin se acerca.
El fin de su especie,
el fin de su raza,
la raza que nació de sus venas.

La puerta se abrió entonces y la pelirroja, Kelly, volvió a asomar la cabeza.

–Ha llegado el momento, señor Folsom.

–¡Un minuto! –exclamó, sobresaltando a ambas mujeres. Tenía que terminar de leer. No podía detenerse allí. Tenía que saberlo.

Sólo el Viejo... (fragmento perdido)
El Superviviente del Diluvio,
el Antiguo,
Utanapishtim
Los Dos deben unirse... (fragmento perdido)
Los Dos que son opuestos
y sin embargo lo mismo.
El uno la luz, el otro la oscuridad.
El uno el destructor,
el otro la salvación

–Los gemelos –susurró–. Es la leyenda de los gemelos opuestos.

–¿Perdón? –inquirió la profesora Lanfair.

–Señor Folsom –lo apremió Kelly–. Tenemos que salir al aire.

Ignorando a las dos mujeres, pasó la página, pero no había más. Alzó la cabeza y fulminó a la profesora con la mirada.

–¿Ya está? ¿Esto es todo?

–Sí, al menos lo que tenemos hasta ahora. Contamos con cientos de fragmentos de tablillas de esa excavación almacenadas. Puede haber otras que correspondan a esa tablilla, pero por el momento...

–¡Señor Folsom! –Kelly no parecía dispuesta a conformarse con una negativa.

Él asintió, cerró la revista y se la devolvió a la intelectual con ojos de cierva.

–No es realmente una profecía apocalíptica, profesora Lanfair. Al menos para la raza humana. Se refiere a *ellos*.

–¿A quiénes?

Suspiró, miró a la pelirroja y se inclinó luego sobre la joven profesora para susurrarle al oído:

—A la raza que nadie cree que exista: la misma que mi libro está a punto de desvelar en el programa de esta noche, a escala nacional —un súbito escalofrío le recorrió la espalda, y se volvió para mirar el monitor del rincón. Cuando la cámara hizo un barrido de la audiencia del estudio, descubrió a un hombre de traje oscuro al fondo, y luego a otro cerca de la salida. Ambos llevaban gafas negras, un extraño detalle dada la penumbra que reinaba en el estudio. Se le secó la garganta.

Pero ya no podía echarse atrás. Tenía que seguir adelante. Volviendo a concentrar su atención en la preciosa profesora que casualmente había tropezado con lo que podría ser la clave de todo, le puso en las manos el ejemplar personal de su libro, el que estaba a punto de presentar.

—Será mejor que guarde bien esto. No deje que nadie se lo quite, no se separe de él. Suceda lo que suceda.

—No sé si...

—Estoy a punto de revelar al mundo que los vampiros existen y que nuestro gobierno lleva en el secreto durante años. El velo de oscuridad, mi querida niña, está a punto de ser rasgado. Y hay gente que no quiere que eso suceda. Pero la prueba... —golpeó la cubierta del libro con el dedo índice— está aquí —por fin se levantó, señalando con la cabeza el monitor de televisión—: Suba el volumen y preste atención. De alguna manera, esto también la incumbe a usted —y abandonó la sala, dejando que la puerta batiente se cerrara a su espalda.

Acompañó a la joven e impaciente regidora, a la que sólo faltó correr de pasillo en pasillo. Le costó seguirle el paso, y estaba literalmente sin aliento para cuando ella empujó una doble puerta y se hizo a un lado.

—No se apresure a atravesar el escenario —le dijo en un susurro—. Salude a la audiencia. Y tenga cuidado con los cables del suelo.

Will Waters, veterano con veinticinco años de experiencia en informativos, actual presentador del magacín de noticias más visto de todo el país, se levantó para presentarlo.

–Por favor, demos la bienvenida a Lester Folsom.

Esforzándose por recuperar el resuello, Les alzó la barbilla y empezó a andar. El acelerado latido de su corazón apenas resultaba audible a sus propios oídos debido al entusiasmo con que el público obedeció la orden de «aplauso», exhibida en un cartel luminoso. Lamentó haberse perdido la presentación que Will Waters había hecho del tema, aunque se la imaginaba. El verdadero contenido del libro aún no había sido revelado a nadie, a excepción de la casa editorial. Sólo algunas informaciones contadas habían sido filtradas a la prensa, como por ejemplo que había trabajado en una agencia de alto secreto de la CIA durante más de veinte años, conocida como la División de Investigaciones Paranormales, DPI. Y que su libro desvelaría la existencia de seres que hasta el momento habían vivido únicamente en el reino de la ciencia ficción. De ese tipo de cosas se hablaría esa misma noche. Eso si aquellos tipos de negro que había visto entre el público se lo permitían. Tendría que abordar directamente el tema con Will Waters. No había tiempo para rodeos ni preámbulos.

Evitó un par de gruesos cables que cruzaban el suelo y continuó dirigiéndose hacia el presentador. Will Waters le tendía ya la mano.

Fue sólo cuando se desplomaba que su cerebro registró los sonidos: ¡*pop!*, ¡*pop!*, ¡*pop!* No era golpes de martillo, sino disparos, balas. No se había esperado algo así. Y fue vagamente consciente de que el famoso veterano de los informativos yacía en el suelo a su lado, convulsionándose mientras se desangraba. «Daño colateral»: así solían llamarlo los tipos del traje negro.

Conforme la luz de aquel mundo empezaba a apagarse y comenzaba a distinguir la de otro en un lejano horizonte, Lester pensó que se habían dado más prisa de lo que había imaginado.

Él había hecho lo correcto, sin embargo. Y a pesar de aquel chapucero esfuerzo por silenciarlo, no podrían ya mantener el secreto por más tiempo. Había abierto la caja de Pandora, para luego hacer un poco elegante, pero oportuno mutis, antes de que el caos y la devastación de lo que había provocado estallaran por fin. Por lo que se desprendía de la profecía de la flacucha profesora, no iba a ser nada agradable. Esperaba que ella pudiera sobrevivir, ahora que era la única que poseía la prueba.

La luz del lejano horizonte fue creciendo en intensidad. En aquel momento podía distinguirla con claridad incluso sin gafas. Hasta que por fin los hombros dejaron de dolerle.

Solo cuando el viejo loco hubo abandonado la sala de espera, se permitió Lucy esbozar la divertida sonrisa que había estado reprimiendo con gran esfuerzo. Incluso rio un poco, para llevarse enseguida la mano a la boca en caso de que él pudiera estar escuchando al otro lado de la puerta. Eso habría sido cruel. Pero... *¿vampiros?* Lester Folsom padecía evidentemente algún mal de disociación con la realidad.

«Pobre Kelly», pensó. El viejo se lo había hecho pasar ciertamente mal. Lucy tomó nota mental de tratar mucho mejor a la joven regidora para cuando le llegara el turno de salir a escena.

Suspirando, bajó la mirada al libro que el viejo había puesto en sus manos. *La verdad.* Título poco imaginativo, pero notable en su simplicidad. Entre sus páginas asomaba un cordoncito, terminado en una diminuta figurilla de jade: Guan Yin, la diosa china de la misericordia y la compasión. Era un colgante. Un objeto precioso, y extraño también para que un hombre lo usara como punto de lectura.

Se preguntó si el señor Folsom sería un consumado budista o si le gustaría simplemente el arte del Lejano Oriente. Retiró el colgante del libro y se lo puso al cuello, metiéndoselo bajo la blusa para acordarse de devolvérselo cuando volvieran a encontrarse. Estaba segura de que volvería a verlo de camino hacia el estudio.

El libro lo guardó en su maletín, más que nada para no dejárselo olvidado, no fuera el viejo a volver a por su abrigo y se ofendiera al verlo allí abandonado. Dejó luego su bolso sobre una silla vacía y se acercó al anticuado monitor de televisión para subir manualmente el volumen, ya que no vio el mando a distancia. Sentía curiosidad por lo que diría el intrépido cazavampiros a la audiencia.

Siempre había tenido mucho respeto por Will Waters; mucho se temía que el veterano periodista iba a quedarse de piedra. Tal y como ella lo veía, solamente había dos maneras de manejar aquella entrevista. O Waters presentaba al viejo como un hombre trastornado y senil, o se decidía a seguir el juego de aquel absurdo sensacionalista de los vampiros con tal de subir la cuota de audiencia. Cualquiera de las dos soluciones supondría vulnerar lo que solía entenderse por integridad periodística. Esperaba que estuviera equivocada.

Lucy se sentó a esperar a que terminara la pausa publicitaria. Le había alegrado mucho que la invitaran a aparecer en un magacín de noticias tan prestigioso, pero no porque tuviera algún deseo de disfrutar de su minuto de gloria. Dios sabía que prefería la soledad, el anonimato. Su lugar favorito en el mundo, aparte de alguna excavación arqueológica en medio de la nada, era el polvoriento sótano del departamento de arqueología de su universidad. Y ella no pensaba apuntarse al ejército de agoreros del 2012 como año del final del mundo, tal y como la producción del programa parecía esperar que hiciera. No, ella iba a remitirse a los hechos. Aquella traducción significaba una nueva y extraordinaria fuente de información sobre los antiguos sumerios, sobre su modo de vida y su pensamiento. Punto.

El sensacionalismo era algo que no necesitaba para nada. Y no aceptaría la fama y la gloria ni aunque se la regalaran. El reconocimiento a su trabajo era distinto, eso estaría bien, porque podría redundar en buena publicidad y buenos contactos para el departamento, que a su vez se traducirían en más fondos para financiar su trabajo.

Estaba picando de la bandeja de fruta que había sobre la mesa cuando el tema musical del magacín anunció el fin de la pausa publicitaria. Will Waters apareció entonces para presentar a su chiflado invitado.

Lucy alzó la mirada a la pantalla mientras se llevaba una uva a la boca con gesto distraído, viendo como el señor Folsom atravesaba el estudio. Su paso era lento y pesado; caminaba como encorvado. Le llevó su tiempo acercarse a la mesa, hasta que finalmente estiró una mano para estrechar la del presentador.

Fue entonces cuando se escuchó una serie de sonidos que Lucy reconoció demasiado bien. Se quedó paralizada, sin poder dar crédito a lo que estaba viendo en la pantalla: los dos hombres cayendo al suelo, con manchas rojas empapando sus camisas blancas.

El shock hizo presa en ella mientras su cerebro intentaba traducir lo que acababan de ver sus ojos. Las cámaras empezaron a moverse y a oscilar en medio de una cacofonía de gritos y caos de gente corriendo. Algunos parecieron acercarse al estudio, pero la mayor parte salieron huyendo hacia las salidas.

La pantalla cambió bruscamente a un mensaje de disculpa que hablaba de una «dificultad técnica», y Lucy tardó algunos segundos en darse cuenta de que los gritos de pánico que seguía escuchando procedían no del estudio de televisión... sino del corredor del otro lado de la puerta de la habitación donde se encontraba.

Sólo por un instante, volvió a encontrarse de regreso *allí*. Durmiendo en la tienda de sus padres en un yacimiento arqueológico del desierto de Oriente Medio. Se oyeron motores acercándose, y luego una serie de gritos de batalla y disparos en la noche. Sintió las manos de su madre despertándola y escuchó su voz casi ahogada de terror:

–¡Corre, Lucy! ¡Corre hacia las dunas y escóndete allí! ¡Date prisa!

A sus once años, cuando se despertó de golpe y escuchó aquellos tiros y gritos, lo que más la asustó fue el miedo en la voz y en los ojos de su madre. Como si hubiera sabido ya, de alguna forma, lo que estaba a punto de suceder.

–¡No me iré sin vosotros! –Lucy miró a su padre cuando se calaba su viejo y gastado fedora. Nunca lo había visto sin aquel sombrero de fieltro en una excavación. Solía decir que le daba suerte. Pero aquella noche no la tuvo.

Vio también que se sacaba un arma de una caja debajo del catre. ¡Un arma! Lucy jamás había visto un arma de fuego hasta aquel momento. Sus padres eran arqueólogos, profesores de universidad. No portaban armas.

–¡Tienes que irte, Lucy! ¡Vamos! ¡Ahora mismo, antes de que sea demasiado tarde!

–¡Obedece a tu madre! –le ordenó su padre.

Su madre la empujó fuera de la tienda por una salida trasera, mientras hombres ataviados con uniformes militares diversos, todos de faena, bajaban de una media docena de *jeeps* gritando en lenguas extranjeras y disparando sus armas. Los pies de Lucy se hundieron en la arena, entorpeciendo su paso, pero corrió de todas formas.

Oyó gritos y más disparos. Cada disparo de rifle parecía reverberar en su cuerpo mientras se esforzaba por correr por la arena que se hundía más a cada momento, hasta que finalmente logró esconderse detrás de una duna.

Pero peor que el ruido, peor que los gritos y los tiros, fue el silencio que sobrevino después. Los vehículos se alejaron rugiendo. Y luego no hubo nada. Nada. Sólo una niña de once años, tendida en una duna de arena, temblando, demasiado aterrorizada hasta para levantar la cabeza.

Alguien golpeó la puerta de la sala de espera en la que

se encontraba Lucy, interrumpiendo su rememoración. Parpadeando en un esfuerzo por sobreponerse a la parálisis que la invadía, se dio cuenta de que tenía que salir a toda costa de aquel lugar, y cuanto antes. La puerta por la que había entrado no constituía una opción. Era como si hubiera estallado un motín al otro lado. Volviéndose, descubrió la única otra puerta que había en la habitación, señalizada con el letrero *Sólo emergencias*.

Recogió maletín y chaqueta, empujó la puerta de emergencias y atravesó a la carrera una vasta zona con suelo de cemento. Al final pudo distinguir una puerta en lo alto de una rampa, como la de un garaje, abierta de par en par, con las luces de la ciudad brillando al fondo. Corrió hacia allí y, nada más cruzarla, se encontró en lo que parecía un muelle de carga y de descarga de vehículos. Saltó al suelo, a menos de un metro de altura.

Corriendo ya a toda velocidad, continuó por la pista de asfalto que corría entre dos edificios hasta que salió a la acera de una calle. Una vez mezclada entre el gentío, caminó con rapidez lejos de la escena de violencia que acababa de presenciar.

Chillaron las sirenas, anunciando la llegada de la policía. De algún lugar cercano le llegó un grasiento olor a comida basura. Al otro lado de la calle, cuatro hombres descendieron de una furgoneta negra. Llevaban trajes y abrigos largos de color oscuro, y caminaban rápidamente hacia el edificio que ella acababa de abandonar. Uno de ellos miró en su dirección, pero ella rápidamente bajó la mirada al suelo y continuó andando. El viento arrastró un papel entre sus pies, se oyó un chirrido de frenos. No se detuvo.

La culpa la devoraba por dentro. Era una cobarde por huir. Sabía que debería buscar a un agente de policía para contarle lo que había visto y oído.

Pero todo en su ser la incitaba a hacer lo opuesto. Y eso fue lo que hizo. Huir, salvarse a sí misma mientras los demás morían. Era lo que mejor sabía hacer, al fin y al cabo.

Y, sin embargo, esa vez no ocurrió así. A su espalda, oyó una voz masculina:

–Quieta ahí, señora –de alguna manera, supo que se estaban dirigiendo a ella.

Sus pies obedecieron, pese a que su corazón corrió todavía más rápido. El dilema entre luchar o huir se decantaba con todo su peso hacia la última opción. Cada célula de su cuerpo parecía agitarse empujándola a correr, haciendo casi imposible que permaneciera inmóvil.

–¿Es usted la profesora Lanfair? –le preguntó el hombre. Era uno de los sujetos de negro que había visto antes. Podía ver su reflejo deformado en el retrovisor del coche más cercano, un pequeño deportivo en el que le habría encantado poder subir y escapar.

–Me temo que va a tener que acompañarme, señora.

«No lo creo», pronunció Lucy para sus adentros.

Su cerebro discutió esa frase, le ordenó tranquilizarse, respirar profundo y colaborar. Porque aquel tipo tenía que ser alguna autoridad oficial, ¿no?

Pero entonces empezó a acercarse. Sus pasos resonaron en la acera húmeda como los de una pistola de fogueo dando la salida... y ése fue el efecto que ejercieron sobre Lucy.

Salió disparada como un caballo de carreras, pero apenas había dado tres pasos cuando sintió un impacto en el centro de la espalda. La fuerza la proyectó hacia delante, como si hubiera sido atropellada por un camión. Ya había caído al suelo cuando su cerebro registró el disparo.

El dolor llegó por fin, como un hierro al rojo vivo que le hubiera atravesado la espalda para salir por el esternón. Su bolso resbaló por la acera y fue a parar a la calzada, desparramando su contenido en todas direcciones.

«Dios mío, me han disparado. Me han disparado», repetía sin cesar. Allí quedó tendida, boca abajo y absolutamente consternada, sobre el charco caliente y cada vez más extenso de su propia sangre. «¿Lo ves?», le susurró una voz interior. «Te dije que no corrieras».

Capítulo 3

James se quitó la bata blanca en el coche, y estaba lamentando ya no llevar más ropa que aquella cuando su hermana aparcó el Thunderbird en un lugar libre que apareció como que ni a propósito. Sabía sin embargo que lo había hecho deliberadamente: la mente de su hermana era mucho más poderosa que la suya. Él también podía leer el pensamiento e imponer su voluntad a los mortales, pero a su lado no era más que un principiante en ambas habilidades.

Alimentarse de sangre humana les permitía desarrollar los poderes vampíricos con los que habían nacido. O al menos eso le aseguraba ella, ya que él no tenía experiencia suficiente para comprobarlo. Ni la tendría nunca...

–Ya hemos llegado –dijo ella–. Y tarde, justo como temía –volvió a mirar su reloj mientras bajaba del coche y empezaba a caminar a toda prisa por las bulliciosas aceras de Manhattan. Había un gran cartel luminoso sobre la entrada del Estudio Tres, pero Brigit se movía demasiado rápido para que James pudiera detenerse siquiera a leerlo, si no quería perderla de vista.

Llegó a la puerta, donde un hombre vestido de oscuro le dijo:

–Lo siento, señora, pero ahora mismo estamos grabando. Tendrá que esperar a que se produzca una pausa para entrar. ¿Puedo ver sus entradas?

Brigit esbozó la más dulce de sus sonrisas y clavó en él sus ojos azul hielo. Al principio el hombre reaccionó como lo habría hecho cualquier otro, con un abierto interés sexual, pero enseguida aquello se convirtió en otra cosa. Sus ojos empezaron a vidriarse. La sonrisa murió en sus labios, y su rostro entero se volvió laxo, blando, sin expresión. Abrió la puerta y se hizo a un lado para dejarles pasar.

–Qué amable –comentó ella.

–Ya, claro –James no se molestó en disimular su desaprobación. No estaba bien manipular las mentes de los humanos de aquella manera–. De verdad, hermanita, ¿tanto te habría costado conseguir las malditas entradas?

Entraron en el estudio a oscuras, donde Will Waters había empezado ya su monólogo, el habitual comentario de las noticias de la semana, ante la audiencia compuesta por los invitados al programa. De repente, James sintió un escalofrío. Deteniéndose, agarró el brazo de su hermana.

De pie al fondo, detrás de los bancos de los espectadores, había un hombre ataviado con un largo abrigo negro. En la oscuridad, la vista de James era excelente. Había heredado aquella capacidad, entre otras, del lado vampírico de la familia. Era una de las habilidades de las que no le importaba hacer uso.

De nuevo se preguntó, como tenía por costumbre, si no sería una hipocresía por su parte utilizar determinadas habilidades y rechazar otras. Pero ver en la oscuridad era algo inofensivo, que no hacía daño a nadie. Y resultaba casi tan útil como la capacidad de caminar a la luz del sol sin convertirse en una antorcha viviente, rasgo que había heredado de la rama humana de su familia.

«¿Quién crees que es?», le preguntó su hermana con el pensamiento.

James tuvo que concentrarse para responder. Había pasado mucho tiempo desde la última vez que había ensayado la comunicación mental a ese nivel. Captar pensamientos, sensaciones, vibraciones era una cosa; en cambio la conversación, el lenguaje, era algo mucho más complejo. La recuperó fácilmente, sin embargo. Suponía que debía de ser como aprender a montar en bicicleta: algo que se aprendía para toda la vida.

«No lo sé, pero hay otro a la derecha, y dos más arriba, en la platea, uno a cada lado. Parece gente del gobierno».

«Mmmm. Hombres de negro». Brigit fingió estudiarse las uñas mientras miraba furtivamente en la dirección que él le había señalado. «¿Crees que sabrán de la conexión de la profecía con los inmortales?».

«¿Cómo podría saber alguien eso, excepto nosotros?».

«Mucha gente sabe sobre vampiros, J.W. La D.P.I., el gobierno. Podrían andar detrás de la profesora».

«¿Podrían ser guardaespaldas o algo así, quizás de otra persona? James observó a los hombres, sintiéndose cada vez más alarmado».

«Ni siquiera sé quién más interviene en el programa de esta noche. Oh...».

La comunicación mental de Brigit se interrumpió cuando las palabras de Will Waters sonaron altas y claras:

—A continuación, nuestro invitado sorpresa. Un hombre que trabajó para una supuesta subdivisión de alto secreto de la CIA durante más de veinte años. Acaba de terminar un libro especialmente revelador, en el que afirma demostrar la existencia de cosas que denomina... paranormales. Su libro debía aparecer en las librerías el mes que viene, pero en el último momento nos hemos enterado de que el Departamento de Seguridad Interna ha mandado paralizar la producción. Un portavoz del mismo mantiene que el libro divulga información clasificada que podría poner en riesgo agentes y operaciones secretas. Respecto a las afirmaciones del autor sobre el conocimiento que tiene el gobierno de asuntos sobrenaturales, el portavoz se ríe y asegura que el autor sufre algún tipo de demencia, pero que a pesar de sus delirios se encuentra en posesión de una información sensible que no debe divulgarse. Para responder a todas estas preguntas y hablar del libro que pensaba publicar, está con nosotros el agente retirado de la CIA Lester Folsom.

James y Brigit se miraron asombrados.

–Están hablando de la DPI –musitó Brigit–. Y Folsom... ¿de qué me suena ese nombre?

–¿Tú no sabías nada de esto? –le preguntó él.

–No, y por lo que Waters acaba de decir, parece que nadie tenía ni idea.

Un viejo, supuestamente Lester Folsom, caminaba ya por el estudio, moviéndose con lentitud. Acababa de estirar una mano para estrechar la de su anfitrión cuando de repente empezó el tiroteo. Los impactos de bala sacudieron los cuerpos de los dos hombres mientras saltaba sangre por todas partes.

James vio estupefacto cómo el viejo caía al suelo, y el famoso periodista con él. Alzó instintivamente la mirada a la platea, de donde habían partido los tiros, pero esa vez no vio al hombre de negro. La multitud se había movilizado para correr hacia las salidas.

Se disponía a dirigirse hacia los dos heridos cuando su hermana lo agarró de un hombro.

–Ellos no. *Ella*. Tenemos que localizarla.

–Ella puede esperar –repuso él mientras la gente los empujaba y golpeaba en su apresuramiento por huir–. Se mueren.

–¡Están ya muertos! Y si intentas ayudarlos, esos canallas te matarán a ti con ellos –gritó Brigit para hacerse oír por encima del creciente griterío–. ¿Crees que es casualidad que Folsom y la profesora Lanfair coincidieran en el mismo programa, la misma noche? Los hombres de negro la localizarán antes que nosotros si no nos damos prisa. Vamos, tiene que estar en alguna parte.

–Pero Brigit...

–La necesitamos, J.W. La necesitamos para salvar a nuestra raza, y quizá la suya también, si es que de esta manera lo ves más claro. Vamos.

Salieron por la puerta, encontrando mucho más fácil moverse a favor de la marea aterrada de gente que en contra. Las sirenas ululaban ya cuando salieron a la noche y corrieron por la acera. James buscaba sin cesar a la mujer cuya fotografía aparecía en la revista que le había mostrado su hermana. La traductora. La profesora Lanfair. Pero la multitud se lo estaba poniendo ciertamente difícil, así como la policía, que había empezado a apartar a la gente a un lado al objeto de reunir testigos.

–Es ella, J.W. ¡Acaba de salir corriendo del callejón trasero!

James miró en la dirección que su hermana le señalaba, pero en aquel momento había decenas de individuos aterrados en la acera. Hasta que oyó una voz gritar:

–¡Quieta ahí, señora!

Vio a uno de los hombres de negro apuntar con su arma a la espalda de una mujer delgada, con una falda de tweed. Desde donde estaba sólo podía ver su nuca, pero era ella. Podía sentirlo.

Volviéndose para mirar con los ojos muy abiertos a su hermana, le preguntó:

–¿Por qué no me dijiste que era una de los Elegidos?

–No lo sabía. ¿Qué di...?

Justo en ese momento la profesora echó a correr. James alzó una mano como para detenerla, en una reacción inconsciente. Gritó: «¡no!», pero para entonces ya era demasiado tarde. El hombre de negro disparó su arma, y la bala atravesó el cuerpo de la profesora. James vio, como a cámara lenta, la sangre brotando de la herida como una niebla frente a ella, mientras arqueaba la espalda y caía boca abajo en la acera.

Nada habría podido detenerlo. Se puso en marcha y pasó al lado del asesino para arrodillarse junto a ella. Su cabello castaño había escapado de su apretado moño y brillaba humedecido por la fina lluvia que había empezado a caer. Le dio la vuelta con extremada delicadeza. Su instintiva, genéticamente codificada necesidad de asistir a alguien de su raza lo impulsó a ayudarla. A salvarla.

Era una de los Elegidos. Uno de los escasos mortales que poseían el antigen Belladona y, por tanto, la capacidad de llegar a convertirse en vampiro. Los vampiros se olían y reconocían entre sí, y no podían reprimir el instinto de protegerse mutuamente. Un instinto que *él* también había heredado. En el caso de la profesora, sin embargo, podía sentir algo más.

La había tumbado de espaldas, de manera que la lluvia caía en aquel momento sobre sus mejillas. Vagamente oyó a su hermana intentando detener al hombre de negro. Se estaba esforzando por imponerle mentalmente su voluntad, pero el tipo parecía resistirse, como si conociera alguna técnica. Ello confirmaba su hipótesis de que se trataba de un miembro de la DPI, entrenado como estaba en resistir el control mental de un ser sobrenatural. Afortunadamente se estaba congregando una enorme multitud, de modo que James podía disponer de unos minutos preciosos.

—¡Que no se acerque nadie! —gritó Brigit.

Esa vez su voz no sonó humana; nadie habría podido resistirse al poder que transmitía. Incluso James alzó la mirada hacia ella, para desviarla luego de su feroz expresión a los asombrados rostros que los miraban. Inexplicablemente, se habían detenido en seco y parecían incapaces de aproximarse. Incluido el tipo del gobierno.

—No os acerquéis —seguía diciendo Brigit, con las manos extendidas. Estaba muy tensa. Sus ojos habían empezado a emitir un leve fulgor.

—Tranquila, Brigit —le advirtió él—. No te pases.

—Tú tienes tu don y yo tengo el mío. No te metas, J.W.

James asintió y bajó de nuevo la mirada a la mujer. Tenía las gafas torcidas y los ojos cerrados, con las sombras de sus largas pestañas proyectándose sobre su piel cremosa. Nariz levemente respingona, labios carnosos, pómulos a lo Audrey Hepburn. Su vida se estaba escapando por momentos. James alzó las manos y se miró las palmas, sintiendo cómo empezaban a calentarse. Las volvió luego hacia abajo para apoyarlas sobre la herida de salida de la bala, ignorando la sangre.

La sangre seguía fluyendo y sus manos se volvían cada vez más calientes. Podía sentir en toda su intensidad el extremadamente raro antigen Belladona, que cada vampiro había poseído durante su vida como humano. Podía decirse que era casi de la familia.

La misma familia que él precisamente había rechazado. Y, sin embargo, no podía dejar de ayudar a aquella mujer. No lo habría hecho ni aunque hubiera podido.

Presionó las manos, que ya habían empezado a arderle, entre sus senos. Inmediatamente las palmas comenzaron a emitir aquel familiar resplandor dorado. Cambió de postura para intentar esconder la luz a los espectadores que los rodeaban, mientras rezaba para que su hermana fuera capaz de distraer su atención durante el tiempo suficiente.

James sintió que el pecho de la profesora comenzaba a calentarse, en sintonía con la energía que proyectaban sus palmas. Vio el resplandor de sus manos reflejado en su cuerpo y supo que la cura estaba empezando a hacer efecto. De nuevo sintió aquella sensación, la de su alma escapando de su cuerpo para conectar con algo más, algo más grande, que trascendía con mucho cualquier ser individual. El universo era uno y él estaba formando parte del mismo durante aquellos instantes.

Su mirada se desplazó al rostro de Lucy Lanfair en el preciso momento en que ella abría los ojos. Unos ojos castaños que lo miraron de frente, clavándose en los suyos.

—Te conozco —susurró.

—Tranquila. Estate tranquila.

—Pero yo te conozco. Te conozco.

Bajó luego la vista a sus manos apoyadas sobre su pecho, y vio toda la sangre... que era mucha. Empezó a respi-

rar a bocanadas, jadeando, y James supo que estaba al borde del pánico.

—Oh, Dios mío, oh, Dios mío…

—Tranquila —le dijo—. No es tan malo como parece.

—¿Qué... qué es esa luz? ¿Qué me estás haciendo?

El resplandor se intensificó, como ocurría siempre al final de una curación. Se volvió más brillante y se apagó con
la misma rapidez. Como el destello de una luciérnaga en
una noche de verano.

—¡Déjala en paz, amigo!

Un par de manos lo agarraron de los hombros, levan-
tándolo del suelo y apartándolo de ella. Se había distraído,
por unos pocos segundos, de lo que estaba sucediendo a su
alrededor. Otros individuos de negro habían aparecido: algunos procedentes del estudio, otros de las furgonetas oscuras que en aquel momento se alineaban a lo largo de la
calle. Una ambulancia había aparcado en la acera y los paramédicos entraron en acción en el instante en que James
fue apartado con pocos miramientos.

Se sentía débil. Siempre se sentía débil después de una
curación, y ya iban dos en una sola noche, con poco más
de una hora de diferencia. También estaba desorientado.
De manera ilógica, no quería que nadie se acercara a la
profesora, y empezó a abrirse paso de regreso a ella, pero
su hermana lo agarró de un brazo.

«No hay nada que podamos hacer ahora. Hay demasiados testigos, y no queremos que estos tipos de negro sepan
quiénes somos, J.W. No si son quienes creo que son».

«Pero se la están llevando...».

«La rescataremos. Pero después. Ahora es demasiado
arriesgado».

Mientras desarrollaban aquella conversación mental,
uno de los paramédicos alzó la mirada con expresión
asombrada.

—No tiene una sola marca en la piel. No lo entiendo.
¿De dónde ha salido toda esta sangre?

–Tú métela en la ambulancia –ordenó uno de los hombres de negro antes de volverse para barrer a la multitud con la mirada.

James estaba seguro de que lo estaba buscando a él. El hombre tenía una cicatriz que nacía de su ojo izquierdo para cruzarle una mejilla y morir en el mentón, y unos ojos del color del cemento húmedo.

–¡Usted! –alzó la voz señalando a James, que se hallaba a unos pocos metros de distancia–. ¡Quiero hablar con usted!

Brigit le tiró del brazo.

–Tenemos que irnos. Ahora.

Sabía que su hermana tenía razón. Pero le estaba matando tener que abandonar a Lucy Lanfair. Mientras Brigit tiraba de él hacia el coche, James no podía dejar de mirar hacia atrás, viendo como los enfermeros levantaban la camilla donde yacía la profesora para introducirla en la ambulancia.

Ella, a su vez, le devolvió la mirada. No hacía ningún gesto, no hablaba. Pero, al igual que James, parecía incapaz de apartar los ojos de él.

Hasta que cerraron las puertas de la ambulancia, y Brigit terminó por darle un empujón.

–¡He dicho que espere! –ordenó el hombre de la cicatriz. Se había llevado una mano al interior del abrigo, y James tuvo pocas dudas de que estaba a punto de sacar un arma.

Para entonces ya había conseguido llegar hasta el coche, y subió justo cuando su hermana arrancaba el motor con un rugido. La ventanilla de su lado estaba bajada, y Brigit miraba fijamente al hombre que, tal y como había imaginado James, blandía ya su pistola.

–¡Quietos! No me obliguen a...

Brigit alzó una mano con la palma hacia arriba, el pulgar tocando levemente las puntas de los dedos.

–¡No le mates! –gritó James.

Brigit extendió los dedos de golpe al tiempo que un rayo de luz partía de sus ojos hacia el hombre de negro. Se produjo una explosión que hizo temblar la acera y hasta la calle entera, tan potente que incluso viandantes que pasaban por allí cayeron al suelo. Llovía polvo y escombros mientras la gente corría a protegerse, gritando. Brigit ya había revolucionado el motor y salió disparada con un chirrido de neumáticos, cambiando rápidamente de marchas mientras se alejaba.

James se volvió en su asiento, preguntándose si aquellos escombros que caían sobre la multitud incluirían fragmentos del hombre de la cicatriz. Pero no: más bien parecían pertenecer al quiosco de periódicos que se encontraba al lado.

–No te preocupes –le dijo Brigit–. El quiosquero había abandonado su puesto para mirar a la mujer que fue tiroteada. No ha habido heridos, aunque sigo pensando que dejar vivo a ese canalla de la cicatriz ha sido un error.

–Me recuerdas a Rhiannon y su famosa frase: «tú mátalos a todos, que de lo demás se encargarán los dioses».

–Qué casualidad que la hayas mencionado...

James cerró los ojos.

–Dime que no es allí a donde vamos.

–¿Quién si no sería capaz de explicarnos lo que está sucediendo, J.W.?

–Estoy harto de decírtelo: ahora me llamo James.

–Ya. Tú *sigue* diciéndomelo. Es irritante. Ojalá dejaras de hacerlo.

Tomó una curva tan rápido que James se vio desplazado contra la puerta, y supo que ya no había marcha atrás. Había sido absorbido de nuevo por su antiguo mundo, como siempre había sabido que ocurriría. Su familia no era de las que renunciaban fácilmente.

El paramédico le clavó una aguja en el brazo en el instante en que se cerraron las puertas de la ambulancia, y

Lucy perdió el aliento ante el inesperado pinchazo. Alzando la mirada hacia el joven, le dijo:

–En serio, creo que estoy bien. No hace falta que...

–Relájese, profesora Lanfair. Está usted en buenas manos.

–¿Cómo sabe mi nom...? Oh... –fue como si una enorme ola hubiera barrido su cerebro, estrellándose para volver a retirarse con los últimos restos de su mente racional–. ¿Qué... me ha dado?

–Relájese. Todo irá bien. Usted simplemente relájese.

El joven le sonreía; tenía unos ojos dorados de mirada afable. Pero no eran los ojos penetrantes, de color azul eléctrico, en los que se había perdido apenas unos momentos antes. Y las manos de aquel paramédico, aunque fuertes y suaves, no eran las mismas que había sentido antes sobre su cuerpo. Aquel otro contacto había sido tan poderoso que aún lo sentía en cada célula de su ser. Un contacto que sabía que, de algún modo... la había curado.

Aquel hombre. Aquel rostro. Aquel rostro familiar, hermoso. Algo en lo más profundo de su ser lo había reconocido, pese a que sabía a ciencia cierta que jamás lo había visto.

Quizá, pensó, fuera un ángel.

–Hora de despertarse, profesora. Vamos. Ya ha descansado bastante. Despiértese. Tenemos que hablar.

Lucy abrió los ojos. Pero la habitación blanca basculó lentamente hacia un lado, y luego hacia el otro; ensanchándose por un lateral, estrechándose por otro, para luego girar lentamente sobre sí misma. Había una mujer. De pelo negro con una crencha blanca, canosa. Y también un hombre con una gran cicatriz que le cruzaba la cara: suya debía de ser la voz que había oído.

Eso fue todo lo que vio antes de volver a cerrar los ojos.

—Voy a vomitar.

—No, no vas a vomitar —le aseguró la mujer con tono amable—. ¿Recuerdas quién eres, querida?

—¿Estoy en el hospital? ¿Me he muerto? —se sentía tan desorientada...

—Estás a salvo y te encuentras bien. Pronto volverás a casa.

La mujer tenía una voz profunda, un tanto grave. Una voz a lo Stevie Nicks. A Lucy le gustaba la cantante Stevie Nicks, sobre todo porque su madre la había adorado.

—Y ahora dime cómo te llamas —le pidió Steve Nicks.

Lucy sonrió, evocando los deliciosos recuerdos de su infancia, hasta que de pronto todo se tornó negro y triste.

—Lucy. Papá solía llamarme Lucille. Pero yo lo odiaba. Ahora no me molestaría tanto, sin embargo. Me encantaría que volvieran a llamarme Lucille.

Intentó abrir los ojos de nuevo, pero la habitación seguía dando vueltas a su alrededor. Vio al hombre de la cicatriz acercándose a Stevie... no, no era Stevie. No llevaba encajes ni flecos, ni siquiera un chal. No, llevaba unos pantalones azules de hombre y camisa blanca, un estrecho cinturón y una bata blanca, como la de un médico.

—¿No puedes ir al grano de una vez? —le preguntó el hombre de la cicatriz.

—Si al final consigues lo que necesitas... ¿qué más te da que nos cuente antes la historia de su vida?

—El tiempo es esencial aquí, Lillian. Allí se montó una de mil demonios, por si acaso no te has enterado.

—Quizá entonces tu equipo de contención debería haberse planteado no actuar delante de tanta cámara. Apártate y déjame hacer mi trabajo.

El hombre de la cicatriz refunfuñó algo, pero se apartó de la cama.

Sólo en ese momento se dio cuenta Lucy de que estaba en una cama. Y aquella bata blanca... Sí, aquello debía de ser un hospital.

–Lucy, ¿cuál es tu nombre completo, querida?

Intentó concentrarse, porque por alguna razón temía enfurecer a aquel hombre, que siempre parecía estar ardiendo de impaciencia.

–Lucille Annabelle Lanfair.

–Muy bien. ¿Y qué es lo que haces, Lucy?

–Trabajo en el departamento de estudios del Antiguo Próximo Oriente de la universidad de Binghamton –respondió, preguntándose por qué sentía la lengua tan torpe y arrastraba tanto las eses.

–¿Y en qué consiste ese trabajo?

–Doy clases de cultura y escritura sumerias. Es la escritura más antigua del mundo, ¿sabe usted?

–No, no lo sabía. Es fascinante. ¿Por qué no me hablas de las últimas traducciones que has hecho? ¿Esa que llamó la atención del periodista Will Waters?

Lucy se encogió ante la mención del nombre del presentador del programa de televisión, cerrando con fuerza los ojos, y volvió a escuchar los disparos, a ver el caos, a sentir el horror.

–Está muerto, ¿verdad? Y ese viejo loco, Folsom... ¿él también? Yo lo vi.

–Sí. Sí, los dos están muertos. Algún desquiciado admirador. ¿Llegaste a conocer al señor Folsom?

Manteniendo los ojos cerrados, Lucy respondió:

–Sí, en la sala de espera.

–¿Hablasteis?

Asintió con la cabeza.

–Estaba... un poco loco, creo. Decía que los vampiros existían.

–Eso no es de cuerdos, desde luego... ¿Te contó algo más?

–Dijo que eso me involucraba a mí también. Que mi traducción no se refería a humanos, sino a vampiros, y también... me habló de ellos.

–¿Quiénes?

–De los gemelos, me dijo –sacudió la cabeza–. Unos gemelos opuestos. Estaba chiflado.

–Entiendo. ¿Y te dijo quiénes o qué eran esos gemelos?

–No. Ya tenía que marcharse –Lucy sintió que el corazón se le aceleraba y empezó a respirar con rapidez–. Y luego alguien le disparó... –se le quebró la voz, con un nudo en la garganta. Lágrimas calientes afloraron a sus ojos.

–Tranquila, Lucy. Aquí estás a salvo –le dijo la mujer cuya voz le recordaba tanto a la de Stevie–. Ahora quiero que pienses en lo que sucedió justo después de aquel horrible tiroteo. ¿Qué hiciste?

Pese a mantener los ojos cerrados, las ardientes lágrimas resbalaron bajo sus párpados.

–Corrí.

–¿Y por qué corriste?

–Es lo que hago siempre.

La mujer se quedó callada por un momento.

–¿Cuándo tuviste que correr antes, Lucy?

Pero antes de que pudiera contestar se le adelantó el hombre, con su voz grave y áspera como un papel de lija:

–Cuando era niña. Once años tendría. En una excavación del desierto del norte de Iraq, con sus padres, que eran arqueólogos, gracias a un acuerdo con el gobierno. Los bandidos atacaron el campamento una noche, mataron a todo el mundo y se llevaron todo lo que pudieron. A ella la encontraron escondida detrás de una duna: fue la única superviviente. Está todo en su dossier.

Lucy sintió la mano de la mujer cubriendo la suya.

–Debió de ser una experiencia terrible.

–Fue el peor día de mi vida. Hasta hoy.

–Lo siento mucho, Lucy. Y siento también tener que hacerte revivir todo aquello. Pero ya casi hemos terminado. Ahora quiero que vuelvas a lo que sucedió en el estudio. Estabas en la sala de espera, pero viste el tiroteo. ¿Cómo pudiste verlo, cuando la sala estaba tan lejos del escenario?

–Yo... lo vi en la televisión.

–Entiendo. Así que lo viste en la televisión de la sala de espera y echaste a correr.

–Eso es.

–¿Y luego qué sucedió?

Lucy se preguntó por qué se estaba confesando de aquella manera con esa mujer. Era como si fuera incapaz de evitarlo.

–Al-alguien me dijo que me detuviera. Iba vestido todo de negro, creo. Y llevaba gafas oscuras. Yo me detuve e intenté quedarme quieta, como él me ordenó, pero yo... simplemente no pude hacerlo. Mis piernas se negaron a obedecer. Corrí. Y él... él me disparó. Me disparó.

–Pero ahora estás bien –le dijo la mujer.

–Había tanta sangre... Por todas partes. Y yo me caí en medio de aquella sangre. Me empezó a doler. Y entonces... apareció él.

–¿Quién?

–No lo sé –frunció el ceño, con los ojos aún cerrados, como si quisiera retener aquel recuerdo–. Me tocó, y yo tuve la sensación de que lo conocía. Tenía unos ojos...

–¿Y qué fue lo que te hizo, Lucy?

–Nada. Solamente me tocó.

–¿Cómo? ¿Dónde te tocó?

–En el pecho –alzó una mano para señalarse el esternón, donde estaba segura de haber tenido un agujero de bala. Pero en ese momento solo palpó una tela fina, que no se correspondía con la de su ropa. Aunque se exploró con los dedos, no encontró señal de herida alguna debajo–. Y luego el hombre que me disparó y... otros hombres que iban vestidos igual lo empujaron a un lado y a mí me metieron en una ambulancia. Y ahora estoy aquí.

–¿No sabes cómo se llama?

–No.

–Pero acabas de decir que te pareció que lo conocías.

–Pero no lo conozco. ¿Usted sí?

–No. Yo no.

–Pregúntale por lo que sintió mientras él la estuvo tocando –ladró el hombre de la cicatriz.

No le gustaba su voz, y tampoco le gustó que hablara como si ella no estuviera presente en la habitación. Quería irse a casa. A su acogedora casita, con sus maceteros de caléndulas en las ventanas y su bien cuidado sendero de entrada, flanqueado también de preciosas flores. Su casa era limpia, luminosa, ordenada y, por encima de todo, segura.

Segura. Como el gran arce que había en la casa de su abuelo, cuando solía ir allí de niña a jugar con sus vecinos. El gigantesco árbol siempre era seguro. Y se había convencido a sí misma de que su casa era igual. Vedada a los extraños. Nadie podría hacerle el menor daño allí. Nada de dolor, ni de violencias. Su casa era su refugio.

–Cuando ese desconocido te tocó, ¿qué sentiste? –le preguntó la mujer con voz de Stevie Nicks y pelo de Cruella de Vil... Lillian, según recordó Lucy que se llamaba.

–Estaba aterrada. Acababan de dispararme. O al menos... así lo creí yo. Estaba cubierta de sangre, y me dolía, me dolía mucho. Pero supongo que todo debió de ser una alucinación, o quizá me herí a mí misma cuando me caí.

–¿Qué fue lo que sentiste físicamente... –continuó la mujer– cuando ese desconocido te puso las manos encima?

–Ah, eso. Bueno.... sus manos estaban... calientes. Y luego quemaban. Me pareció que hasta salía una especie de... luz de ellas. Una luz que inundó todo mi cuerpo. Sólo por un segundo, creí estar muriendo... y que él era un ángel.

–Un ángel –repitió el hombre, escupiendo casi las palabras.

–Muy interesante.

Lucy suspiró.

–Quiero irme a casa. Porque estoy bien, ¿verdad? Quiero decir que... al final no me dispararon, ¿no?

–Bueno, desde luego ahora mismo tu cuerpo no presenta ningún agujero de bala –dijo la mujer con tono animado. Se levantó luego y se reunió con el hombre, para comentarle en voz muy baja–: El pentotal está dejando de hacer efecto. ¿Hay algo más que quieras saber, antes de...?

–Pregúntale por su tipo sanguíneo. La analizamos, dio positivo del antigen. Quiero saber si lo sabe.

Lucy se preguntó entonces por qué estarían tan seguros de que ella no podía oírlos. Pero Lillian estaba ya volviendo a su lado: pudo escuchar sus pasos en el suelo de baldosa. Hasta olió el jabón que usaba.

–Lucy, ¿sabes si hay algo... inusual en tu tipo sanguíneo?

–Sí. Es algo muy raro. Sólo muy poca gente lo tiene. Suelo sangrar con facilidad. Y es muy difícil que encuentre donantes: por eso me sacan sangre regularmente, para tener una reserva en caso de emergencias. La tengo en el hospital general de Binghamton... y también algo en el de Lourdes. Esa es otra razón por la que me entró tanto miedo cuando me vi cubierta de tanta sangre... –se interrumpió, abriendo por fin los ojos–. Pero si aquella sangre no era mía... ¿de quién era?

–No lo sabemos. ¿Puedes decirme algo más de tu tipo san...?

–¿Pero cómo es posible que ustedes no lo sepan? Si alguien más fue disparado en plena calle, ¿cómo pueden no...?

–Lucy, quiero que respires profundo y te tranquilices –la mujer le puso una mano sobre la frente con gesto consolador–. Anoche fue mucha la gente que fue tiroteada en aquel estudio. Dentro y fuera. Un verdadero caos. Y yo no estuve presente. Estoy segura de que alguien conoce las respuestas a tus preguntas, pero esa no soy yo.

–Quiero irme a casa –suspiró Lucy. Sentándose en la cama, miró la blanca habitación mientras olas de mareo barrían sucesivamente su cerebro–. ¿Dónde están mis cosas?

–Lucy, volviendo a tu tipo sanguíneo... –dijo Lillian–. ¿Hay algo más que puedas decirme sobre el antigen Belladona?

Lucy parpadeó varias veces mientras se enfrentaba con la mirada de la mujer. Su mente estaba empezando a aclararse.

–¿Cómo sabe que se llama así? Yo no se lo he dicho.

–Queremos saber lo que sabes de ello.

–¿Qué clase de pregunta médica es esa? –Lucy entrecerró los ojos, recelando súbitamente de aquella mujer, a la que había tenido por una médica o una psicóloga–. ¿Quiere saber si soy consciente de que voy a morir joven? Pues lo soy. No hay tratamiento para lo mío: no hay cura. La gente que tiene ese antigen suele morir sobre los treinta años. Yo, hasta el momento, me he sentido bien. Aún no tengo síntomas.

–¿A qué síntomas te refieres?

–Dígamelo usted. Es la doctora, ¿no? –Lucy contempló la cara de la mujer y sólo entonces lo supo, con toda seguridad–. Porque si no lo es, me gustaría saber quién o qué es usted realmente.

–Soy médica. Trabajo para el gobierno –le dijo Lillian–. Ya te hemos hecho bastantes preguntas por hoy. Puedes relajarte. Ahora mismo vuelvo.

–No quiero relajarme –objetó Lucy–. Yo no he hecho nada malo. Les he contado todo lo que sé.

De repente se sentía aterrada. Reflexionó sobre la conveniencia de protestar y exigir un abogado, pero decidió esperar. No le gustaban los conflictos ni los enfrentamientos, aunque lo desconocido le gustaba aún menos. Y no tenía la menor idea de quién era esa gente ni por qué la estaban reteniendo de aquella manera.

Porque cada vez se sentía más y más como si estuviera... *detenida*. Había dado por supuesto que se encontraba en un hospital, pero ya no estaba tan segura.

La mujer atravesó la habitación hacia donde esperaba el

hombre de la cicatriz, cerca de la puerta. Salieron juntos, dejándola sola.

Lucy se levantó entonces y fue hacia la puerta. Y, mientras lo hacía, un escalofrío de miedo le recorrió la espalda... porque de repente adivinó lo que estaba a punto de ocurrir. Con el corazón en la garganta, cerró la mano sobre el picaporte e intentó girarlo. Fue en vano. Estaba encerrada.

Estaba detenida por gente que la había drogado e interrogado. Quizá incluso por los mismos que supuestamente la habían disparado.

En un impulso, se llevó las manos al pecho para levantarse la especie de camisa que llevaba puesta y se miró el cuello. Todavía llevaba el colgante que había encontrado en el libro del viejo loco: la Guan Yin de aspecto dulce y sereno. Pero en su pecho no había señal de herida alguna. Ni la menor marca.

Y, sin embargo, lo recordaba todo tan vívidamente.... Había sentido cómo la bala le atravesaba el torso. Dios mío, ¿cómo era posible que...?

Pero sabía la respuesta a esa pregunta. Había sido aquel hombre. El ángel.

La había curado.

Cerró los ojos y musitó en aquel momento una oración, dirigida a él:

—Si realmente eres mi ángel de la guarda, por favor, vuelve. Sálvame otra vez. Necesito salir de este lugar. Quiero irme a mi casa.

Capítulo 4

–¿Y bien? ¿Dónde está ella? –inquirió Rhiannon.

James ladeó la cabeza mientras contemplaba a la más poderosa vampira que había conocido nunca. Y también la más hermosa. Y la más peligrosa. Rhiannon esperaba bajo una gran araña de cristal en el vestíbulo de la mansión de Long Island que constituía su residencia de verano, o una de ellas. Lucía su atuendo habitual: una túnica larga hasta los pies, con una abertura que le llegaba hasta la cadera y un escote que dejaba ver su ombligo. El satén negro era casi tan brillante como su interminable melena, o como el pelaje de la pantera, su amada mascota, que se frotaba contra sus piernas.

–Yo también me alegro de verte, Rhiannon –repuso–. Ha pasado mucho tiempo desde la última vez –miró al felino–. Hola, Pandora.

Rhiannon siseó desdeñosa: un sonido parecido al de un freno neumático que soltara un chorro de aire sometido a una excesiva presión.

–Te has alejado de nosotros, J.W. Que no nosotros de ti. No esperes una cálida bienvenida ahora que por fin te has dignado honrarnos con tu presencia.

–Rhiannon, él... –empezó Brigit.

–¿Dónde está la profesora? –preguntó de nuevo la vampira, toda arrogante. Esa vez su tono no admitía discusión.

–Se fue –contestó Brigit en voz baja.

–¿Se fue?

–En realidad fue raptada –Brigit bajó la cabeza, que no los ojos. Sostenía tercamente la mirada de Rhiannon y, por un instante, James quedó sorprendido e impresionado por los arrestos que demostraba su hermana. Ciertamente se había convertido en la mujer dura y firme que todo el mundo había esperado que fuera. Pero aunque había sido la favorita de Rhiannon, James nunca había esperado que osaría algún día plantar cara a la más poderosa de todos los vampiros.

Él podía hacerlo; siempre lo había hecho. Pero su caso era diferente, porque nunca le había importado contar o dejar de contar con su aprobación.

–¿Raptada por quién? –inquirió Rhiannon mientras avanzaba un paso. Las dos mujeres quedaron mirándose nariz contra nariz, firmemente plantados sus pies en el suelo de mármol negro con vetas de plata. Pandora se tensó, atentos sus ojillos vivaces al menor movimiento, enroscada la larga cola.

–Por la DPI –contestó Brigit, sin retroceder un solo centímetro–. O eso creemos nosotros. Están pasando cosas muy raras, tía Rhiannon.

–¿Como cuáles?

Acercándose aún más, casi como si fuera a besarla en la boca o a arrancarle la nariz de un mordisco, Brigit le dijo con tono peligrosamente dulce:

–Te lo diré si te apartas lo suficiente para que pueda hablarte.

Rhiannon entrecerró los ojos.

–Estás pisando un terreno peligroso, Brigit.

–¿No es eso lo que tú siempre me enseñaste a hacer?

El ceño de Rhiannon pareció eternizarse. Pandora agachó las orejas y soltó un profundo y ronco gruñido. Finalmente la vampira puso los ojos en blanco y se puso a pasear por la habitación, casi deslizándose pese a los altos tacones de aguja que llevaba.

–Está bien. Habla. Y tómate tu tiempo, si quieres… ¡cualquiera diría que el futuro de nuestra raza no está en juego!

–Tú siempre tan exagerada –masculló Brigit.

Rhiannon se giró en redondo:

–¿Qué has dicho?

Se miraron fijamente durante un buen rato, cada una en un extremo de la habitación. James no pudo evitar tensarse, temeroso de que la gran Rhiannon, antiguamente conocida como Rianikki, la hija del faraón de Egipto que nunca dejaba que nadie olvidara su rango, terminara fulminando a su hermana gemela. Estaba a punto de interponerse entre ellas cuando Rhiannon sonrió. Fue una sonrisa lenta y enigmática, pero sonrisa al fin y al cabo.

–Eres extremadamente afortunada de que te quiera tanto como te quiero, polvorilla.

–Lo sé –repuso Brigit, para enseguida añadir, suavizada ya su expresión–: Venga, sentémonos tranquilamente.

Las dos se dirigieron al sofá más cercano y tomaron asiento. Brigit empezó a relatarle todo lo que había sucedido. Ya más relajado, el gran felino se hizo un ovillo a los pies de su ama y cerró los ojos, soñoliento.

James, por su parte, las ignoró. Había pasado mucho tiempo desde la última vez que había pisado su hogar, y aunque no era aquella la casa de sus padres, allí había pasado buena parte de su infancia. La «tía» Rhiannon había insistido en intervenir en la educación de los gemelos. Y James siempre se había alegrado secretamente de ello, porque aunque él, adorado por todos, no había necesitado de aquel suplemento de atención, su hermana sí que lo había disfrutado.

Al fin y al cabo, para todos los demás, ella era la gemela «mala». Nadie se habría atrevido a formularlo así, desde luego. No en voz alta. Pero Brigit había nacido con el poder de la destrucción, y se había pasado la vida entera teniendo que escuchar de sus padres, y de todas las demás figuras preeminentes de su vida, que su poder era negativo. Que era peligroso y que debía ser controlado, refrenado, sujetado con mano firme. Mientras que él había nacido con el don para curar, admirado y alabado por todo el mundo, escuchando a cada momento lo muy especial que era y las grandes maravillas que terminaría haciendo algún día con su vida.

Nadie se había atrevido nunca a comparar abiertamente a los dos gemelos, distinguiendo al «bueno» de la «mala». Pero la impresión y la influencia que habían recibido de los adultos a lo largo de sus respectivas vidas había dejado una honda huella en ambos. Era algo que corría en lo más profundo de su ser, y que a James le había inoculado un quizá injustificado sentimiento de orgullo que, al final, lo había llevado a apartarse de su gente para intentar encontrar un sentido a su existencia. Mientras que a su hermana le había dejado un sentimiento de inferioridad, de menosprecio por sí misma. O al menos así habría debido suceder, si no hubiera sido por Rhiannon.

Sólo ella había elogiado siempre la capacidad de Brigit como un don especial, algo bueno, respetable, meritorio. Nunca se había cansado de repetirle que no podía haber creación sin destrucción. Que las diosas de la muerte también lo eran de la resurrección y de la vida. De lo muy sagrado y santo que era su poder. Y que el talento de James nada significaba sin el que tenía Brigit para contrarrestarlo.

James nunca se había creído realmente eso. Se había figurado que la tía Rhi sólo había buscado hacer que Brigit se sintiera mejor, valorada. Y la había querido por ella. Nunca le había gustado pensar que su hermana podía llegar a sentirse dolida sólo porque él había nacido con el don de la curación, incluso de la resurrección, mientras que ella sólo contaba con el poder de la destrucción.

—¿La curaste?

Transcurrió un segundo antes de que James se diera cuenta de que la vampira, de dos mil años de edad, se estaba dirigiendo a él.

–Sí. Eso creo.

–¿Eso *crees*?

–No puedo estar seguro. Se la llevaron antes de que yo tuviera oportunidad de...

Rhiannon lo estaba fulminando con la mirada, con los labios convertidos en una fina línea y los brazos cruzados sobre el pecho.

James desvió la mirada, suspirando.

–Sí. La curé.

–¿Estás seguro?

Pensó en lo sucedido, lo revivió todo en su mente, y se quedó impresionado cuando evocó aquellos ojos. Aquellos ojos castaños, de cierva, y el miedo y la confusión que leyó en ellos cuando se lo quedó mirando con tanta fijeza.

«Te conozco», pronunció en silencio.

¿De dónde había surgido aquel pensamiento?

–J.W... –lo urgió Rhiannon.

–Sí –sabía que la luz y el calor que habían emanado de sus manos habían alcanzado su máxima intensidad. De hecho, habían empezado a atenuarse para cuando se vio obligado a apartarse de ella–. Estoy seguro. La profesora estaba bien.

–Tú lo has dicho: *estaba* –intervino Brigit–. No podemos estar seguros de que lo esté mientras esos canallas la tengan secuestrada.

–¿Estás segura de que no se la llevó un equipo normal de paramédicos? –quiso saber Rhiannon.

–Eran los hombres de negro quienes daban las órdenes. Los dos lo vimos –Brigit miró a James, que asintió corroborando sus palabras–. Vamos a tener que planificar y a ejecutar un rescate.

–¿Qué podría querer la DPI de ella? –inquirió James.

Rhiannon se inclinó para acariciar a la pantera.

–Saben lo de la profecía, y eso nos atañe a nosotros. A nuestra raza. A los descendientes de Utanapishtim. La tablilla dice que nuestra raza dejará de existir. Y, creedme, ninguna otra noticia haría más felices a los de la DPI. Nos ven como una amenaza. Llevan esperando recibir luz verde para borrarnos del mapa desde que empezaron a saber de nuestra existencia.

–¿Y cómo es que no la han recibido todavía? –preguntó James.

Rhiannon se recostó en el sofá, que era tan ostentoso como los demás muebles con los que decoraba sus numerosas residencias: de terciopelo rojo, con cenefas y flecos dorados.

–Hay unos pocos líderes mundiales lo suficientemente inteligentes como para saber que una guerra contra los de nuestra raza no sería nada fácil de ganar. Guardando en secreto nuestra existencia, se las arreglan para mantener una tensa aunque frágil tregua, completamente desconocida para el público. Ahora, sin embargo... –bajó la cabeza con un suspiro.

Nunca antes había visto James tan preocupada a Rhiannon, de modo que aquello llamó su atención. Se acercó al sofá y se sentó a su lado.

–¿Ahora? –la urgió a continuar.

La vampira levantó la cabeza y lo miró directamente a los ojos.

–Ahora, gracias a Lester Folsom y a su libro, el mundo entero sabe que existimos.

–El libro fue retirado de la circulación –frunciendo el ceño, James se volvió para mirar a Brigit–. ¿No fue eso lo que Will Waters dijo en la presentación? ¿Que el gobierno lo había prohibido y vetado su difusión, confiscado cada ejemplar antes de que llegaran a las librerías?

–Sí, J.W., pero supongo que sabrás que cuando el autor de un libro prohibido aparece en una cadena nacional, el público no suele cejar hasta descubrir al menos lo que quería decir –replicó Brigit.

–Yo no tengo ninguna duda de que existen ejemplares por alguna parte. Y desde luego hay gente que conoce lo que hay en esas páginas. Su editor, para empezar –añadió

Rhiannon–. Entiendo que la DPI ya habrá interceptado hasta el último ordenador que haya tenido contacto con el manuscrito. Pero eso no evitará que corra la voz.

–Necesitamos saber lo que contiene ese libro –repuso James en voz baja.

Rhiannon asintió.

–Estoy de acuerdo. Pero también tenemos que concentrarnos en el aquí y en el ahora. Nuestro objetivo principal tiene que ser impedir la anunciada aniquilación de nuestra raza. Para conseguirlo, necesitamos entender aquellas partes incompletas del texto de la tablilla sumeria, las piezas que faltan. Y para ello contamos con la única otra tablilla que existe y que está en nuestro poder, la que he conservado durante siglos.

–Me había olvidado de ella. La leyenda dice que esa tablilla salvará algún día a nuestra raza –dijo James, recordando los relatos que había escuchado una y otra vez durante su infancia. Las leyendas de su raza y la historia de la tablilla que debía ser protegida–. ¿Dónde está?

–La tiene Damien –dijo Rhiannon–. Haré que me la entregue. La profecía sugiere que el llamado Armagedón depende del concurso de dos actores.

–Sí –musitó Brigit–. Nosotros.

–Y él –dijo Rhiannon.

–¿Él? –James frunció el ceño–. ¿Quién? ¿Te refieres a Utanapishtim?

–Precisamente –Rhiannon se levantó del sofá y se puso a pasear por la habitación–. Así que lo que Folsom escribió en ese libro, lo que el gobierno pretende hacer con esa información, y si todo ello se convierte en conocimiento público... habrá que dejarlo en suspenso. Nuestros principales objetivos son los siguientes: tenemos que encontrar y rescatar a la profesora, para que pueda ayudarnos a localizar y a traducir el resto de la profecía. Y tenemos que conseguir la ayuda del primer inmortal. El Antiguo. El Superviviente del Diluvio. El padre de nuestra raza. Utanapishtim.

–¿Cómo diablos vamos a hacer eso? –preguntó James–. ¿Con una sesión de espiritismo?

–¡Claro! –exclamó Brigit–. La tía Rhi fue sacerdotisa de Isis.

–Suma sacerdotisa –la corrigió Rhiannon.

–Ya, vale –repuso la joven, irritando una vez más a su tía–. Pero eso no es lo importante. Lo importante es que tú sabes cómo contactar con los muertos y todas esas cosas, ¿verdad? ¿Así que va en serio? ¿Vamos a organizar una sesión de espiritismo?

–No exactamente –dijo Rhiannon–. No necesitaremos hablar con los muertos si Utanapishtim está vivo.

–Pero no lo está –objetó Brigit–. Lleva muerto más de cinco mil años, tía Rhi.

–Sí, bueno... ahí es donde entra en juego tu hermano –y clavó la mirada en James, que a su vez abrió mucho los ojos.

–No me digas que quieres que yo...

–Quiero que lo resucites, J.W.

Él se levantó del sofá de un salto, como si lo hubieran electrocutado.

–¡No puedo hacer eso!

La pantera alzó la cabeza, como despertada de su siesta por su brusco movimiento.

–¿Cómo lo sabes? –inquirió Rhiannon.

–Por el amor de... ¿cómo podría no saberlo?

Rhiannon se encogió de hombros con gesto elegante, sensual.

–Yo te he visto resucitar a los muertos, J.W. Llevas haciéndolo desde que naciste. Empezaste con tu propia hermana, que nació muerta, azul, sin pulsaciones ni aire en sus pulmones... –la vampira se le acercó y estiró una mano para apoderarse del dedo índice de James–. La tocaste así... –dijo– y ella respiró, J.W. Respiró. Tú la curaste. La resucitaste.

–Lo sé, lo sé. Y tuve éxito unas cuantas otras veces

desde entonces, pero sólo cuando el individuo acababa de morir. Nunca con alguien que llevara mucho tiempo muerto.

–Pero nunca lo intentaste, ¿verdad?

–¿Devolver la vida a un cadáver putrefacto? Sí, claro, suelo hacerlo cada Halloween. ¿Acaso te has vuelto loca?

–Nunca lo intentaste –afirmó Brigit mientras se levantaba, también ella crecientemente excitada por lo que para James no era más que una noción imposible, absurda.

–No, nunca lo intenté.

Rhiannon asintió.

–Empezaremos de menos a más, digamos con alguien que lleve una semana muerto. Y luego iremos progresando. Necesitaremos cadáveres en diversos estadios de descomposición, por supuesto, y...

–Diablos –a James le dio un vuelco el estómago, y retrocedió un paso–. No. Todo esto es una locura.

–Llámalo como quieras. Es necesario –sentenció Rhiannon.

–Es para salvar a nuestra raza –le recordó Brigit.

–Ni hablar. Jamás haré tal cosa –sacudió lentamente la cabeza, cada vez más horrorizado por la idea–. No funcionaría. E incluso aunque pudiera funcionar, Utanapishtim no se encontraría en estadio alguno de descomposición. A estas horas no debe ser más que polvo.

Rhiannon se encogió de hombros.

–Polvo, huesos, carne putrefacta: todas son diferentes fases de los mismos componentes básicos. Si puedes hacerlo con uno, puedes hacerlo con los otros.

–Has perdido el juicio, Rhiannon.

La vampira enarcó sus bien delineadas cejas y le advirtió con la mirada que estaba pisando un terreno peligroso.

De repente, Brigit le puso una mano en el hombro:

–J-W... James. Te has pasado la vida entera preguntándote a ti mismo, y al universo, por qué has nacido con ese poder. Quizá sea esta tu respuesta, el porqué de tu pregunta. Para salvar a tu familia. A tu gente. Nada podría ser más grande, más importante que eso. ¿O no?

Él se la quedó mirando fijamente. Apenas podía creer que se estuviera dejando convencer por aquel argumento. Porque su hermana tenía razón: él siempre se había preguntado por el porqué de su don. Siempre había sabido que si tenía aquel poder era por una razón, una razón trascendental, a cuya búsqueda había dedicado toda su vida.

Quizá fuera esa precisamente la razón. Y si existía alguna posibilidad de que lo fuera, entonces no podría darle la espada, ¿verdad?

Bajó la mirada, soltó el aliento, tragó saliva y susurró:

–De acuerdo. Está bien... acepto.

–Bien.

James oyó la sonrisa en la voz de Rhiannon y sintió los brazos de su hermana cerrándose sobre él con un suspiro de alivio.

–Vamos a tener que abandonar la ciudad –anunció su tía mientras se acercaba rápidamente al ventanal más cercano, seguida de su pantera–. Necesitaremos algún lugar privado para efectuar nuestros experimentos. Partiremos lo antes posible.

–Pero Rhiannon –dijo James, alzando la cabeza–. ¿Qué pasará con Lucy Lanfair?

–Lucy... ah, la profesora. Obviamente, tendremos que llevárnosla con nosotros. La recogeremos de camino –miró por el ventanal–. Pero no esta noche: está a punto de amanecer. Debo descansar. Os sugiero que hagáis lo mismo.

Lucy abrió los ojos y sintió una extraña y húmeda brisa en la cara. Casi como si estuviera al aire libre. Había dormido profundamente y en ese momento se preguntó por lo que la había despertado. Porque algo tenía que haberla despertado. Tenía que levantarse, sobre todo después de lo de...

No, no pensaría en ello. Necesitaba apartar las sábanas, rodar hacia un lado y...

¿Dónde estaban las sábanas? ¿Y el colchón? ¿La cama? Todo lo que sentía debajo de su cuerpo era arena y lo que parecían finísimas piedrecitas. Abrió los ojos de golpe, y lo primero que vio fue la gigantesca curva anaranjada del sol, asomando en un lejano horizonte. En lugar de las sábanas, estaba agarrando puñados de arena y diminutas conchas marinas.

Las olas emitían dulces susurros al lamer la arena, antes de retirarse con un violento burbujeo. El aire olía a algas y a salitre. Iba a sacudirse la mano de arena en la camisa cuando se dio cuenta de que estaba perfectamente vestida. Con unos vaqueros que le quedaban algo grandes y una camisa blanca de botones, de hombre.

Levantándose, se pasó una mano por el pelo todo enredado mientras intentaba recordar cómo había acabado allí. Lo último que recordaba...

Le habían dado de comer. Lo había interpretado como un privilegio, aunque la comida había sido tibia y pegajosa, un plato precocinado y apresuradamente calentado en el microondas. Una loncha de carne en salsa, puré de patata, judías verdes de pésimo sabor y un postre de cerezas horriblemente agrio.

Hambrienta como había estado, había engullido la comida con tanta rapidez que apenas había podido saborearla. Lo cual había sido una suerte, por cierto.

Pero no recordaba nada más. Nada en absoluto. Al parecer, debían de haberle suministrado alguna droga con la comida. No había tenido la potencia de la primera inyección que le aplicaron en la ambulancia, ni tampoco le había hecho hablar por los codos de cada tema sobre el que le habían preguntado, como aquella otra que le habían suministrado justo antes de que comenzara el interrogatorio. Porque no tenía ya duda alguna de que se había tratado de eso: un interrogatorio en toda regla dirigido por alguna agencia secreta del gobierno, deseosa de saber lo mucho o poco que sabía sobre los asesinatos de Lester Folsom y de Will Waters.

Sólo que no había sido precisamente eso lo que le habían preguntado. Se habían mostrado mucho más interesados en averiguar lo que sabía sobre su ángel de la guarda. Su salvador. El hermoso hombre que la había salvado.

¿O acaso todo había sido un sueño?

Quizá. O quizá no. No podía estar segura, porque no sabía ya nada a ciencia cierta. Únicamente que, en aquel instante, alguien estaba caminando hacia ella por la playa. A paso firme aunque lento, sin prisas. Parpadeó varias veces, pero tenía la vista tan desenfocada que era como si estuviera mirándolo a través del cristal sucio de una ventana. Sí, a él, porque definitivamente se trataba de un hombre, alto. Y conforme lo veía acercarse, había algo que...

¡Era *él*!

Se levantó torpemente, olvidándose de cualquier secuela de la droga con que debían de haber sazonado su comida. Inconscientemente se pasó una mano por el pelo, incluso mientras retrocedía un paso y perdía el equilibrio, para enseguida volver a recuperarlo. Su cerebro seguía como envuelto en una niebla. ¿Debería quedarse allí, esperando, o huir a la carrera? No sabía si tener miedo de él o no. Nada sabía de él, excepto que se había arrodillado junto a ella después de que la hubieran disparado en plena calle, a la puerta del Estudio Tres. Y que había tenido la sensación de conocerlo, de haberlo visto antes. Y que la había ayudado. Curado. Salvado.

Por un lado, si realmente la había ayudado, quizá también quisiera ayudarla ahora, en su tesitura actual.

Aunque, por otra parte, si estaba relacionado de algún modo con la escena de violencia que había tenido lugar la noche anterior... aunque le parecía que había transcurrido una eternidad desde entonces... ciertamente no quería tener nada que ver con él.

El hombre se detuvo, percibiendo quizá su consternación al verla de pie en la arena mientras intentaba sujetarse la enredada melena con una mano y se cruzaba el pecho con el otro brazo, como intentando protegerse.

Llevaba una camisa de manga corta color pardo con los botones superiores desabrochados, y pantalón caqui recogido en los tobillos: sus pies descalzos se hundían en la arena. El detalle de que estuviera descalzo lo hacía de alguna manera menos temible.

—Tranquila, Lucy. Soy yo. Fui yo quien te ayudó después de que...

—Lo recuerdo.

—Parece como si hubieras pasado una mala noche —ladeó la cabeza.

—¿Mala? —parpadeó ella—. Fue testigo de una doble ejecución, hui para salvar la vida, me dispararon en la espalda y, de alguna forma, tú me devolviste la vida mediante alguna extraña magia —dijo, atropellando las palabras—. Luego fui secuestrada, drogada, retenida, interrogada y drogada de nuevo. Y ahora me despierto en medio de la nada vestida con una ropa que no es la mía, y ni siquiera tengo mi bolso a mano o un cepillo o... —se le cerró la garganta. Su rostro se contorsionó en una vergonzante mueca mientras las lágrimas pugnaban por romper la barrera invisible que las había contenido hasta entonces.

Pero al fin escaparon, al tiempo que le flaqueaban las rodillas y su cuerpo entero quedaba flojo, laxo, como si no le quedara fuerza alguna. Cayó de rodillas en la caliente arena, baja la cabeza.

Sin embargo, antes de que se desplomara por entero, él la ayudó. Agarrándola por las axilas con brazos fuertes y poderosos, la sujetó a tiempo y luego... Luego la levantó delicadamente y la atrajo hacia sí. Tan cerca que su cuerpo descansó contra su cálido, sólido pecho. Tan cerca que pudo aspirar su olor, sentirlo en torno a ella, envolviéndola.

–Estás temblando –murmuró contra su pelo, y la abrazó con mayor fuerza. Lo suficiente como para que ella absorbiera su calor, casi como si le estuviera alimentando el alma. Y quizá fuera así, después de todo–. Tranquila. No pasa nada, Lucy. Ahora estás conmigo. No dejaré que nadie vuelva a hacerte ningún daño, te lo prometo.

Ella sacudió la cabeza contra su pecho.

–¿Quién eres? ¿Por qué debería creerte?

–¿Qué diablos te ha hecho esa gente? –le tembló un tanto la voz mientras eludía su pregunta–. ¿Cómo has logrado escapar?

–Yo... no-no-no me es-escapé –se las arregló para pronunciar entre sollozos.

–Te pediré que me expliques eso... pero más tarde. Ahora lo que necesitas es una buena cama y una comida decente.

–Lo que necesito es irme a mi casa –alzó la cabeza y se lo quedó mirando a los ojos, avergonzada de la necesidad y la súplica que probablemente él estaría leyendo en los suyos. Y, sin embargo, no podía hacer nada para evitarlo–. Yo sólo quiero irme a casa.

–Lo sé –la levantó en brazos y empezó a caminar por la arena, lejos del mar, mientras las gaviotas revoloteaban chillando sobre sus cabezas.

El rumor de las olas lamiendo la costa se fue haciendo cada más leve, y no tardaron en aproximarse a su coche. Un coche reluciente, de color azul claro, con una capota blanca abatible que se hallaba levantada. Probablemente se trataría de una de aquellas versiones de modelos clásicos antiguos, pensó Lucy. La depositó sobre el blando asiento de cuero blanco como si fuera una paloma herida, y se estiró incluso para abrocharle el cinturón. Acto seguido se sentó al volante y arrancó.

«Sí», pensó ella mientras se deslizaba por la pendiente del sueño envuelta en la comodidad de su coche. «Definitivamente es un hombre bueno». Iba a llevarla a su casa.

Apoyó la cabeza en el mullido respaldo, cerró los ojos y se dedicó a disfrutar del aire tibio que salía del calefactor. Gracias a Dios.

–Gracias –susurró.

Pronto estaría a salvo y durmiendo en su propia cama. Una vez descansada, intentaría averiguar qué era lo que había pasado. Aunque tampoco le importaba gran cosa. Nada de todo aquello tenía que ver con ella. Y todo era completamente absurdo, por lo que hasta el momento sabía. Vampiros. Agentes secretos, libros con escandalosas revelaciones y ejecuciones públicas. Inyecciones de droga, interrogatorios, intrigas y misterios. Nada de aquello la concernía a ella, aparte de impulsarla a escribir una carta de protesta al presidente, o quizá un pronto cambio de afiliación de partido, si acaso era esa la manera en que su gobierno pretendía conducirse. Asesinar a viejos seniles con demasiada imaginación en nombre de la «seguridad nacional» le parecía una medida francamente intolerable.

Y, sin embargo, algo trascendental le había sucedido. No tenía ninguna duda de que la habían disparado y que había yacido sobre un charco de su propia sangre en aquella acera de Manhattan. Y luego aquel hombre... aquel hombre...

Abrió levemente los ojos y lo miró, sentado al volante de su coche. Era un hombre hermoso. Tenía una piel tan perfecta que parecía la figura de un museo de cera. Y no solo su piel, sino también su cabello, que brillaba y parecía hecho de mechones de seda, con tonos de miel, caramelo y oro que se mezclaban entre sí. Lo mismo ocurría con sus ojos: vívidos, de un azul eléctrico, con un finísimo reborde negro en torno al iris y una misteriosa luz que latía en sus profundidades.

O al menos eso le había parecido cuando lo vio arrodillarse junto a ella en la acera, para ponerle las manos en el pecho. No para apretárselo con el fin de frenar la hemorragia de la herida. No. Y tampoco para reanimarla, activando su pulso cardiaco. No le había presionado lo más mínimo.

Había sido más bien como si le hubiera estado insuflando algo. Algo suyo, que le había transmitido para verterlo en su interior.

Había sido entonces cuando había visto aquel resplandor alrededor de sus manos. Aquel fulgor en sus ojos.

«Dios mío, es un ser sobrenatural», exclamó para sus adentros. Y tan hermoso...

Recordó haber visto a una mujer con él, una rubia que lo había alejado del escenario a toda prisa. Y también muy hermosa, por lo poco que recordaba.

Vio que desviaba la mirada hacia ella, y volvía a mirarla cuando la sorprendió observándolo. Pero estaba demasiado cansada, su cerebro seguía demasiado aturdido por las drogas para experimentar vergüenza alguna. De todas formas, pensó que debía decir algo:

—Ni siquiera sé tu nombre —al menos aquello era mejor que nada.

—James. James Poe. Aunque mi hermana se empeña en continuar llamándome J.W.

—¿Tu hermana? —resultaba ridículo que sintiera una estúpida chispa de esperanza al saber que, después de todo, no estaba sentimentalmente relacionado con la espectacular rubia. Como si fuera a volver a verlo después de que él la dejara en la estación de autobuses, o en el aeropuerto, o dondequiera que pensara llevarla.

—Brigit. Ella también estaba allí... cuando sucedió todo.

—Oh.

—Somos gemelos.

Aquello le arrancó una sonrisa.

—Gemelos. Debe ser increíble tener a alguien tan cerca de ti, que te conoce tan bien.

—Es maravilloso. Y horrible. Depende del día.

Lucy suspiró, ya más relajada.

—Creo que me salvaste la vida en aquella acera, James.

Su rostro pareció tensarse un poco, y ella supuso que estaría reflexionando sobre su respuesta. Finalmente dijo:

–Deberías intentar dormir un poco. El trayecto va a ser un poco largo.

–Pero... eres consciente de que necesito saberlo, ¿verdad? Lo demás no me importa nada. Pero lo que sucedió en aquella acera, cuando me tocaste... eso necesito saberlo –al ver que no decía nada, continuó–: Yo sentí el disparo: fue como si me golpeasen con un martillo neumático. Y luego sentí la bala atravesando mi cuerpo como una quemadura –mientras hablaba, se llevó una mano al pecho–. Después me vi en el suelo, en medio de un charco de sangre. Tanta sangre... y toda era mía. Estoy segura de que era mía –bajó la mirada–. Si no fue así es que estoy alucinando y he perdido el juicio. Porque fue algo tan vívido, tan real…

La miró por un segundo y, cuando se encontraron sus miradas, le proporcionó la confirmación que necesitaba con un simple asentimiento de cabeza.

–No te lo imaginaste. Fue real.

Lucy se preguntó entonces si sería capaz de aceptarlo.

–Luego apareciste tú –pronunció en voz baja–. Y me pusiste las manos sobre el pecho. Recuerdo que sentí calor, y que vi... una luz. Una luz que procedía de ti, de tus manos sobre mi cuerpo. ¿Eso también fue real?

Esa vez, él no respondió.

–¿Eres un ángel? ¿Eres algún tipo de... ángel de la guarda, James?

Se humedeció los labios como si estuviera nervioso, y asintió luego una vez, como si estuviera tomando una importante decisión.

–De todas formas terminarías enterándote tarde o temprano, supongo.

Lucy quiso preguntarle por qué había dicho eso, dado que probablemente nunca más volvería a verlo después de que la hubiera dejado allá donde la llevaba. ¿O no? De todas formas, no se atrevió a interrumpirlo cuando sabía que estaba a punto de conseguir algunas respuestas.

–Nací... con un don –le confesó.

–¿Un don?

–Una... capacidad que la mayoría de la gente no posee.

Lucy ladeó la cabeza, observándolo.

–¿La capacidad de... curar heridas de bala?

–Sí. O de cualquier otra cosa.

Su cerebro le decía que aquel hombre se engañaba: era una lástima que un espécimen tan maravilloso sufriera aquella tara mental. Pero no podía desentenderse tan fácilmente cuando ella misma se había beneficiado de su presunto talento curativo.

–No me crees.

–Yo... no puedo dudar de ti. Pero no me parece... plausible.

Se encogió de hombros y condujo durante un rato en silencio. Lucy esperó, preguntándose si lo habría ofendido de alguna manera y lamentándolo si ése había sido el caso. Aquel hombre le había salvado la vida. Y luego la había localizado en la playa.

¿Como se las había arreglado para hacerlo?

–Haremos una parada –dijo él de pronto, y aparcó el coche en el arcén de la carretera.

–¿Una parada? –no veía nada a su alrededor.

–Quiero enseñarte una cosa –abrió la puerta y bajó. Para su sorpresa, se dirigió hacia una mancha que había en la carretera, y que no era otra cosa que el cuerpo de un animal atropellado. Un cuervo desmadejado, muerto.

Frunció el ceño al ver que James se arrodillaba junto al pájaro. Un coche pasó a toda velocidad a su lado: la corriente de aire que levantó le despeinó el pelo y agitó la ropa, pero él ni siquiera pareció notarlo. Había colocado sus manos sobre el ave.

–Bien –dijo–. Aún está caliente.

Incapaz de resistirse, Lucy abrió la puerta y bajó también del coche, para terminar reuniéndose con él. Inclinándose, esbozó una mueca. ¿Era una luz lo que salía de sus manos? Sí que lo era. Un leve resplandor dorado que parecía emanar de sus palmas.

Alzando la mirada hasta sus ojos, creyó distinguir un similar resplandor en ellos, pero enseguida él los cerró. Acercándose más todavía, se arrodilló a su lado.

Se produjo un súbito aleteo, y de repente vio que estaba agarrando el cuervo con las dos manos para impedir su vuelo. Los negros ojos del ave estaban abiertos. El animal abrió también el oscuro pico para soltar una serie de graznidos que no sonaron precisamente a agradecimiento.

Sólo entonces se levantó James, alzó los brazos y soltó al cuervo, que se alejó batiendo sus grandes alas.

Lucy permaneció inmóvil por un momento, contemplando al brillante córvido negro hasta que lo perdió de vista.

—Ese cuervo no estaba herido —pronunció en voz baja—. Estaba muerto.

James se encogió de hombros, sin decir nada.

—¿Me estás diciendo que puedes resucitar a los muertos?

—A veces.

Hasta ese instante había evitado su mirada. Sólo entonces la miró a los ojos.

—Pero, aparte de eso... soy un hombre normal, Lucy.

—Tú no tienes nada de normal.

—Yo simplemente... —se encogió de hombros, bajando la vista—, no quiero que me tengas miedo.

—¿Tenerte miedo? —continuó mirándolo fijamente, admirada—. Eres una especie de ángel, o... un superhéroe. No te tengo miedo.

—Bien —volvió a encontrarse con su mirada, y por primera vez Lucy lo vio sonreír—. Bien —tomándola del brazo, la llevó de regreso al coche.

—¿Cómo me encontraste?

—Demasiado fácilmente, me temo —respondió mientras le abría la puerta.

Ella subió y él rodeó el morro del coche para sentarse al volante.

–¿Qué quieres decir? –le preguntó, una vez instalada.

–Necesito saber cómo escapaste.

–Como te dije antes, no lo sé. Estaba allí y...

–¿Allí dónde?

Lucy frunció el ceño intentando recordar.

–No lo sé. Estuve inconsciente durante la mayor parte del trayecto en ambulancia: me drogaron. Me desperté en una habitación como de hospital, pero que no lo era. O, al menos, no un hospital ordinario. Me interrogaron como si fuera una terrorista o algo parecido.

–¿Sobre qué? –le preguntó él–. ¿El tiroteo?

–En parte. Pero sobre todo el interrogatorio versó sobre ti, y luego empezaron a preguntarme por mi tipo sanguíneo, lo cual es muy raro. No tengo la menor idea de cómo podían saberlo –sacudió la cabeza, más confusa que nunca–. Y menos aún por qué parecía importarles tanto. Finalmente me dieron de comer y volví a quedarme inconsciente. Sospecho que me drogaron con la comida.

–Probablemente.

–Me desperté en la playa. Y entonces te vi a ti.

James se detuvo cuando estaba a punto de arrancar el coche, y se volvió para mirarla.

–¿Entonces te soltaron? ¿Te dejaron en esa playa para que yo te encontrara sin más?

–No sé cómo podían esperar que me encontraras precisamente tú, pero sí.

–Oh, desde luego que lo esperaban –aspiró profundamente–. ¿Confías en mí, Lucy?

Ladeó la cabeza, buscando su mirada.

–Creo que sí.

–Bien, porque tengo que pedirte que hagas algo por mí.

–Supongo que te debo un favor, dado que me has salvado la vida... quizá dos veces. ¿De qué se trata?

–Quítate la ropa.

Capítulo 5

James intentó no mirar lo que no podía evitar mirar mientras la tímida y asustada profesora permanecía de pie ante él en ropa interior, con las manos sobre la cabeza, ocultos los dos en un bosquecillo cercano.

Intentó no mirar, pero miró. Su piel tersa y blanca. Su cuerpo esbelto. No era curvilínea: sus senos no rebosaban el escote de su sujetador de encaje. Era delgada y bien tonificada. Su piel, lejos de presentar bronceado alguno, era casi tan pálida como la de sus parientes inmortales.

Y cálida también: lo supo cuando deslizó las manos por ella, de los hombros a las muñecas. Por debajo de los brazos hacia la elástica cintura, y luego hasta las estrechas caderas. Desde su vientre plano a lo largo de sus costillas y alrededor de los senos, evitando en todo momento tocarlos. Luego la volvió para examinarle la nuca, los omóplatos, la parte baja de la espalda. Se detuvo allí donde empezaba la braga, agachándose para revisar sus largas y bien torneadas piernas.

Por fin encontró el pequeño y revelador bulto, no mayor que la picadura de un mosquito, en la delicada zona del nacimiento de sus nalgas. Lucy dio un respingo al sentir la caricia de su dedo.

—¡Hey!

Su voz era ronca, sin aliento. O se sentía avergonzada o se hallaba tan excitada como él. O quizá ambas cosas.

–Perdona. Está justo aquí.

–¿Qué es lo que está justo aquí?

–Te lo mostraré en un segundo. Apóyate en este árbol. Puede que te duela un poco.

Hizo lo que le decía, y él apretó el diminuto bulto como si fuera una espinilla. Saltó igual que una, sólo que se trató de algo metálico. Lucy no gritó, lo cual fue de admirar. Simplemente contuvo el aliento, tensa.

–Ya está –sostuvo el punto negro en la punta de un dedo mientras ella se volvía.

–¿Qué es eso? –frunció el ceño, echando de menos sus gafas.

–Un dispositivo de seguimiento. Envía una señal electrónica para que alguien al otro lado sepa dónde estás en cada momento.

–¿Me lo pusieron en mi cuerpo?

James señaló su ropa, que colgaba de la rama de un árbol.

–Será mejor que te vistas. Ahora que nos hemos librado de esto, seguiremos nuestro camino.

–¿Pero por qué? –inquirió, recogiendo sus vaqueros y poniéndoselos–. Quiero decir, si me querían a mí... ¿por qué me soltaron? Y si no me querían, ¿por qué me implantaron esa... esa cosa?

–Para que pudieras llevarlas hasta mí –contestó él.

Lucy se detuvo con la camisa en la mano y se lo quedó mirando durante un buen rato, antes de continuar vistiéndose.

–¿Por qué te buscan a ti?

–Porque soy diferente. Y la DPI no necesita mayor razón que esa.

–¿Qué es la DPI?

–Una agencia secreta del gobierno –respondió, sin extenderse. En lugar de ello, volvió a concentrarse en el dispositivo, pensando ya en alguna manera de deshacerse del mismo–. ¿Estás lista?

–Sí –miró su mano–. ¿Vas a aplastarlo con el pie, a enterrarlo? ¿Lanzarlo quizá a un río?

–Algo parecido –le dijo, y empezó a caminar hacia el coche. Cuando llegaron a la curva de la carretera, esperó. Aparecieron otros dos coches seguidos de una camioneta descubierta, todos en la dirección por la que ellos habían venido. Cuando la camioneta pasó a su lado, arrojó con fuerza el diminuto dispositivo... que fue a parar justo donde pretendía: en la plataforma de la camioneta.

–Ahora nos buscarán en la dirección contraria.

–Brillante.

Sonrió y abrió la puerta.

–Apenas puedes mantener los ojos abiertos, ¿verdad?

–Así es –subió al coche, apoyó la cabeza en el respaldo y cerró los ojos.

–Quizá puedas relajarte lo suficiente para dormir durante el resto del trayecto. Ahora no pueden seguirnos, y creo que finalmente ya te has convencido de que estoy en el bando de los buenos –era una verdadera pena que tuviera que demostrarle lo contrario una vez que llegaran a su destino, pensó sombrío. Pero, en esa ocasión, el fin justificaba los medios. No sabía si ella se mostraría o no dispuesta a ayudarlo en cuanto estuvieran instalados allí: en todo caso lo preferible era que, de momento, lo tuviera por una especie de caballero de blanca armadura.

Pero si se negaba... entonces tendría que obligarla a colaborar.

Por un instante se quedó paralizado, consternado por el rumbo de sus pensamientos. Ese no era el tipo de cosas que solía hacer James Poe: forzar a alguien a hacer algo que no quería. Y mucho menos a alguien como ella. Inocente, asustada, delicada.

Hermosa.

Se preguntó qué le estaba pasando al código moral que había presidido toda su vida. Pero en aquel asunto no tenía elección. La existencia de su raza estaba en juego.

*****

Brigit paseaba de un lado a otro de la habitación, preocupada. Había seguido el consejo de la tía Rhi de dormir una siesta en su dormitorio, pero se había despertado en cuanto percibió la desaparición de J.W. Sentía su presencia, o su ausencia, con mayor agudeza que la de cualquier otra persona. Nada más levantarse, había tenido la mala suerte de sintonizar uno de los canales televisivos de noticias para enterarse de lo que se estaba diciendo sobre los sucesos de la noche anterior.

El veterano periodista Matthew Christopher estaba entrevistando a un político bien trajeado que parecía recitar un guión bien aprendido:

—El libro de Lester Folsom fue retirado por razones de seguridad nacional, Matt —dijo como si estuviera hablando con un alumno torpe, que no hubiera entendido debidamente la lección—. Por muy demente que fuera el pobre señor Folsom, no podemos ignorar el hecho de que trabajó durante años como agente secreto y que, en calidad de tal, tenía acceso a cantidades masivas de información sensible.

—Lo suficientemente sensible, al parecer, como para que lo asesinaran —replicó el periodista.

—Nadie ha demostrado que el asesinato haya tenido que ver con...

—¡Oh, vamos...! —lo interrumpió el periodista—. Un tipo está a punto de publicar un libro revelador y escandaloso sobre su trabajo como agente secreto y muere tiroteado, *ejecutado*, en el último momento. ¿Por quién me ha tomado?

—Matt, no me está dando usted oportunidad de explicarme...

—Hay fuentes, señor Jenner, que dicen que el trabajo de Folsom incluía los fenómenos paranormales. Lo desconocido. Algunos de los blogs sobre el tema sostienen que estaba a punto de revelar la existencia actual de una raza de vampiros. ¿Qué tiene que decir a eso?

El entrevistado esbozó una mueca.

—Cualquiera puede publicar cualquier cosa en internet y usted lo sabe. Ninguna persona en su sano juicio creería...

—Sabríamos lo que creer y lo que no si los federales no hubieran irrumpido en cada centro de distribución editorial del país para destruir hasta la última copia del libro, para que no podamos leer por nosotros mismos...

—Lo que habrían leído no habría sido más que una obra de ficción. Pero con la cantidad suficiente de información real como para crearnos serios problemas.

—¿Le preocupan los rumores que aseguran que circulan por ahí un puñado de ejemplares del libro, editados en primicia? ¿O que Wikileaks haya publicado ciertos pasajes del manuscrito Folsom en su web?

El burócrata procuró elegir cuidadosamente sus palabras.

—Hemos localizado todos los ejemplares, que sepamos nosotros.

—Los que tenía Folsom en su poder, seguro. Y sus notas y todo lo demás que conservaba en su casa del Caribe. Parientes suyos han afirmado que soldados saquearon el lugar.

—Eso es una exageración.

—Que arrancaron el papel de la pared, y también las moquetas.

—Bueno, yo no formé parte de ese equipo. Estoy seguro de que la familia debió de sentirse molesta y ofendida, y quizá, en su dolor, esté vertiendo informaciones que no se corresponden con...

—Dígame una cosa, señor Jenner. ¿Existe o ha existido alguna vez una división secreta de la CIA consagrada a investigar casos relacionados con el mundo paranormal?

Jenner se quedó mirando fijamente a Matthew Christopher, mientras se removía en su asiento.

–Absolutamente no.

–¿Quién disparó contra Lester Folsom, señor Jenner?

–No lo sabemos. Pero créame cuando le digo que el asesinato de un elemento de la CIA, incluso de un agente retirado como Folsom, es un asunto de la máxima gravedad para nosotros. Hemos dedicado a ello todos los recursos de los que disponemos, y no descansaremos hasta que el asesino de Lester Folsom sea...

Brigit pulsó el mando a distancia, tocando por accidente el selector de canales en lugar del botón de apagado. Las escenas de caos que aparecieron inmediatamente en la pantalla la dejaron impresionada. Las llamas se alzaban en el cielo del amanecer, devorando lo que parecía una casa de ladrillo. El rótulo de la noticia decía *Motines estallan en Brooklyn.* El reportero informaba de que una banda de autoproclamados «vigilantes» habían estado convencidos de que los residentes de un edificio en el que vivían dos familias eran vampiros, y habían provocado el incendio para quemarlos vivos.

Volvió a pulsar el mando a distancia, esa vez para apagar el televisor, y cerró los ojos.

«¿Dónde estás, hermano mayor? El mundo se está volviendo loco...».

James le respondió entonces mentalmente: «Tengo a la profesora».

«¿La rescataste tú solo?».

«La soltaron. Le implantaron un chip, pero me he deshecho de él. Estamos en camino».

«No vengas aquí», replicó Brigit, moviendo los labios como para dar mayor énfasis a sus palabras. «No es seguro. Se ha corrido la voz. Los vigilantes cazadores de vampiros acaban de asesinar a dos familias en Brooklyn. Tan pronto como se ponga el sol, hablaré con la tía Rhi y nos iremos de aquí».

«Ve a la casa Byram», le dijo su hermano. «Ellos piensan que la abandonamos hace tiempo».

«Buena idea».

«Ten cuidado, Bridge».

«Lo tendré, hermanito. Y tú también. Nos veremos en Byram. Espera a que haya oscurecido».

Brigit desactivó su canal mental, en caso de que hubiera alguien cerca intentando interceptar sus señales telepáticas. Si el mundo de los mortales terminaba descubriendo su existencia... tendrían suerte si por lo menos alguno de ellos lograba sobrevivir.

«He debido de dormir durante todo el día», pensó Lucy mientras se despertaba lentamente. El sol se había ocultado y parecían estar en medio de la nada, circulando por una estrecha y sinuosa carretera sin ninguna farola a la vista. El suelo estaba como resquebrajado y lleno de baches. A cada lado se alzaban espesos bosques que se perdían en una niebla rojiza. Estaba a punto de preguntarle dónde estaban cuando doblaron una curva cerrada y se encontró frente a una mansión directamente salida de una película de terror.

Gótica y oscura, sus incontables agujas y pináculos parecían apuñalar el cielo de la noche. Algunos de sus ventanales en forma de arco estaban iluminados, pero la mayoría semejaban ojos muertos, tristes. El portalón de hierro forjado que se alzaba en la entrada parecía bambolearse perezosamente de un lado a otro, como si sus barrotes en forma de lanzas estuvieran cansados de montar guardia.

Para horror de Lucy, James continuó por el embarrado y sinuoso camino que servía de entrada, acercándose a una casa que, a buen seguro, había sido escenario de las mejores cintas de Vincent Price.

—¿Adónde me llevas?

—No te asustes, ¿de acuerdo? Sé que tiene un aspecto terrorífico, pero no es más que una casa. Y una de las pocas donde no nos estarán buscando.

–Te estarán buscando a ti. A mí me soltaron, ¿recuerdas?

–Sólo será una parada en nuestro camino.

–¿Pero dónde diablos estamos? ¿Por qué he dormido tanto?

–Estamos en Connecticut –detuvo el coche y apagó el motor–. Y si has dormido tanto es porque te drogaron anoche y... y porque yo te lo ordené.

–¿Que tú me lo ordenaste? –se lo quedó mirando como si estuviera loco.

–El poder de la sugestión es otro de mis...

–¡Por fin! –alguien abrió la puerta del conductor y un par de brazos femeninos envolvieron a James antes de que pudiera bajar. Su melena rubia apenas resultaba visible desde el interior del coche, pero su busto de modelo de traje de baño quedó en la línea de visión de Lucy cuando la mujer soltó a James para besarlo en la cara, antes de abrazarlo de nuevo.

Se relajó, sin embargo, en el instante en que se dio cuenta de que se trataba de su hermana, Brigit. No era que le hubiera importado, desde luego. Estaba enfadada, se recordó. Lo cual, por cierto, era poco característico de ella. Ella no se enfadaba, sino que negociaba; procuraba hablar las cosas cargada de razón y de lógica. Evitaba los conflictos.

Hasta que alguien la disparó en una calle de Manhattan, arrastrándola a una maraña de intrigas que nada tenían que ver con la vida que había llevado hasta el momento…

–Dijiste que me llevarías a mi casa –acusó a James, que seguía de espaldas a ella.

–No, eso lo dijiste tú. Yo simplemente no te corregí –su voz quedó ahogada por el abrazo, hasta que su hermana lo soltó por fin y se apartó.

–Tía Rhi y yo estábamos muy preocupadas. Has tardado más de lo esperado. Debiste habernos dicho algo –miró detrás de él, sonrió y saludó a Lucy con la mano–. ¿Qué tal, profesora?

–Yo solo quiero irme a casa.

–Ya. Veo que te encuentras en buen estado, y enfadada –sonrió Brigit–. Me alegro muchísimo de verte, sinceramente.

De repente alguien abrió su puerta. Lucy se volvió, sobresaltada... para encontrarse con una mujer de espectacular belleza, porte majestuoso y mirada intimidante.

–Una habría esperado un poco de gratitud de una mujer que ha sido arrancada de las mismas fauces de la muerte.

Ronroneó más que pronunció las palabras, con una voz profunda, vibrante y amenazadora.

–Por supuesto que estoy agradecida. Pero es que... nada de todo esto tiene que ver conmigo. He vivido un verdadero infierno, y quiero irme a casa.

–Oh, bueno, esto es distinto, claro... –exclamó la mujer con tono irónico, alzando la vista por encima del coche para mirar a los dos hermanos–. Quiere irse a casa, la pobrecita. Eso lo cambia todo. Incluido el hecho de que toda nuestra raza se enfrenta a una inminente aniquilación.

Volvió a mirar a Lucy que, antes de que tuviera siquiera tiempo de pestañear, se vio bruscamente sacada del coche y alzada en el aire.

Aquella mujer majestuosa, con su interminable melena negra flotando al viento como si tuviera vida propia, la fulminó con la mirada al tiempo que exhibía unos largos y relucientes colmillos. La sostenía en vilo con una sola mano, agarrándola de la camisa. Y a su lado, una pantera negra... una horrorosa pantera negra, se encogía como para saltar y rugía, desnudando también *sus* colmillos.

Lucy no podía hablar, no podía gritar. Temblaba en silencio, y el corazón le latía a una velocidad que por fuerza tenía que ser peligrosa para su salud.

–Bájala, tía Rhi –pronunció James con voz firme mientras rodeaba el coche y ponía una mano en el hombro de la mujer–. Te recuerdo que ha venido para ayudarnos.

–Qué patético que la salvación de nuestra raza descanse

en las manos de esta débil mortal —repuso, dignándose dejar a Lucy en el suelo.

Lucy volvió la mirada hacia el portalón de aquel escenario de película de terror, deseosa de escapar. Pero para entonces el sendero se había llenado de gente, posiblemente también vampiros, como la mujer de la melena negra, que supuestamente debía de ser su reina. Uno de ellos lucía incluso una capa que flotaba al viento.

Lanzó una acusadora mirada a James, que la había salvado solo para arrojarla a un pozo de víboras aún más peligrosas que el primero. No era un héroe, ni un ángel. Era uno de ellos.

¿Pero por qué ese descubrimiento le producía aquella apabullante sensación de decepción?

—Sólo en parte —le dijo él, leyéndole el pensamiento—. También tengo una parte humana.

Parpadeó, consternada.

—¿Tú... acabas de...?

—¿Leerte el pensamiento? Sí, lo he hecho. Lo siento, no quería hacerlo, pero era casi como si me lo estuvieras gritando.

—A ti y a todos nosotros —masculló aquella a la que habían llamado «tía Rhi», mientras acariciaba la cabeza de su pantera. El felino se apretó contra su mano como si fuera una cariñosa mascota.

—Brigit y yo somos distintos a todos los demás —continuó James—. En parte vampiros, en parte humanos. La Luz y la Oscuridad. Opuestos, y sin embargo lo mismo.

—Uno el destructor, el otro la salvación —susurró Lucy, rememorando las asombradas palabras de Lester Folsom cuando leyó su traducción de la profecía: «es la leyenda de los gemelos opuestos».

—Exactamente —dijo James—. Necesitamos tu ayuda, Lucy. Necesitamos que nos ayudes a descubrir cómo podemos evitar el desastre vaticinado en aquella profecía. El Armagedón de los vampiros.

–Y tú vas a colaborar –le informó Rhiannon–. De buen grado y con la mejor de las disposiciones. Si no, te convertirás en... alimento para mi gatito.

La pantera rugió en aquel preciso instante como si su ama le hubiera dado la entrada, y Lucy intentó disimular el escalofrío que le recorrió la espalda.

Capítulo 6

La mansión era vieja, polvorienta y amenazaba ruina, pero Lucy supo en cuanto entró por la puerta que en su época debió de haber sido espléndida. Una gran araña colgaba del techo, torcida y cubierta de mugre y telarañas, en el centro de una bóveda alta como la de una catedral. Había muebles cubiertos por sucias sábanas, estanterías sin libros, polvo y telarañas por todas partes. Unos pocos cuadros colgaban todavía en las paredes, demasiado cubiertos de suciedad para que pudieran distinguirse bien. Una mujer de vestido largo procedente de otro siglo. Un hombre a caballo. Un paisaje. El lugar olía a naftalina y a casa rancia. Y transmitía una sensación de tristeza, soledad y abandono.

–Por aquí –le dijo James, guiándola por el vestíbulo. Los demás se habían quedado fuera; Rhiannon se había acercado a los desconocidos del portalón, para saludar al de la capa con un cariñoso abrazo.

Lucy se dejó llevar hacia la escalera curva con la maciza balaustrada y los postes labrados que probablemente serían verdaderas obras de arte, bajo la capa de abandono y suciedad. No dijo nada. No podía. Contemplar aquella casa y pensar en lo que debía de haber sido antaño era una manera de distraerse del miedo, así como de la extraña y surrealista sensación de haber aterrizado en una novela de

Stoker o de un filme de Bela Lugosi. Aquella nueva realidad, aquel mundo imposible la estaba envolviendo. Podía verla, oírla, tocarla. Y, sin embargo, no podía ser real: un mundo donde un puñado de vampiros acechaban en el exterior mientras que...

–Lamento lo de Rhiannon –le dijo James–. Ella... no profesa mucho cariño a los mortales.

El comentario hizo que Lucy se volviera para mirarlo.

–Es una... vampira –le costaba hasta pronunciar la palabra. Y todavía más acostumbrarse a la idea de que acababa de tener una conversación.... una conversación más bien unilateral y desagradable... con una criatura que siempre había tenido por mítica, irreal.

–Sí –repuso él, guiándola en ese momento escaleras arriba.

–Y tú también lo eres.

–Soy una cuarta parte humano, y tres cuartas vampiro.

–No creo que eso responda a mi pregunta –dijo con tono suave–. ¿Eres uno de nosotros... o uno de ellos?

–Ambas cosas –la miró a los ojos–. Y ninguna. Yo soy... distinto.

–¿Porque puedes curar?

–Ese solo es uno de los aspectos en que soy diferente. Hay más.

–¿Como cuáles? –se estaba mostrando insistente, exigiendo respuestas. Aquello no era propio de ella. Ni siquiera reconocía su propia voz. Estaba tan furiosa con él como si... como si tuviera algún derecho a estarlo.

James le lanzó una mirada extraña, como si también él hubiera notado su cambio de actitud.

–Al contrario que nuestros parientes vampiros, Brigit y yo toleramos una dieta normal: podemos comer carne y verduras, si así lo queremos. No necesitamos consumir sangre para sobrevivir, de la manera en que lo hacen los inmortales. Tampoco nos vemos obligados a dormir de día, como ellos. Ellos no pueden resistirlo, ya lo sabes. Se quedan dormidos por muchos esfuerzos que hagan por evitarlo –la miró mientras subían lentamente las escaleras.

–No lo sabía –repuso ella.

–La luz del sol tampoco nos produce daño alguno, mientras que a un vampiro bien saciado podría incinerarlo. Por aquí –la tomó ligeramente del codo, volviéndose en lo alto de la escalera para continuar por un amplio corredor, con dos filas de puertas a cada lado. Había lámparas en las paredes que parecían de gas.

–Entonces... ¿en qué aspectos *eres* como ellos? –quiso saber Lucy–. Aparte del hecho de que te crees por encima de la ley y la ética ordinarias de los humanos...

James se detuvo en seco y escrutó su expresión, pero ella se negó a mirarlo a los ojos. En lugar de ello, posó la mirada en el centro de su pecho, como si quisiera hacer reventar su corazón por el efecto de su callada furia.

–No me juzgues, Lucy. Tú no sabes nada sobre mí.

–¿Que no te *juzgue*? Me has traído aquí contra mi voluntad. Permitiste que esa... criatura me amenazara, y me has dejado meridianamente claro que pretendes retenerme aquí hasta que haga lo que sea que quieras que haga –alzó por fin la mirada hasta sus ojos, pero sólo por un momento. No le gustaba mirarlo a los ojos. Eran los ojos de un ángel. Engañosos y fuera de lugar en el rostro de un hombre cuyo corazón era el de un demonio–. Por lo que sé, muy bien podrías asesinarme en cuanto dejara de resultarte útil –y continuó caminando como si supiera perfectamente a dónde se dirigía.

Pero James la agarró de los hombros, obligándola a volverse.

–¿Cómo puedes no darte cuenta de lo desesperado de la situación en que nos encontramos? ¿O de las medidas excepcionales que nos hemos visto obligados a tomar? No tuvimos otra elección... no la he tenido yo... en todo este asunto.

–Siempre se puede elegir, James –bajó la mirada–. Dios,

yo pensé que eras una especie de ángel de la guarda. Mi salvador. Fui tan estúpida... –las lágrimas le quemaban los ojos.

James se la quedó mirando sorprendido por un momento. Le apretó luego los hombros, cariñosa pero firmemente, como si estuviera decidido a hacerle entrar en razón.

–Necesito que entiendas que aquí no corres ningún peligro. Nadie te hará el menor daño. Y... y yo no soy ningún monstruo. Ni siquiera soy uno de ellos.

–Es cierto, profesora.

Era la voz de Brigit, procedente del pie de las escaleras. Lucy se quedó sorprendida ante el resentimiento, y quizá también el dolor, que distinguió en los ojos azul hielo de la mujer.

–Hace mucho, mucho tiempo que James dejó de ser uno de nosotros. Nos abandonó a todos hace años.

–No era la vida que quería llevar –replicó él a la defensiva.

Lucy se sintió como si estuviera mirando a través del ojo de una cerradura. Aquella discusión, tan personal como apasionada, no era asunto suyo.

–No puedes renegar de tu propia sangre, J.W. –Brigit lo fulminó con su potente mirada–. No puedes ser alguien diferente de lo que eres. Por cierto... –señaló con la cabeza el corredor por el que estaban avanzando–, era esa puerta. La acabas de pasar.

James se mostró un tanto culpable, y asintió con la cabeza.

–No me acordaba. Ha pasado mucho tiempo... –admitió en voz baja.

Lucy no supo si se había dirigido a ella o a su hermana, que ya había dado media vuelta para marcharse. Ella, Rhiannon y los demás vampiros que había visto entrar por el portalón parecían tener sus propios asuntos de los que ocuparse. Y Lucy se sentía aliviada de no tenerlos cerca. Aliviada... y aterrorizada.

James abrió la puerta que su hermana le había señalado, y entraron en lo que antaño debió de haber sido una hermosa y suntuosa habitación. El papel de pared, de hilos de oro apenas discernibles bajo la suciedad, presentaba un intricado dibujo de terciopelo rojo. Los ventanales eran altos, con gruesos cristales que distorsionaban la vista aún más que la mugre que los recubría.

James le soltó el codo y atravesó la habitación hacia la pared del fondo, donde accionó una especie de palanca. Lucy dio un respingo y perdió el aliento cuando la pared empezó a deslizarse hacia un lado; detrás no se veía más que una negra oscuridad. Hasta que él pulsó un interruptor y se encendieron unas luces, eléctricas, no de gas, que iluminaron una habitación por completo diferente. Moderna. Limpia.

Estanterías altas hasta el techo se alineaban a lo largo de toda una pared, cargadas esa vez de volúmenes. Cientos de libros. A la izquierda se alzaba un gran escritorio de madera de cerezo, con pies en forma de garras de león; encima, un ordenador con un gran monitor de pantalla plana, un montón de carpetas, plumas y bolígrafos. Todo parecía tan fuera de lugar y al mismo tiempo tan normal, que su cerebro se mostró reacio a asimilarlo en un principio.

—La DPI sabe de la existencia de esta mansión —le dijo él—. Pero creen que la abandonamos hace décadas. Nosotros preferimos mantener esa ilusión intacta. Créeme, es el último lugar donde nos buscarán.

—La DPI —repitió, intentando recordar lo que significaba. Porque él se lo había dicho, ¿verdad?—. Es la agencia de gobierno de la que me estuviste hablando antes.

—La División de Investigaciones Paranormales. Es una especie de división en la sombra de la CIA. El hombre que te disparó probablemente pertenecía a ella.

—¿Fueron ellos los que también dispararon contra el señor Folsom?

—Sí, para evitar que revelara su existencia... y la nuestra

–la pared móvil volvió a cerrarse a su espalda, y James la guió por la inmensa habitación hasta una reluciente mesa oval que hacía juego con el escritorio. Estaba rodeada por una serie de sillas giratorias tan elegantes como cómodas, tapizadas en cuero rojo oscuro con clavos de bronce.

Pero lo que llamó más la atención de Lucy fue la tablilla de arcilla seca y aspecto familiar que descubrió sobre la mesa de conferencias. James continuó caminando, para abrir la puerta del fondo:

–Esta sección de la mansión está completamente oculta, disimulada en su interior. Las ventanas que aquí ves son falsas... opacas. Una técnica muy ingeniosa. Como su diseñador.

Lucy apenas lo escuchó, clavada como tenía la mirada en la antigua tablilla de arcilla que descansaba sobre la mesa. Su superficie estaba cubierta por los característicos trazos de la escritura cuneiforme, huellas dejadas por el punzón cuando la arcilla todavía estaba blanda y húmeda. De unos tres o cuatro mil años de antigüedad, a juzgar por su estilo.

–Contamos con dormitorios y una cocina –continuó James–. Todo completamente equipado y con...

De repente dejó de hablar, y Lucy supuso que por fin se habría dado cuenta del motivo de su distracción. Acarició con una mano la fresca superficie de barro, delineando con los dedos las marcas que otro ser humano había dejado allí grabadas siglos y siglos atrás. Cerró los ojos, transportada, y en su imaginación pudo ver al escriba de poblado entrecejo, ataviado con una túnica de un blanco inmaculado. Habría tenido los ojos castaños, o negros. Y se habría tenido por miembro de una raza privilegiada, dedicado a una sagrada tarea.

–Ah, la tablilla ya está lista. Bien. Rhiannon me dijo que intentaría tenerla preparada para cuando llegáramos.

Lucy parpadeó varias veces mientras salía de su ensimismamiento, pese a que casi podía oler todavía el humo de la lámpara de aceite del escriba... Sin despegar la mirada de la tablilla, susurró:

–¿Cómo la consiguió?

–De... otro vampiro. Uno muy viejo.

–¿Y como la consiguió *él*?

–Probablemente de la misma persona que la grabó.

Lucy se lo quedó mirando asombrada.

–Ahora se hace llamar Damien –le explicó James–. Pero no es ese su verdadero nombre. Tuvo que cambiárselo. Mientras fue humano, era conocido como Gilgamesh.

Lucy escrutó su rostro y lo llamó mentalmente mentiroso. No podía ser.

–Es cierto.

–¿Gilgamesh? –musitó–. ¿El mítico rey Gilgamesh, de los sumerios, es... es un vampiro?

–El primer vampiro de todos, de hecho –suspirando, James le sacó una silla. Pero ella no se movió, sino que se lo quedó mirando fijamente, aturdida–. Tenemos una historia tan larga como la tuya... o casi –le dijo–. Todo empezó en Sumeria. Quiero contártela y, créeme, Lucy, es importante, porque son muy pocos los mortales que la saben, y todavía menos los que la saben entera. Yo preferiría que tú fueras uno de ellos. De hecho, *necesito* que lo seas.

Pero Lucy apenas lo escuchaba, ocupada como estaba revisando sus bases de datos mentales en busca de algo siquiera remotamente parecido en sus años de estudio.

–No hay tradición alguna de vampiros en la mitología sumeria –dijo, aunque sabía eso no era del todo cierto.

Estaba Lilith, pero solo era un demonio infanticida inventado para explicar el síndrome de la muerte súbita infantil a gentes primitivas. Lilith terminaba convirtiéndose en vampiro, aunque solo en leyendas muy tardías, y después en la primera mujer de Adán. La que, al contrario que Eva, se negó a someterse.

–Sí que la hay, si sabes donde buscar. Yo te lo diré, si me lo permites –y volvió a señalar la silla que había sacado para ella.

Lucy miró fijamente la silla. Quería discutir con él, negarse a escucharlo o a hacer cualquier cosa que significara involucrarse más en aquel enredo que nada tenía que ver con ella. Y sin embargo... aquel era su campo, su pasión. Sumeria: la historia, la arqueología. Eso era lo que hacía. Se trataba del sentido de su vida, y de las vidas de sus padres, antes que ella. Y de sus muertes, también.

Solo por un momento se imaginó a su padre, con su rostro atezado por el sol como un cuero viejo y su inseparable fedora, todo deshilachado. Se preguntó qué le habría dicho si hubiera estado allí, con ella, y supo inmediatamente que habría saltado de alegría ante la simple posibilidad. No habría dudado ante algo tan trivial e insignificante como el miedo. Se habría lanzado de cabeza a ello, siempre deseoso de aprender.

El conocimiento había sido una droga para él. Y también lo era para ella, según se vio obligada a admitir.

Así que asintió y se sentó en la silla que James le ofrecía, agradecida al menos de distraerse de la amarga decepción que le había producido el hombre al que, por unos breves momentos, había tenido por una especie de héroe.

—De acuerdo —dijo en voz baja—. Soy toda oídos. Cuéntame tu historia.

—Ya conoces una buena parte de ella. La leyenda de Utanapishtim, por ejemplo —tomó asiento frente a ella—. Dime tú lo que sabes al respecto.

Lucy frunció el ceño, ladeando la cabeza, y empezó a relatarle la leyenda que había explicado a incontables grupos de alumnos.

—Utanapishtim, también conocido como Ziasudra, era un poderoso rey, justo y sabio, amado de los dioses. Cuando estos decidieron borrar a la raza humana de la tierra con un diluvio universal, él fue el único escogido para salvarse. Fue instruido por los dioses para que construyera una gran barcaza, y porque obedeció, tanto él como su familia sobrevivieron al gran diluvio. Como recompensa por su lealtad, el llamado Antiguo fue recompensado con el secreto de la inmortalidad.

Cuando Lucy volvió a levantar la mirada, descubrió de pronto que los demás vampiros se habían reunido con ellos: allí estaban todos, rodeándola. Rhiannon, con el desconocido de la capa, un hombre guapo y moreno, vestido de etiqueta. La negra pantera sentada sobre sus cuartos traseros, frotándose contra la pierna de su ama. Brigit también estaba presente, portando un cuenco de frutas y un alto vaso de agua, que dejó sobre la mesa delante de ella.

Mirando a su alrededor, Lucy reconoció en sus ojos la misma fascinación que veía en sus alumnos cada vez que relataba aquella historia, grabada en tablillas de arcilla mucho antes de la redacción de la Biblia, con su relato de Noé y del arca. Estaban absorbidos, fascinados.

—Pero el caso es... —se apresuró a señalar— que todo esto no es más que un cuento. Una leyenda. Es cierto que los registros estratigráficos demuestran que probablemente se produjo una gran riada en algún momento de la historia, lo suficientemente grande como para dejar la impresión de que destruyó el mundo y que solamente sobrevivieron unos pocos elegidos, pero es más que probable que...

—Gilgamesh y el rey —le susurró James—. Cuéntanos la historia, Lucy.

—Yo creía que *tú* ibas a contármela a *mí*.

—Después lo haré. Compláceme, por favor.

Parpadeando lentamente, bebió un sorbo de agua. Los demás se pusieron cómodos. Rhiannon apoyó la cabeza en el hombro del vampiro de pelo oscuro, que a su vez le pasó un brazo por la cintura. La pantera se echó en el suelo, ahora que su ama no le estaba acariciando la cabeza. Brigit se sentó en una esquina de la mesa, tomando una manzana del cuenco y dándole un mordisco.

—De acuerdo, os contaré la versión abreviada —dijo Lucy, incapaz de resistirse a su tema favorito—. Gilgamesh fue un orgulloso y arrogante rey, y nada bondadoso hasta que conoció a un hombre venido de los bosques llamado Enkidu, enviado por los dioses para corregir su conducta. Enkidu y el rey lucharon durante su primer encuentro, y sus fuerzas eran tan parejas que ninguno se impuso al otro. Lucharon hasta la extenuación y, al final, se echaron a reír y se abrazaron como si se hubieran convertido en los mejores amigos. Enkidu parecía el polo opuesto del rey, espontáneo, humilde, un hombre del campo, más que de los palacios. Y el rey aprendió de él y se convirtió en mejor persona. Pero cuando Enkidu pereció asesinado, el rey perdió el juicio. Partió al desierto en busca del secreto de la inmortalidad, esperando poder devolverle la vida a su amigo. Su búsqueda lo llevó precisamente al hogar de Utanapishtim, superviviente del diluvio y único inmortal conocido.

Su audiencia estaba fascinada. La propia Lucy casi estaba disfrutando de la situación, inmersa en aquel relato que, al fin y al cabo, constituía el trabajo de su vida.

—Utanapishtim le entregó el secreto, pero cuando el rey volvió a atravesar el desierto, le fue arrebatado por una serpiente. Y así es como termina la leyenda.

—Así es como tú crees que termina —dijo Rhiannon en voz baja. Apartándose del hombre de la capa, pasó a convertirse en el foco de atención. Lucy tuvo la impresión de que estaba más que acostumbrada a ello—. Utanapishtim había jurado a los dioses que jamás compartiría el regalo de la inmortalidad con ningún otro ser viviente. Y obedeció, hasta el punto de ver cómo su propia familia envejecía y moría, mientras él seguía viviendo, eternamente joven, siempre solo.

Varias cabezas asintieron. Brigit intervino para retomar el relato:

—Pero no podía negarse a desobedecer una orden de su rey. Así que entregó a Gilgamesh el regalo de la inmortalidad... sólo que con el rey no funcionó de la misma manera que con Utanapishtim. Y es que Gilgamesh no lo recibió directamente de los dioses, en desobediencia además de sus dictados. Gilgamesh se volvió entonces cada más sensible a la luz del sol y empezó a anhelar sangre humana, el elixir que su nueva personalidad necesitaba para sobrevivir. Él fue, de hecho, el primer vampiro. Y aún hoy sigue vivo.

Lucy apenas podía creerlo.

–Tengo que conocerlo –musitó. Y de repente su mirada se volvió hacia el desconocido de la capa–. ¿Eres tú?

El vampiro esbozó una sonrisa amable, cariñosa incluso.

–No, niña mía. Yo soy Roland de Courtemanche, y solo tengo ocho siglos de antigüedad, año más, año menos –le hizo una elaborada reverencia.

–Conocerás a Damien. Te doy mi palabra –le aseguró James.

–Pero si él sigue vivo... ¿cómo es que no puede traduciros el texto de la tabla?

–Se trata de un dialecto de un tiempo diferente del suyo.

–¿Y qué hay de Utanapishtim? –inquirió, tan fascinada por la leyenda que se había olvidado momentáneamente de que toda aquella gente la retenía allí contra su voluntad.

–Fue castigado por los dioses, que le arrebataron el don de vivir para siempre aunque no la inmortalidad –dijo James–. Sé que parece una contradicción, pero así es como llegó la historia hasta nosotros. No sabemos lo que significa. Parece ser que, en un determinado momento, empezó a envejecer, a morir. Fue entonces cuando apareció en escena el enemigo mortal del rey Gilgamesh, Anthar, para exigirle a su vez el regalo. Utanapishtim intentó negarse, pero Anthar se lo arrebató y luego lo decapitó. Dándole por muerto, se llevó a su fiel sirviente, apenas un adolescente, al que hizo su esclavo.

–Así que Anthar fue... el segundo vampiro.

–Sí, no tardó en hacer del sirviente el tercero... con la idea de procurarse un esclavo más fuerte y resistente. Pero lo único que consiguió fue que el chico, un hombre ya para entonces, se escapara –explicó James.

–Y lo primero que hizo el chico –dijo Brigit– fue volver a casa del anciano en busca de sus restos. Pero habían desaparecido.

–Necesitamos saber lo que le sucedió a Utanapishtim –intervino Rhiannon–. Es por eso por lo que te hemos traído aquí. Creemos que esa tablilla que tan amorosamente has acariciado durante toda esta conversación... contiene una pista. Esa tablilla lleva desde siempre con nosotros. Ni siquiera Gilgamesh conoce su origen. Pero siempre hemos sabido que debíamos conservarla y protegerla, ya que algún día salvaría a los de nuestra raza.

–Y creéis que ese día ha llegado.

Rhiannon asintió lentamente, y Lucy desvió la mirada hacia James.

–¿Pero por qué necesitáis encontrar los restos de Utanapishtim? Seguro que no quedará de él más que polvo... ¿Qué bien puede reportaros?

–¿Podrás traducir esa tablilla para nosotros, Lucy?

–Si tuviera acceso a mis libros, a mis notas, en mi despacho...

–Te conseguiremos todo lo que necesites. Pero el trabajo tendrá que hacerse aquí –afirmó Rhiannon–. Y, pese a lo que antes te dije, no sufrirás daño alguno. Siempre y cuando hagas lo que te pedimos.

–No sufrirás daño alguno... en ningún caso, Lucy –le aseguró James una vez más.

–J.W. –el tono de Rhiannon contenía una advertencia.

–No, basta ya de tonterías –James le apretó un hombro con gesto reconfortante–. El hecho es, Lucy, que nadie de esta sala podría hacerte daño ni aunque quisiera. Son incapaces de ello, obligados como están a protegerte.

–¿Pero por qué? –frunció el ceño.

–Porque de alguna manera estás... –se encogió de hombros– relacionada con nosotros.

El ceño de Lucy se profundizó aún más, pero James no abundó en su explicación. En lugar de hacerlo, cayó de rodillas frente a ella.

–Quédate con nosotros, tradúcenos esa tablilla y te daré mi promesa solemne de que estarás a salvo. Y de que tan pronto como hayas terminado, yo mismo te devolveré a tu hogar.

No podía mirarlo: si lo hacía, sabía que acabaría hipnotizándola para que aceptara. Cualquiera de ellos podía hacerlo. Así que mantuvo baja la mirada mientras libraba una fuerte lucha interior, desagarrada entre su fascinación por el mundo sumerio, su curiosidad por el contenido de la tablilla y el temor que siempre había arrastrado por el conflicto, el enfrentamiento...

–¿Realmente tengo elección? –preguntó en voz baja.

James tragó saliva.

–No. Me temo que no.

Capítulo 7

¿A qué se debió entonces aquella especie de alivio que experimentó Lucy en ese preciso momento? ¿A que la decisión escapaba completamente de sus manos? ¿A que de repente se veía desligada de la obligación de ser valiente? ¿A que ni siquiera la más tentadora oportunidad de toda su vida podía empujarla a vencer su proverbial cobardía?

Todas esas razones eran válidas, porque debido a que James no le había dejado elección, no necesitaba recurrir a una fortaleza interior que ni siquiera existía. Haría aquello porque estaba obligada a hacerlo, y pasaría un miedo enorme porque sabía perfectamente lo muy cobarde que era.

James acababa de incorporarse, cabizbajo.

–Odio todo esto, Lucy. No me reconozco a mí mismo, reteniéndote aquí de esta manera... No tengo palabras. Va contra todos mis principios.

Lucy frunció el ceño, distraída por primera vez lo suficiente de su propio tormento como para darse cuenta de que James no mentía. Él también estaba sufriendo con la situación.

–Nadie te hará daño –añadió–. Pero no podemos dejarte en libertad hasta que hayas hecho lo que te pedimos, Lucy. Lamento todo esto mucho más de lo que te imaginas.

–Estoy a punto de vomitar. ¿Es un solo de violín lo que estoy escuchando? –exclamó Rhiannon, mirando a una y a otro. Roland le puso una mano en el brazo como para tranquilizarla.

Mientras Lucy pestañeaba asombrada, pensando todavía en James y en la angustia que había vislumbrado en sus ojos, la reina vampira puso los ojos en blanco y continuó:

—Dale a Brigit una lista de lo que necesitas y dónde podemos encontrarlo —mientras hablaba, se dirigió al escritorio para recoger un cuaderno de notas y un lápiz, que se apresuró a entregarle—. Usa internet si quieres. El servidor está protegido. No te localizarán. Pero que sepas que cada golpe de tecla será controlado, e interceptado todo potencial llamamiento de auxilio. Y aunque J.W. tiene razón en lo de que no podemos hacerte daño… créeme cuando te digo que si me desobedeces yo puedo, y lo haré si es necesario, convertir tu vida en un infierno.

A Lucy no le quedó la menor duda sobre ello.

—Tú solo traduce la tablilla, Lucy —le dijo Brigit—. Te soltaremos tan pronto hayas terminado... que será antes de que cualquiera pueda montar una operación para rescatarte. Además, el hecho de que no podamos hacerte daño no significa que no podamos hacérselo a cualquiera que pudiera acudir en tu ayuda. Porque seguro que tú no querrás que mueran inocentes por tu culpa, ¿verdad?

Lucy asintió, bien consciente de que estaba completamente a su merced. Y deseando poder entender cómo era que no podían hacerle ningún daño, debido a que supuestamente estaba... *relacionada* con ellos, tal como había dicho James. Aparte de ello, tenía más preguntas. ¿Realmente eran vampiros? ¿Cuáles serían sus poderes, cuáles sus debilidades? ¿Sería verdad todo lo que se había dicho sobre ellos: los crucifijos, el agua bendita, las estacas en el corazón y...?

—Ven conmigo, J.W. —ordenó Rhiannon, interrumpiendo los pensamientos de Lucy—. No tenemos mucho tiempo, y tu entrenamiento está a punto de empezar.

—Ánimo, pequeña mortal —le dijo Roland en voz baja

mientras pasaba a su lado de camino hacia la salida–. Ninguno de nosotros es ni mucho menos tan malo como parecemos. Y aquí no has escuchado más que verdades.

Dicho eso, todos abandonaron la sala excepto Brigit, que se quedó sentada al otro extremo de la mesa, repantigada en una silla. Dio otro mordisco a su manzana y habló con la boca llena:

–Supongo que debes de estar muy enfadada. Yo en tu lugar lo estaría.

Lucy desvió la mirada, negándose a responder. Brigit se inclinó entonces hacia delante y recogió el cuaderno y el lápiz.

–¿Y bien? Dime lo que necesitas.

Lucy pensó en todas las cosas que necesitaba, y luego en lo único que quería. Quería el libro escrito por Lester Folsom. Tal vez aquel texto contuviera una historia distinta a aquella que le habían contado los vampiros.

–Mi maletín –dijo–. No podré empezar hasta que no haya recuperado mi maletín.

Brigit frunció el ceño, pero lo apuntó de todas formas.

–No entiendo muy bien qué tiene que ver tu maletín con la traducción, pero te lo conseguiré. ¿Qué más?

Lucy recitó una lista de los textos más indispensables de su biblioteca. Le habría encantado pedirle a Brigit algunos de los volúmenes de la universidad, pero no quería complicar o poner en riesgo a ninguno de sus colegas. De modo que solamente citó los libros que conservaba en su casa. Su casita de madera, con sus maceteros de caléndulas en las ventanas y sus lechos de flores flanqueando el sendero de entrada...

Echaba de menos su casa. Su refugio.

–De acuerdo. Vives al norte de aquí, ¿verdad?

–Sí, en Binghamton.

–¿Algo más?

–Mi ordenador portátil. Está allí también, en mi casa.

Brigit lo anotó en el cuaderno.

–¿Eso es todo?

–Eso es todo.

–Bien. Está claro que me llevará algún tiempo; haz lo que puedas mientras esté fuera. Come algo de fruta, que seguro que tendrás hambre. Tienes un cuarto de baño al final del pasillo –señaló con la cabeza el fondo de la sala–. Por ese lado podrás pasear todo lo que quieras, pero no entres en la parte antigua de la casa. No podemos permitir que nadie descubra nuestra presencia aquí, ¿entendido?

–Entendido.

–De acuerdo. Te veré después. Y pórtate bien –dicho eso, la dejó sola.

Sola en una ruinosa mansión llena de vampiros. En una especie de escondite oculto dentro del edificio, detrás de un muro secreto, traduciendo el texto de un antiguo dialecto sumerio bajo coacción.

Por mucho que se hubiera esforzado, jamás habría podido imaginarse un escenario así.

Brigit entró en la ciudad, aparcó el coche y recorrió a pie tres de las cuatro manzanas que la separaban del Estudio Tres. Desde donde estaba podía ver el sitio exacto de la acera donde la pequeña y débil mortal había sido tiroteada.

Frunció el ceño, preguntándose si no estaría empezando a pensar de forma parecida a como lo hacía Rhiannon. En todo caso eso no podía ser tan malo, ya que, a sus ojos, su tía era su heroína. Deseaba parecerse todo lo posible a aquella poderosa vampira sin edad. Pese a saber que jamás podría comparársele.

Rhiannon era ciertamente uno de los miembros más poderosos de su raza, como tampoco cabía duda alguna de que era la más arrogante. Era impaciente, exigente, intolerante con la debilidad, y tenía un carácter explosivo. Pero era buena. En lo más profundo de su ser, era buena y bondadosa.

Ella, en cambio, no. Ella era la gemela mala; siempre lo había sido. Su hermano había nacido con el poder de curar, de devolver la vida. Le había devuelto incluso la suya, nada más nacer. Azul, muerta como había estado, J.W. le había tomado una diminuta manita entre sus dedos y la había resucitado, o al menos eso decía la leyenda.

Ella, por su parte, había nacido con un poder de signo opuesto. Un poder contra cuyo uso le habían advertido siempre: que no jugara con él, que no lo pusiera en práctica... nunca. J.W. era el bueno, el héroe, el sanador, el caballero de blanca armadura. Brigit era poco más que una villana de película de Disney. Cada historia y cada leyenda necesitaban uno, después de todo. Hacía mucho tiempo que ella había aceptado su oscura naturaleza. Hacía lo que quería, cuando quería y no pedía disculpas. Ser buena carecía de sentido alguno. Al fin y al cabo ella no había nacido con una misión y un propósito en la vida, como su angelical hermano.

Rhiannon había sido la única persona en su vida que la había animado a desarrollar su poder. En secreto, sin el conocimiento de su padre vampiro, Edgar, y de su madre mestiza, medio vampira y medio mortal, Amber Lily... que habría sufrido un síncope si se hubiera enterado, de lo muy buena y pura que era. Como resultado, se había convertido en una especialista de la destrucción. Una gran especialista. Rhiannon le había dicho muchas veces que su poder, su don, era igual de importante que el de su hermano.

«No puede haber creación sin destrucción, niña. Ni vida sin muerte. Ni poder de curación sin enfermedad ni herida que curar. Nunca lo olvides. Él puede ser el sol, pequeña mía, pero tú, mi querida Brigit... tú eres la luna».

Brigit sonrió mientras la profunda voz de Rhiannon resonaba en su mente. Aunque eso eran tonterías, por supuesto. Rhiannon solamente la quería porque era una rebelde, una especie de alter ego en miniatura de la suma sacerdotisa. Y porque sus poderes de destrucción hacían que los de la propia reina vampira palidecieran en comparación.

Aun así, agradecía aquellas piadosas mentiras. Le hacían sentirse algo más aceptada. Más valorada.

Concentrándose en la tarea que tenía en ese momento entre manos, Brigit continuó contemplando la zona acordonada con cinta amarilla por la policía. Habían bloqueado aquella sección de la calle con vallas: desde el lugar donde Lucy había caído hasta el escenario principal de la matanza. El callejón trasero donde la profesora pensaba que podía estar su maletín estaba al otro lado de aquellas barricadas. Brigit supuso que podría generar algún tipo de distracción y penetrar luego allí. Pero si al final tenía que ponerse a buscar el objeto en la basura, era bastante probable que terminaran capturándola. Por lo demás, ese día no tenía ninguna gana de matar a nadie. Con su queridísimo hermano ensayando su mejor papel de Cristo salvador, ella tenía que contenerse al menos para no representar su papel de Lucifer.

Había otra calle estrecha que rodeaba todo un lateral del Estudio Tres, con un restaurante chino y una tienda de artículos electrónicos. Dado que no veía otra opción, miró precavida a su alrededor y se internó por ella con la intención de recorrerla hasta el final, saltar un muro y acceder por detrás al callejón en cuestión.

Apenas había recorrido la mitad cuando un hombre sentado en el suelo estiró hacia ella una vieja taza de cartón.

—Una limosna, por favor.

Brigit apretó los labios con un gesto de desagrado. Aquel hombre apestaba: incluso el más insensible mortal habría torcido el gesto ante su hedor. Y ante sus ojos muertos, de pupilas lechosas y largas pestañas cubiertas de mugre seca. Tenía unas barbas pobladas, salpicadas de gris, que parecían albergar todo un ecosistema propio en sus profundidades, con una mancha de espuma blanca en una comisura de sus labios.

–Lo siento, no tengo suelto –continuó caminando.

–Por el amor de Dios. Llevo esperándote durante todo este tiempo y ahora vas y pasas de largo.

Brigit, que había dado un par de pasos más, se detuvo en seco con un escalofrío recorriéndole la espalda. Volviéndose para mirar al viejo, vio que tenía un maletín de excelente aspecto al lado. De piel marrón, con dos broches dorados.

–¿Me esperaba a mí, ha dicho?

–Sí, si es que eres tú. Tienes una misión, ¿verdad? ¿Un propósito en la vida? ¿Un sentido?

Brigit puso los ojos en blanco.

–Supongo que se referirá a mi hermano –repuso con un punto de sarcasmo, pese a saber que el anciano solo estaba diciendo tonterías.

–No, no, me estoy refiriendo a ti. Has venido a recoger esto, ¿no? –palmeó el maletín con una mano mugrienta.

Brigit entrecerró los ojos.

–El maletín que he venido a buscar está en el otro callejón.

–Lo estaba. Yo lo he traído a este.

–¿Por qué ha hecho eso? –se acercó, cada vez más intrigada por aquel anciano ciego.

–Porque me ordenaron que lo hiciera. Retirar el maletín para que esos tipos de traje no le pusieran las manos encima. Y guardarlo para ti. Porque yo puedo ver, ¿sabes? No con los ojos, pero veo.

Brigit frunció el ceño, y de repente se desvanecieron todas sus dudas. Al fin y al cabo, se había criado entre vampiros. No iba a ponerse a dudar de un viejo vagabundo que se tenía por adivino. Incluso el mortal más escéptico creería en un sujeto así antes que en un inmortal sediento de sangre.

–Es usted una especie de adivino, ¿verdad?

–Yo veo cosas –le dijo–. Te he visto a ti. Eres bonita. Tu pelo tiene el color del sol a mediodía. Tus ojos son azules como el agua clara. Tienes poder. Un poder que ellos ni siquiera me enseñaron. Yo les dije que no necesitaba saberlo, que ya procuraría no hacerte enfadar. Porque no lo estoy haciendo, ¿verdad? ¿Hacerte enfadar?

—Eso depende. ¿Me va a dar el maletín?

—Tan pronto como me digas una cosa. Entiéndelo: se supone que tengo que preguntarte. Para asegurarme de que eres tú. Así que allá va la pregunta, mi pequeña dama. Para mí carece de sentido, pero es igual. ¿Cómo naciste?

—Nací muerta —contestó rápidamente, sin pensarse la respuesta.

El viejo apretó los labios y sacudió la cabeza con expresión maravillada.

—Que me aspen si no es eso lo que me dijeron que dirías. Muy bien, entonces: aquí lo tienes —le tendió el maletín.

Brigit lo tomó, sorprendida por su peso y tentada de rebuscar en su interior lo que la profesora parecía necesitar tanto. Pero, antes que nada, pensó en compensar al viejo por las molestias que se había tomado. Registrándose los bolsillos, encontró un puñado de billetes arrugados y se los puso en la mano.

—Gracias por todo —le dijo.

—No hay necesidad de...

—Acéptelo —insistió ella, y sonrió levemente—. O me hará enfadar.

—Bueno, supongo que eso no quiero hacerlo. Gracias, pequeña dama. Pero te diré algo más antes de que te vayas... cosa que será mejor que hagas pronto, dado que esos tipos de traje se dirigen en este momento hacia aquí mientras hablamos.

Brigit miró a uno y a otro lado del callejón, pero ni vio ni sintió a nadie.

—Tú tienes una misión. Un propósito —le dijo el anciano—. Lo tienes. Y muy importante.

Brigit sintió que se le secaba la garganta y le ardían los ojos, pese a que su cerebro le aseguraba que todo aquello no era más que una tontería.

—Vete ahora. Largo de aquí.

—Ya me he ido —le dijo, y se fue. Pero mientras volvía sobre sus pasos hacia su coche, distinguió a los hombres de traje dirigiéndose a toda prisa hacia el callejón donde se hallaba el anciano. El viejo había acertado de lleno con su profecía.

Maldijo para sus adentros. ¿Cómo entonces podía haber fallado tanto en lo que le había dicho sobre ella?

James siguió a Rhiannon de vuelta a la parte principal de la ruinosa mansión, a través del falso muro. Cruzaron el dormitorio para salir al corredor del segundo piso, y bajaron luego por la escalera curva hasta el vestíbulo.

La vampira lo guió todavía por otro pasillo, donde el estuco de las paredes se estaba desintegrando. Caminaban sobre pedazos de yeso que quedaban convertidos en un polvo blanco que se adhería a las suelas de sus zapatos. El armazón de cañas se distinguía a través de los muros como el esqueleto bajo la piel de un cadáver.

Resultaba curioso que hubiera elegido aquella particular imagen mental, pensó mientras se dejaba llevar al sótano oscuro como boca de lobo y después a otra sala oculta que sabía que antaño había funcionado como laboratorio del científico vampiro Eric Marquand. Pero entonces algo llamó su atención. Un olor, y también algo más. Muerte. Allí habitaba la muerte.

Se quedó inmóvil, esperando a que la vista se le acostumbrara a la oscuridad.

—Mi visión nocturna no es tan buena como la tuya, Rhiannon, pero no me gusta lo que estoy percibiendo aquí abajo.

Surgió una luz. Las velas de una mesa cercana se encendieron de pronto, inflamadas sus mechas una a una por el poder de la mirada de Rhiannon.

No se trataba de una habilidad suya como vampira, sino

de una prerrogativa suya. Hija de un faraón y suma sacerdotisa de Isis, la antigua «Rianikki» conocía secretos y poseía poderes insólitos... un dato que siempre procuraba recordar a los demás.

—Tu primer conejillo de indias te espera —le dijo en voz baja, alzando el candelabro y dirigiéndose a la mesa que se alzaba en el centro de la sala.

La parpadeante luz amarilla bañaba el cuerpo muerto de una mujer. James bajó la cabeza, cerrando los ojos.

—Maldita sea, Rhiannon, ¿qué has hecho?

—Oh, por favor... yo no la maté. De hecho, conociendo tu afición por la raza más débil, le pedí a Roland que localizara a la primera candidata.

—¿Roland la trajo aquí? —la resistencia de James se atenuó un tanto. La pareja de Rhiannon no era ni mucho menos tan cruel e implacable como ella. Roland era más bien tranquilo, racional y hasta amable.

—Sí, y le he mandado que traiga más. En cuanto a este... —señaló el cadáver—. Treinta y tres años, casada, madre de dos hijos. Su coche se salió de la carretera para caer en un solitario lago hará poco más de un día. Roland trajo su cuerpo hace solamente unas horas, después de que tú le dijeras que necesitábamos un cadáver fresco de mortal para tus experimentos.

James miró fijamente a la mujer. El pelo estaba todavía húmedo y había barro en sus ropas. Tenía la piel azulada. Estaba claramente muerta.

—¿Y bien? —inquirió la vampira—. Vamos, haz ese rito vudú que tan bien se te da. No tenemos toda la noche.

—No puedo, Rhiannon.

—Oh, por favor... Claro que puedes. Recuerdo que solías pasear por la playa recogiendo estrellas de mar muertas que resucitar para devolver al agua. Lo hacías ya con tres años.

—Recién muertas. Y una cosa son las estrellas de mar y otra los seres humanos. No... no es lo mismo.

—¿Cuál es la diferencia?

–¿Y si ella está… ya sabes… en el cielo o…?

–Si está en el cielo, J.W., entonces volverá al cielo a su debido tiempo. La vida humana no es más que el repentino fogonazo de una luciérnaga en la lejanía. No le arrebatarás ese destino: simplemente reajustarás un poco su agenda. Piensa en su marido, en sus hijos, si eso te ayuda a superar tus ridículos escrúpulos morales.

–No, Rhiannon, eso sería como jugar a ser Dios –volvió a mirar a la mujer muerta, sacudiendo la cabeza.

–Eso es lo mismo que le dije yo –pronunció una voz profunda a su espalda.

James se volvió para descubrir a Roland, ataviado con su vestimenta tradicional. Era el único vampiro que conocía que llevaba todavía capa y traje negros.

–Creía que te habías ido a buscar más cuerpos –le reprochó Rhiannon, aunque con tono suave, cariñoso.

–Prefiero ver cómo va con este. Y saludarte apropiadamente, James.

James se acercó al vampiro, que pese a tener siglos de antigüedad, no aparentaba más de treinta años.

–Lamento no haberte saludado como correspondía hace un rato, en el piso de arriba –se disculpó–. Estaba distraído.

–Ya me di cuenta… –se abrazaron–. Ha pasado mucho tiempo, J.W.

–Sí. Y lo siento de veras.

–Nada de disculpas –lo soltó Roland–. Cada uno tiene su camino que seguir. Pero me alegro de que hayas vuelto. Te necesitamos, J.W. Y por desagradable que pueda resultar esta tarea, estoy firmemente convencido de que tienes que hacerla. Como también lo estoy de que la traducción que hizo tu mujer de la profecía sumeria es correcta.

–No es mi mujer –James bajó la cabeza, sintiendo que se ruborizaba y preguntándose al mismo tiempo por el motivo–. En este momento me odia, y la verdad es que no puedo culparla por ello.

Roland abrió la boca solo para volver a cerrarla, vacilante.

–Eso no importa ahora. Según la tablilla que tradujo, el mundo de los mortales sabrá de nuestra existencia… y eso ya ha empezado a suceder. Habla también del estallido de una guerra, y eso también se está produciendo mientras nosotros hablamos. Y predice por último el fin de nuestra raza, James, y que solo Utanapishtim puede salvarnos.

–Lo entiendo. Pero lo que no entiendo es cómo esto va a…

–Pues porque vamos a encontrar sus restos –lo interrumpió Rhiannon– y tú vas a devolverles la vida. Por tanto, ya puedes empezar a entrenar y a intensificar tus poderes. Así hasta que puedas conseguir lo que pretendemos y salvar a tu gente.

James se volvió de nuevo hacia Roland.

–¿Tú también crees entonces que es una buena idea?

–No, buena no es –bajó los ojos–. Pero sí necesaria. Desde que tenías diez años, te has estado preguntando por qué. ¿Por qué naciste con ese don para curar? ¿Cuál era su sentido? Ahora ya lo sabes, J.W. Tú eres el único que puede salvarnos. Y nuestra salvación empieza aquí y ahora. Con ella –señaló el cadáver.

James sintió un escalofrío por todo el cuerpo pero se acercó de todas formas a la mesa, al cadáver que yacía encima.

–Y si consigo resucitarla, ¿entonces qué?

–Entonces lo intentaremos con un cuerpo que lleve más tiempo muerto –dijo Rhiannon–. Una semana. Luego un mes. Y luego…

–¿Qué le sucederá a ella?

James sintió la mano de Roland, apretándole un hombro.

–Yo la atenderé. La llevaré a la ribera del lago, donde se encuentra todavía su coche. Le borraré todo recuerdo y haré que un mortal la encuentre allí.

–Su familia será advertida –susurró Rhiannon desde el otro lado de la mesa–. Su marido y sus hijos irán a buscarla al hospital, y todos llorarán de alegría. Apelar a tu instinto de héroe debería convencerte, si es que no te basta con la necesidad de salvar a los de tu raza.

–No te cansas nunca, ¿verdad? –le espetó, hosco.

La vampira entrecerró los ojos, advirtiéndole sin palabras que moderara su lenguaje. James le sostuvo la mirada sin pestañear.

–Insisto en que efectivamente es necesario. Lo he consultado con los mayores de nuestra raza –continuó Roland–. Eric, Dante y Sarafina, Vlad, incluso el propio Gilgamesh...

–¿Y mis padres y abuelos?

–Sí. Edger y Amber Lily, Jameson y Angélica... ellos también han sido consultados. Todos estamos de acuerdo. Es la única manera.

Aspirando profundamente, James asintió y terminó de acercarse a la mesa. Extendió las manos sobre la mujer muerta y cerró los ojos. Concentrándose en su propia energía, sintió el calor volviendo a brotar de sus manos, el cosquilleo de las palmas, el resplandor que despedían... Todo ocurrió como siempre, aunque le costó un poco más, como si tuviera que rebuscar más profundamente en su interior para conseguir su energía.

Sentía a Rhiannon y a Roland observándolo, pero no les prestó atención. Todo su ser estaba concentrado en la mujer, en su alma, en la recuperación del vínculo con su cuerpo físico, en curar el daño que había sido producido en el mismo por veinticuatro horas sin oxígeno y sin circulación sanguínea, así como por el agua que había encharcado sus pulmones.

Sus músculos se tensaron mientras la energía reverberaba a través de su cuerpo hasta alcanzar el cadáver. Y todavía se tensaron más, insoportablemente... hasta que, de pronto, ocurrió la liberación. Un chorro de luz que escapó de su alma y recorrió sus palmas con tanta fuerza que incluso provocó un violento efecto de retroceso. Retrocedió uno o dos pasos, tambaleante, de modo que Roland tuvo que sostenerlo por detrás.

Se sentía agotado, como si la energía que había proyectado sobre el cadáver hubiera nacido de su propio cuerpo, en lugar de servirse del mismo como simple medio transmisor. Solo entonces abrió los ojos.

La mujer había empezado a agitarse levemente, con sus ojos moviéndose bajo los párpados cerrados. Su cuerpo comenzó a temblar. Sacudía la cabeza de un lado a otro. De repente abrió los ojos, con una expresión mezclada de sorpresa y horror. James se acercó de nuevo a ella, tambaleándose todavía, y le puso una mano en el hombro:

—Tranquila. Está usted bien. A salvo, completamente a salvo. ¿Recuerda cómo se llama?

La mujer parpadeó unas cuantas veces, con expresión confusa.

—Soy… Ellen. Ellen Gainsboro —miró a su alrededor, en la habitación medio a oscuras—. ¿Dónde están mis chicos? ¿Y mi marido? ¿Quién es usted?

James sonrió aliviado e hizo una seña a Roland. El vampiro de la capa se acercó a ella.

—Va usted a dormirse ahora mismo, Ellen —le dijo con voz melodiosa, hipnótica, irresistible—. Y cuando se despierte, volverá a estar con su familia. Descansará tranquilamente hasta que escuche sus voces, y será entonces cuando se despertará, relajada y feliz. No se acordará de mí, ni de nadie que haya visto en esta habitación, ni de la habitación misma. Dormirá hasta que escuche esas voces bienamadas, y entonces se despertará para vivir la mayor alegría que haya conocido jamás. ¿Entiende?

La mujer estaba ya cerrando los ojos mientras susurraba:

—Sí.

Todo ello habría bastado para reconfortar a James, si Rhiannon no se hubiera apresurado a intervenir:

—Vamos a necesitar más cuerpos, Roland. No te entretengas más.

—Ya voy, amor mío –replicó Roland, dándole a James unas palmaditas en el hombro antes de abandonar el sótano, con la mujer dormida en brazos.

James se alejó unos pasos, tambaleante todavía, de puro aturdimiento, por lo que acababa de hacer. Apoyándose en la pared, deseó que aquella pesada tarea hubiera recaído en cualquier otro menos en él.

Capítulo 8

Después de que Brigit se marchara lista en mano, Lucy estuvo trabajando en la traducción durante cerca de dos horas, hasta que se le cansaron los ojos. Echaba de menos sus gafas. Y estaba que saltaba de pura frustración. Sentía curiosidad por conocer el significado de aquella tablilla... aunque no porque pensara que ello podría evitar la extinción de los vampiros. En cualquier caso, una tablilla nueva era siempre motivo de emocionada expectación.

Lamentablemente, era muy poco lo que podía hacer sin sus libros y sus notas. Conocía evidentemente las palabras más comunes, pero eran precisamente las menos comunes las que contaban la historia. Convencida finalmente de que se dormiría sobre la tablilla si no se levantaba para estirar un poco las piernas, pensó en explorar el resto de la casa. No la casa entera, por supuesto, sino la sección secreta y oculta bajo las paredes, más allá de las escaleras.

Brigit le había dicho que podía explorarla con toda libertad, siempre y cuando no abandonara las profundidades de la ruinosa mansión, y Lucy decidió que no perdía nada obedeciéndola. No quería enfurecer a aquella gente. No deseaba desafiarlos ni enfrentarse a ellos. Ella no era ninguna rebelde. Solo quería irse a su casa. Y el camino más sencillo para lograr ese objetivo, por lo que había podido ver hasta el momento, era hacer sin más lo que le habían dicho y confiar en que cumplieran su promesa cuando terminara con la labor.

Más allá de la gran sala que servía de oficina, la del ordenador y la mesa de conferencias, había otras habitaciones conectadas entre sí en una larga cadena. Sin pasillos entre ellas, dado que no había espacio suficiente. Todas las habitaciones tenían la misma forma, largas y estrechas. La inmediatamente contigua a la oficina era una especie de cocina, con una nevera y armarios, y un microondas muy sencillo. Había también un fregadero, con agua corriente. Tenía hambre; la fruta que le había ofrecido Brigit había calmado un tanto su apetito, pero en aquel momento necesitaba algo más sólido. Con un ronroneo en el estómago, abrió la nevera para ver lo que había dentro... y enseguida la cerró de golpe, aterrada.

Había visto bolsas de sangre con el logo de la Cruz Roja.

El hambre se había convertido de pronto en un ataque de náuseas, y no exploró más la cocina. En lugar de ello pasó a la habitación contigua, que era un dormitorio. Con altas ventanas falsas, de cristales opacos. Se fijó en las grandes cerraduras de las puertas; aunque estaban en aquel momento abiertas, no pudo sino estremecerse ante su vista.

La siguiente habitación era un segundo dormitorio. Había cuatro en total, cada uno dispuesto de la misma forma, con sólidas cerraduras.

La puerta del último estaba cerrada, pero se estaba acercando cuando se abrió de pronto... y apareció James. Salía de lo que parecía un cuarto de baño, y nada más verla se quedó inmóvil, paralizado.

Parecía... cansado. Lo suficiente para que Lucy se preguntara por lo que le habría sucedido durante las dos últimas horas que había estado ausente. Para no hablar de que había penetrado en la sección secreta de la casa sin que ella se hubiera dado cuenta. Pensó que debía de haber otra entrada por alguna parte, y atesoró esa información para el futuro. Vio que estaba despeinado y que tenía el pelo húmedo, al igual que su rostro, como si se hubiera estado refrescando en un intento por despabilarse.

–Lucy –la saludó–. Lamento haberte hecho esperar.

–No lo has hecho –ladeó la cabeza–. ¿Te encuentras bien?

–¿Qué? –parpadeó varias veces, distraído, hasta que pareció entender la pregunta–. Oh, sí, ¿por qué lo preguntas?

–Pareces… agotado.

–No, estoy bien –rehuyó su mirada–. Precisamente acababa de dejarte una nota.

–¿Una nota?

James se hizo a un lado para dejarle entrar en el cuarto de baño. Era casi tan grande como los dormitorios, pintado con un tono verde menta. Había una enorme bañera con patas en forma de garras de león y grifería de bronce, incluido un alto y anticuado poste de ducha y una cortina. Lucy se fijó también en la taza y el lavabo a juego, de color marfil, y grifos del mismo estilo. Al lado del lavabo había un tocador de aspecto antiguo, con todo tipo de frascos de champú, jabones y perfumes sobre su superficie de mármol verde y negro.

–Esta parece la habitación mejor aprovisionada de la casa –comentó en voz baja–. ¿Me habías dicho algo acerca de una nota?

James señaló con la cabeza el cesto de mimbre que estaba detrás de ella, con una pila de ropa dentro y encima una nota. Un papel vitela doblado en dos, con su nombre escrito en el dorso.

Lucy se volvió hacia él, curiosa, y justo en ese preciso momento vio que se le doblaban las rodillas, hasta el punto de que tuvo que apoyarse en el marco de la puerta para no caer. Antes de que pudiera evitarlo, se sorprendió a sí misma sujetándolo por debajo de los brazos.

–Tranquilo… –le dijo–. Dios mío, ¿se puede saber qué es lo que te ha estado obligando a hacer Rhiannon?

–Solo lo necesario –cerrando las manos sobre sus hombros, la apartó ligeramente de sí. En aquel instante, sin embargo, ella alzó la cabeza y él la bajó, con lo que sus miradas se encontraron. Se anudaron. Sus manos seguían sobre su cintura.

Por un segundo, solo por un interminable segundo, pensó que iba a besarla. Estuvo segura. No era que tuviera mucha experiencia en besos, desde luego. Pero increíblemente anheló aquel beso, sintiendo ya su boca, saboreando sus labios... en su mente.

Hasta que él se irguió de pronto y la magia del momento quedó rota.

–Yo... bueno, ahí está la nota.

–Sí, yo... –el silencio era mejor que cualquier balbuceo. Dejó caer los brazos a los lados y se alejó de su calor. Recogiendo la nota, la desdobló y la leyó:

Lucy,
Te he dejado una muda de ropa. Por favor, usa con toda libertad lo que aquí encuentres, y siéntete lo más tranquila y relajada que puedas en esta situación. Pretendo hacer tu estancia aquí lo más breve y lo menos dolorosa posible. Y aunque no te hemos dado elección, tu ayuda es enormemente agradecida.
James

Sintió que el corazón le desbordaba de ternura hacia James Poe. Sabía de la sinceridad de sus palabras. Sabía que se sentía presionado por lo que su familia le estaba pidiendo, empujando que hiciera. Y eso podía entenderlo.

–Gracias. Ha sido muy... considerado por tu parte –alzó la cabeza para encontrarse con su mirada, pero ya se había marchado.

Asomó la cabeza fuera del cuarto de baño, pero no lo

vio. Pensó que debía moverse como una especie de guerrero ninja.

«O más bien como un vampiro», le susurró una voz interior. «No te olvides de lo que es: mitad monstruo, mitad humano. Y un secuestrador. No confíes en él ni por un momento, Lucy».

Le disgustaba aquella voz que oía en su mente, precisamente porque tenía pleno sentido, y habría preferido no escucharla en absoluto. No tenía problema alguno en aceptar que todos los demás eran monstruos que actuaban movidos por su instinto de supervivencia. Sobre todo la reina de los vampiros, la tal Rhiannon. La vampira no podía desagradarla más. Desconfiaba de ella y la temía a partes iguales.

Pero todavía no sabía qué pensar de James. Parecía un hombre decente, enredado en una complicada situación. Parecía distinto de los otros, incluida su hermana. Y quizá había estado intentando alejarse de ellos con la intención de llevar una vida normal, teniendo en cuenta que llevaba tiempo alejado de su mundo y fuera de contacto, para disgusto de los propios vampiros. ¿Intentando tal vez vivir como un humano más? ¿Acogiendo de buen grado su humanidad y rechazando la bestia que llevaba dentro?

Aunque eso no le importaba a ella. No podía importarle menos.

Aun así, se aprovechó de su aparente amabilidad para disfrutar de una larga ducha caliente, que alivió sus doloridos músculos y le despejó la cabeza. Cuando salió, se envolvió en una gruesa y toalla y miró la ropa que le había dejado.

Vaqueros. Vaqueros de cintura baja que le quedaban mejor y más cómodos que los que solía llevar de cintura alta. Una diminuta camiseta negra, de mangas y cuello cortado. Cortada también por la parte baja, ya que su ombligo quedó al descubierto cuando se la puso. En conjunto, la ropa más opuesta a la que habría podido encontrar en su vestidor de casa. También había un par de calcetines, y unas botas negras de estilo militar y tacones altos. Los tacones medían sus buenos diez centímetros, pero las plataformas de las suelas tenían cinco por lo menos, con lo que el ángulo en el que quedaba el pie no resultaba tan incómodo. Las botas se ataban con cordones hasta media pantorrilla, y también llevaban hebillas.

Supuso que debían proceder del guardarropa de Brigit. Como resultado, se sintió tan incómoda como ridícula.

No había espejos… evidentemente. De todas formas se alegraba de ello, ya que debía de ofrecer un aspecto horrible. Se recogió la melena húmeda en su habitual moño y atravesó de vuelta los dormitorios de camino a la oficina, tambaleándose sobre los altos tacones y bajándose constantemente la camiseta.

Tenía tantas ganas de regresar a su casa...

Mientras estuviera allí, sin embargo, lo mejor que podía hacer era volver al trabajo. Tomó asiento de nuevo ante la mesa, abrió el cuaderno de notas y se aplicó a la labor.

Una hora después apareció Brigit, para arrojar el añorado maletín de Lucy sobre la mesa.

—Buen intento –dijo la espectacular rubia, con su atuendo de *dominatrix*, mientras dejaba el libro del señor Folsom junto al maletín–. ¿Era esto lo que realmente querías, verdad?

Lo que realmente quería, pensó Lucy al tiempo que dejaba cuidadosamente su bolígrafo sobre la mesa, era lo que había dentro de la bolsa de comida que asimismo había traído Brigit... y que olía tan bien.

Y leer ese libro. Eso también.

—Pensé que me vendría bien saber más cosas sobre la raza a la que parece que estoy obligada a intentar salvar.

—Ya, bueno, será mejor que te pongas a ello, o dentro de poco no quedará raza alguna que necesite de tu ayuda. La existencia de los vampiros es en este momento el tópico de moda, gracias las informaciones procedentes de ese libro que se han venido filtrando. Al menos eso es lo que he oído en la radio mientras venía hacia aquí. Grupos de vigilantes están proliferando por todo el país, y muriendo gente inocente.

—¿Vampiros inocentes o humanos inocentes? —quiso saber Lucy.

—Los inocentes son inocentes, rata de biblioteca. Pero, para responder a tu pregunta: ambos.

—Lamento si eso ha sonado... a prejuicio. No era esa mi intención. Y lamento también que vuestra gente esté sufriendo.

—Recuerda que la tuya también.

Suspirando, Lucy miró de nuevo el libro.

—Quizá aquí encontremos algunas respuestas —estiró una mano para recogerlo, pero Brigit se le adelantó.

—No tan rápido. Veamos antes lo que Rhiannon tiene que decir a esto. Además, cualquier cosa que quieras saber, solo tienes que preguntarla. De todas formas, ahora mismo no tienes tiempo para perderlo leyendo un libro. Necesitamos tener la traducción de esa profecía lo antes posible. ¿Entendido?

Lucy frunció el ceño, ladeando la cabeza.

—Pareces enfadada.

—¿Te parece? —suspirando, Brigit dejó por fin la bolsa de comida rápida sobre la mesa, delante de ella—. Pensé que estarías tan hambrienta como yo. Mis parientes tienen la casa bien aprovisionada para sus necesidades, pero dudo que haya mucha comida aquí para consumo humano.

—Cierto. Tengo entendido que nunca beben... vino.

Brigit se quedó callada, mirándola fijamente durante un buen rato antes de preguntarle:

—¿Acabas de hacer un chiste de Drácula?

Lucy asintió. El aroma que emanaba de aquella bolsa hacía que la boca se le hiciera agua y, además, que le entraran ganas de bromear.

—Sí, eso creo —abrió la bolsa y sacó primero las patatas fritas.

–Pues existe, ¿sabes? –dijo Brigit mientras la veía comer.

–¿Quién?

–Drácula.

Lucy se detuvo con una patata entre los dientes y se la quedó mirando con ojos desorbitados.

–Vlad Tepes. Por supuesto, ese no era su nombre original –de repente se mordió el labio–. Me temo que te estoy descubriendo todavía más secretos que los que te revelará ese libro de Folsom –miró a Lucy de arriba abajo–. Ah. Veo que hiciste lo que te sugerí y exploraste el lugar mientras estuve fuera.

–Sí, tomé una ducha. Y te agradezco... la ropa. Supongo que será tuya.

–De nada. Le dije a J.W. que tomara todo lo que pensara que podrías utilizar. El resto de las cosas que pediste deberían llegar dentro de poco. He enviado a alguien que sabe moverse todavía más rápido que yo. Ordené también que te trajeran tu propia ropa –sonrió–. Aunque tienes un gran cuerpo debajo de esas camisas almidonadas y esas chaquetas de tweed que sueles llevar. Deberías lucirlo más a menudo.

Lucy pensó en darle las gracias, pero estaba demasiado ocupada ruborizándose.

–Si ahora te pones colorada, espera a que mi hermano te vea vestida así –Brigit señaló la bolsa de comida–. Anda, cómete eso.

–Er... ¿has traído más para... tu hermano?

Brigit frunció el ceño, ladeando la cabeza.

–Sí, claro. ¿Por qué lo preguntas?

Lucy desvió la mirada, reacia a responder. Sabía que no debería preocuparse por el bienestar de su secuestrador. ¿Estaría empezando a padecer el síndrome de Estocolmo? No, era demasiado pronto, y sin embargo... Quería gustarle a James. Quería reconciliarse con aquella extraña, inexplicable e innegable atracción que sentía por él. La última vez que lo había visto estaba exhausto, agotado, después de haber pasado no más de un par de horas con Rhiannon durante su presunto «entrenamiento». Pero no podía confesarle a Brigit que estaba preocupada por su hermano.

Rezó para que fuera un hombre bueno, y no un malvado. Quería volver a pensar en él como en un héroe.

—Yo... me figuré que él también estaría hambriento —dijo finalmente, de manera torpe.

Brigit seguía mirándola con curiosidad.

—No te preocupes. Le he traído una tonelada de comida.

Lucy decidió entonces que había llegado el momento de cambiar de tema.

—Yo, er... ha empezado a traducir algo. Alguna palabra suelta, las que he podido reconocer sin mis notas.

Brigit miró el cuaderno donde Lucy había estado copiando el texto cuneiforme línea a línea, dejando espacios entre medias para la traducción. Unas pocas palabras ocupaban aquellos espacios. Simples conjunciones como «y», «para» o «con»; palabras más complejas como «antiguo», «muerte», «asesino», e incluso algunos nombres: Utanapishtim y Ziasudra.

Brigit volvió a mirar a Lucy.

—Realmente se te da bien esto, ¿verdad? Quiero decir que has avanzado bastante, y eso que todavía no tienes ni tus libros ni tus notas.

—Ni mis gafas —añadió ella mientras estiraba una mano hacia su maletín y las sacaba de un bolsillo exterior. Se las puso enseguida—. Es lo que llevo haciendo toda la vida. Lo que hacían mis padres —le pareció que Brigit le lanzaba una mirada de admiración... que no duró más que un instante. Decidió intentar sonsacarle alguna información suplementaria. Había contado con que el libro de Folsom le revelaría todo lo que necesitaba saber sobre los vampiros—. Pero me sería de gran ayuda saber lo que estáis buscando. Específicamente, quiero decir. Eso podría agilizar mi trabajo, y os avisaría en cuanto lo localizara.

–Me parece una petición razonable. La transmitiré a los demás y te daré una respuesta. Mientras tanto, el resto de tus cosas está en el maletín, teléfono incluido. Aquí no hay cobertura, y la conexión inalámbrica del ordenador está protegida con contraseña. De manera que no tienes posibilidad alguna de cometer una estupidez, como por ejemplo intentar pedir ayuda.

–No pensaba hacer eso.

–Mejor prevenir que lamentar después –repuso Brigit, y bajó la mirada al cuello de Lucy–. Muy bonito.

Lucy se tocó el colgante, del que se había olvidado por completo: la Guan Yin que el señor Folsom había utilizado como punto de libro. Y mientras lo acariciaba, detectó por primera vez lo que parecía una fisura en el cuello de la figurilla de jade. Como si la cabeza pudiera desenroscarse.

–Gracias. Es... un regalo –mantuvo cerrado el puño sobre la piedra, escondiéndola.

–Te queda bien. Guan Yin. Misericordia y compasión y todas esas blandenguerías. Aunque un colgante de la diosa Kali iría más a tono. Ya sabes: un collar de calaveras, donde cada brazo blande un arma o un miembro amputado.

–La destrucción y la creación van siempre de la mano. Kali también tiene su sentido. Su misión.

Brigit frunció el ceño.

–Eres la segunda persona en este día que me ha dicho eso. Misión, sentido... Interesante. Tengo que irme. Afuera, el mundo se ha vuelto loco. Sigue trabajando, ¿de acuerdo?

–Gracias. Por la comida y por la ropa.

–De nada –y abandonó la sala, llevándose el libro del señor Folsom consigo.

Lucy se apresuró a examinar la Guan Yin, recorriendo con los dedos la fisura del cuello de la figurilla de jade. Al tirar, la cabeza se desprendió. Aquello era más que un simple adorno. Era un lápiz USB.

Rebuscó en su maletín hasta que encontró su móvil. Era

muy moderno, un último modelo entre los de su clase: un Cyborg 4G. Lucy era una maniática en muchos aspectos, y la tecnología era una de ellos, con lo que se había encaprichado del aparato nada más verlo. En aquel momento se alegró de haberlo adquirido. ¿Cuántos móviles contaban con puerto USB? Pocos. Por el momento.

Encendió el teléfono, para comprobar de inmediato que Brigit no le había mentido: no había cobertura. Rápidamente conectó la Guan Yin en el puerto USB, y cuando apareció el icono en la pantalla lo abrió. Era un archivo en pdf del libro de Folsom. Confidencial.

Afortunadamente, su programa podía leer archivos de ese tipo. Lo abrió, importó el archivo, lo guardó y desconectó luego el lápiz USB. Después de cerrarlo, volvió a ponerse el colgante y se lo escondió bajo la camiseta, para que pasara lo más desapercibido posible.

Finalmente se sentó a la mesa y empezó a leer la versión «confidencial» del libro de Folsom. Supuso que eso querría decir que contendría secretos que ni siquiera la versión en papel habría recogido. Y cuando vio que los vampiros eran descritos como bestias sin alma y sedientas de sangre, rezó para que aquella parte fuera uno de aquellos secretos vedados al público. Aunque teniendo en cuenta lo que Brigit le había contado sobre los vigilantes y los linchamientos de vampiros... mucho se temía que no era así.

Capítulo 9

Lucy sabía que supuestamente debería estar durmiendo. Y ciertamente necesitaba unas cuantas horas de sueño.

Había trabajado durante toda la noche en la traducción, habitualmente en presencia de alguien encargado de vigilarla, o Brigit o Roland, el vampiro de pelo negro que vestía y hablaba con tanta formalidad como si hubiera salido de las páginas de una novela histórica. Su acento francés le había pasado desapercibido en un principio, de lo leve que era. Y sus maneras eran impecables. Parecía demasiado amable para ser... un vampiro. Para no hablar de que era compañero de Rhiannon.

Esa noche vio poco a James. Había vuelto a salir con Rhiannon para continuar con su «entrenamiento». ¿Entrenamiento para qué?, se preguntó.

Lo que se preguntó a continuación fue por qué no parecía capaz de sacárselo de la cabeza. Su anterior encuentro la había dejado estremecida y sintiendo cosas que... no le gustaba sentir. Atracción. Una peligrosa atracción, y además estúpida. Nunca había imaginado que sería una de aquellas mujeres que se sentían atraídas por hombres oscuros y peligrosos... capaces de herirlas. Siempre se había considerado demasiado inteligente para hacer algo tan autodestructivo.

Y, sin embargo, no podía pensar en James y en su mirada cuando, por un estremecedor instante, había estado a punto de besarla. ¿Qué habría pasado si lo hubiera hecho?

Se mordió el labio, esperando que los vampiros no pudieran leerle el pensamiento. No, no podían. Era de día. James sí que podía, pero sospechaba que se encontraba demasiado ocupado o demasiado exhausto, o ambas cosas a la vez. En cuanto a Brigit, sospechaba que a ella no le importaba nada lo que pudiera pensar o dejar de pensar.

Y además *estaba* cansada, pese a que era de día. Lógico: sus hábitos de sueño habían cambiado gradualmente durante los tres últimos meses. Lo suficiente para que le hubiera pedido a su médico de cabecera una receta que contrarrestara su tendencia a permanecer despierta por las noches, pensando sin cesar, para luego quedarse dormida de día en su despacho. Se había llevado las pastillas a Nueva York: lamentablemente, no las había incluido en la lista de cosas que había facilitado a Brigit.

Y sin embargo, cansada como estaba, en ese momento no se permitió dormir. Aún no. En lugar de ello, esperó tumbada en la cama del dormitorio contiguo al cuarto de baño, al final de la cadena de secretas habitaciones. Esperó a que los demás estuvieran fuera de combate. Era seguro que James y Brigit dormirían también durante el día, ya que habían permanecido levantados durante toda la noche. La casa estaba a oscuras y en silencio. Y podía además percibir un cambio sutil en el aire, señal de que todo el mundo estaba dormido: como una especie de serenidad casi palpable. Una serenidad que podía quedar turbada con que solo un individuo se despertara. Había tenido esa misma percepción de niña, cuando había dormido en la tienda de sus padres en el desierto de Iraq, durante aquella última excavación. Recordaba haberse escabullido de la tienda cierta noche, para quedarse mirando las estrellas y sentir aquel denso silencio.

El mismo denso silencio que se había abatido sobre el campamento después del ataque, solo que entonces había sido más pesado, más palpable. Pero igual de absoluto que cuando permaneció agazapada detrás de aquella duna, temerosa de asomar la cabeza. En aquellos instantes había intentando convencerse a sí misma de que no había nadie allí, de que los atacantes se habían marchado ya. De que ya no había peligro.

Y, sin embargo, había sido incapaz de moverse. Quizá había temido ver los cuerpos acribillados de sus padres. Un recuerdo que se alegraba enormemente de no tener.

Suspirando, se esforzó por concentrarse en el presente y en la tarea que tenía entre manos: averiguar todo lo posible sobre sus captores. No tanto para intentar derrotarlos como para satisfacer su mente siempre curiosa, educada en el ansia de conocimiento. Se movió con cuidado, procurando no hacer el menor ruido, y sacó su móvil y sus gafas del maletín, que había dejado en la cabecera de la cama. Luego, después de detenerse a escuchar por unos segundos, y no oyendo ruido alguno procedente de las demás habitaciones, se echó la sábana sobre la cabeza y encendió el móvil. Durante la noche había estado curioseando algunos párrafos del archivo del libro del señor Folsom, a escondidas, aprovechando los escasos momentos en que había podido escapar a la vigilancia por unos pocos minutos cada vez. Y lo que hasta el momento había leído la había dejado fascinada. La última vez que había tenido que interrumpir su lectura había sido en medio de una descripción del antigen Belladona: el extraño elemento de su sangre gracias al cual estaba destinada a morir joven. En realidad ese descubrimiento nunca la había preocupado demasiado. Principalmente porque siempre había sentido que debería haber muerto en aquella última excavación, con su familia.

Pero sentía curiosidad por saber qué tenía que ver su tipo sanguíneo con todo aquello. Con vampiros, agencias secretas de gobierno y viejos locos que escribían libros escandalosos por cuya culpa terminaban muriendo.

Abrió el archivo, encontró el párrafo donde se había detenido después de la última pausa para ir al baño, y empezó a leer vorazmente:

El Belladona es un antigeno extremadamente raro, que se encuentra en poquísimos humanos. Su número exacto es difícil de averiguar, ya que buena parte de sus portadores nunca llegan a ser diagnosticados. El antigeno no se presenta como un tipo sanguíneo normal: su identificación necesita de un análisis en profundidad. Los portadores del Belladona desarrollan síntomas que pueden ser atribuidos a otros factores. Su sangre tiene problemas de coagulación y por tanto sangran profusamente, como los hemofílicos. Hasta la edad adulta, ese es el principal y único síntoma común conocido. Entre los treinta y cinco y los cuarenta años, sin embargo, aparecen otros síntomas. Un descenso de los niveles de energía y una sensación general de letargo y malestar. La tendencia a dormir cada día más y a padecer insomnio por las noches es a menudo interpretada como un trastorno común. Pero la debilidad aumenta, y la salud continúa deteriorándose hasta que desaparece y sobreviene la muerte. Los portadores del antigeno rara vez pasan de los cuarenta años.

Existen, sin embargo, unas pocas excepciones.

El lector se preguntará seguramente por el motivo de que una información sobre una tipología humana, por muy minoritaria que sea, haya sido incluida en un libro sobre los inmortales. Existe, de hecho, una muy buena razón para ello. Sólo los humanos portadores de antigen Belladona pueden llegar a convertirse en vampiros. Cada vampiro existente en la actualidad poseyó ese antigeno como antiguo ser humano que fue.

–¿Qué? –susurró con expresión consternada–. Dios mío –parpadeó sorprendida antes de continuar leyendo:

Por otra parte, los vampiros conocen este hecho y siempre han sido conscientes de él, antes de que tuvieran un nombre para dicha condición. Ellos identifican a los portadores del antigeno gracias a un sexto sentido que les permite reconocer a los de su propia raza, o parentesco. Llaman a esos humanos los Elegidos. Las investigaciones de la DPI han demostrado que los vampiros son reacios, y quizá incapaces, de hacer daño a los miembros de esta extraña casta humana y tienden, de hecho, a convertirse en sus guardianes: a ofrecerles ayuda cuando se enfrentan a un problema o a un peligro.

Muchos de los Elegidos, aquellos que nunca han sabido nada de todo esto, han revelado, mediante hipnosis, recuerdos reprimidos de misteriosos desconocidos que han intervenido en situaciones de peligro, para desaparecer de nuevo una vez que el individuo quedaba a salvo. Algunos se han tropezado con el mismo desconocido en múltiples ocasiones a lo largo de sus vidas. Las similitudes analizadas en estos casos son las siguientes. La memoria de la víctima queda borrada por medio de una técnica aparentemente semejante a la de la sugestión post-hipnótica, solo que en una forma extremadamente potente. Y la víctima suele experimentar una sensación de conexión, de intimidad con el desconocido. Otras similitudes, aunque no universales, son los relatos en los que el desconocido exhibe una fuerza sobrehumana; puede escuchar y hablar con la víctima mentalmente, esto, es sin palabras; y puede, en apariencia, tele-transportarse: desplazarse instantáneamente del punto A al B. Esto se explica porque los vampiros son capaces de moverse a velocidades imperceptibles por el ojo humano (ver los recuerdos y sesiones transcritas en la sección Estudios de Casos, apéndice 2).

Lucy estaba buscando el apéndice citado cuando llamaron a la puerta: los suaves golpes casi le hicieron saltar en la cama. Tragó saliva y cerró el archivo, apagó el móvil y volvió a guardarlo apresuradamente en el maletín.

–¿Quién es? –inquirió mientras se quitaba las gafas y las dejaba sobre la mesilla.

–James.

–Oh –se levantó de la cama. Se quitó la Guan Yin, que colgó del poste opuesto de la cama para luego colocar encima su bata. Los subalternos de Brigit, fueran quienes fueran, habían regresado con todos los artículos de su lista y algunos más, como por ejemplo aquella bata y varios conjuntos de pijama. Tenía afición por las telas de algodón más finas del mercado, preferiblemente de tonos pastel. Aunque, en aquel momento, se sentía ridícula vestida así, cuando estaba a punto de verla James.

Pero eso era una tontería. James era su secuestrador. Además de que ni siquiera era de su misma especie.

«No según lo que acabo de leer», se recordó. «Folsom dijo que yo estaba *relacionada*. Tengo el antigeno. Es por eso por lo que no pueden hacerme daño».

–¿Lucy?

De modo que él lo sabía. Sabía que ella tenía el antigeno, y sabía también que eso significaba que moriría joven. Quizá en los próximos ocho años o así; tal vez menos, dado que sus recientes trastornos de sueño aparentemente eran síntomas de que el antigeno se estaba volviendo activo. De modo que su esperanza de vida quizá fuera aún más corta de lo que había imaginado. A no ser, por supuesto, que se convirtiera en vampira.

Puso los ojos en blanco ante una ocurrencia tan absurda: algo así no podía ser cierto. Suspirando, desterró aquellos desagradables pensamientos y abrió por fin a James.

Tenía los ojos irritados, con los párpados levemente inflamados. No estaba tan erguido como antes. Tenía el pelo despeinado, como si se hubiera pasado varias veces las manos por la cabeza.

–¿Puedo entrar?

Lucy asintió y se hizo a un lado. Vio que llevaba una gran caja blanca detrás de la espalda, hasta que reconoció el olor. Abrió mucho los ojos.

–¿Pizza?

–Espero que te guste el jamón y la piña.

Su estómago respondió por ella, gruñendo de expectación. Rápidamente alisó la colcha de la cama y se sentó en la cabecera, con las piernas cruzadas.

–Aquí mismo estaremos bien.

James se quedó de pie junto a la cama, abrió la caja y se la tendió. Lucy recogió una gran porción y la mordió. Los sabores explotaron en su boca y cerró los ojos, deleitada.

–Ah, qué rica... –de repente se dio cuenta de que seguía allí de pie, observándola–. ¿No vas a comer tú?

–Oh... claro. Ese era el plan –James se sirvió una porción, apartó la caja y se sentó a los pies de la cama.

No volvieron a hablar hasta que terminaron de comer: Lucy dos porciones enteras, y él tres. Le tranquilizó pensar que no había perdido el apetito. Y, para ser sincera, se sentía bien. Quizá el viejo Folsom estuviera chiflado después de todo, incluso aunque hubiera acertado con la existencia de los vampiros.

–Guardaré el resto en la nevera –le dijo James–. Nos servirá de desayuno.

Lucy esbozó una mueca de casco, que procuró disimular. En vano.

–¿Qué pasa? –le preguntó él.

Suspirando, respondió:

–Creo que no podría comer nada que haya estado en esa nevera.

James puso los ojos en blanco.

–La sangre está en bolsas selladas, Lucy. No hay peligro de que se mezcle con la pizza.

–Pero me resulta igual de asqueroso.

–Supongo que te acostumbrarás.

–Espero no quedarme el tiempo suficiente para ello –al ver que bajaba la cabeza sin decir nada, decidió insistir–: Porque me dejarás libre tal y como me prometiste, ¿verdad? ¿Tan pronto como haya traducido la tablilla?

–Sí.

–Y, sin embargo, los criados de Brigit me han traído ropa suficiente para un par de semanas. ¿Por qué?

James alzó la cabeza y la miró. Parecía divertido.

–¿Criados?

–Bien, quienquiera que haya enviado a por mis cosas. Esos seres misteriosos que aparecieron en el portalón después de que llegáramos, supongo.

–Familiares, Lucy. Son familia. Brigit envió a algunos de nuestros parientes a buscar tus cosas.

De repente no supo qué decir.

–Lo siento. No quería sonar ofensiva. Es simplemente que desconozco el protocolo de corrección política a la hora de hablar de especies que ni siquiera sabía que existían. Por eso he recurrido a los viejos clichés. Ni siquiera sé qué mitos son ciertos y qué mitos no…

James se encogió de hombros.

–Supongo que no puedo culparte por mostrarte tan impaciente con nosotros.

–No, no puedes. Ya rompiste tu palabra una vez cuando me dejaste creer que me llevabas a mi casa, para acabar trayéndome aquí, así que no tengo motivo alguno para volver a confiar. Pretendes claramente retenerme en esta casa durante todo el tiempo que necesites, sin que te importe lo mucho que eso pueda perjudicar mi vida y mi carrera. Y, sin embargo, necesito saber que mantendrás tu promesa de liberarme una vez haya terminado de traducir esa tablilla.

James asintió con la cabeza. Pero se quedó aparentemente ensimismado durante tanto tiempo que ella se sintió obligada a preguntarle:

–¿Ni siquiera vas a prometerme eso?

–Esa era mi primera inclinación: por eso te hice la promesa. Pero el caso es que, apenas una semana atrás, jamás habría imaginado que terminaría haciendo lo que he hecho: traerte aquí contra tu voluntad, retenerte en esta casa cuando tú lo único que quieres es marcharte a la tuya, y obligarte a que nos ayudes en un combate que tiene muy poco que ver contigo –cerró los ojos–. No quiero hacerte promesa alguna que luego me vea incapaz de cumplir. Tampoco espero que lo creas, pero te juro que es verdad. Siempre me he tenido por un hombre honesto, de buenas intenciones.

–¿Entonces por qué te comportas como todo lo contrario?

Alzando la cabeza, se la quedó mirando a los ojos como si estuviera reflexionando sobre su respuesta. Por fin se levantó de la cama y se alejó unos pasos, pensativo. Lucy cerró la caja de pizza y la dejó en el suelo; luego se puso cómoda y se dedicó a observarlo.

–Nací con el don de curar –le dijo–. Pero nunca supe por qué.

–¿Tiene que haber una razón?

–¿Lo dudas?

–Bueno, yo nací con el cabello y los ojos castaños. No hay razón para ello. Es así y punto.

James asintió.

–Mucha gente nace con el cabello y los ojos castaños. Pero yo soy el único que nació con ese don.

–Pero tienes una hermana gemela.

–Brigit es... completamente distinta. Lo opuesto de mí.

–Entiendo –mintió. En realidad no entendía nada–. ¿Entonces, ella no posee el don de curar?

–No.

Percibió que había más, pero no insistió. Podía ver que estaba de humor para hablar. Sabía que lo mejor que podía hacer era estimularlo, antes de correr el riesgo de que se cerrara de nuevo.

–Continúa –le dijo–. Por favor.

–Realmente no sé adónde quería ir a llegar...

–Tienes el don de curar. Crees que es por una razón. Y te has pasado la vida entera preguntándote por esa razón. ¿Qué más has estado haciendo aparte de eso? –le preguntó–. Parece que te has... distanciado de tu familia, ¿no?

James asintió.

–Ellos lo ven así. Pero yo nunca he perdido del todo el contacto con mi familia. Solamente elegí no vivir entre ellos. He estado intentando llevar una vida... más normal, siempre buscando mi *raison d'être*.

–¿Entonces tienes un... trabajo?

–Muchos. Empleos normales y corrientes, que me permiten pasar desapercibido, ir y venir por ahí a voluntad. Nada parecido a una carrera, como la que tienes tú. Hago lo necesario para ganar el dinero imprescindible para mantenerme. Mi auténtica vocación siempre ha sido la curación.

–Tú... ¿vas por ahí poniéndole las manos encima a la gente? ¿Curándola?

–Eso es. En cabañas en aldeas africanas asoladas por el SIDA. Salas de enfermos de cáncer en hospitales infantiles. Campamentos de refugiados en Darfur. Por las noches, aprovechando que todo el mundo está dormido, deambulo y los curo. Habitualmente niños. Y luego me escabullo sin que me descubran.

Lucy se quedó consternada. De todas las cosas que habría podido decirle en las que ocupaba su tiempo, salvar niños moribundos era la última que se habría imaginado. De nuevo se sorprendió a sí misma mirándolo como si fuera un héroe, un ángel.

–Igual que un vampiro... solo que al revés –susurró—. En lugar de arrebatar la vida, la das.

–Los vampiros no quitan la vida, Lucy –sonrió–. Ya no.

–Pero... ellos necesitan sangre. Quiero decir... ¿acaso la mayoría de ellos no subsisten robando bancos de sangre?

–Algunos sí. Pero no necesitan matar para alimentarse. Pueden beberla de los vivos sin hacerles el menor daño e incluso borrándoles después todo recuerdo de la experiencia. Puede llegar a ser algo bastante... placentero, de hecho.

–¿Tú...?

–No –desvió la mirada–. Sí –se corrigió, avergonzado.

Enarcando las cejas, Lucy le preguntó:

–¿Cómo lo haces?

–Puedo... alargar los colmillos. Hundirlos en la yugular y beber sangre humana. Pero solamente la probé una vez, y no de un ser vivo. No fue elección mía. No era más que un niño.

Lucy arrugó la nariz.

–¿Fue... horrible?

–Fue... maravilloso.

Lucy sintió que se le encogía el estómago. Y, sin embargo, a pesar de su repulsión, se descubrió a sí misma preguntándose por qué había sido tan sincero con ella, tan abierto. Por fuerza tenía que saber que le repugnaría imaginárselo bebiendo sangre.

–Pero no soy un bebedor de sangre –se apresuró a asegurarle James–. No necesito serlo, y además he elegido no serlo. Me alimento de comida normal, bebo bebidas normales y mantengo mis colmillos en su tamaño normal –sonrió para demostrárselo.

Por un breve instante, Lucy se perdió en aquella sonrisa, en aquellos ojos, en el hombre que era... convencida como estaba una vez más de que se trataba de una especie de héroe. ¿Héroe, su secuestrador? Maldijo para sus adentros. ¿Qué diablos le estaba pasando?

–¿Y qué me dices de Brigit? –inquirió, para cambiar tanto de tema como de rumbo de pensamientos.

James volvió a desviar la mirada.

–Creo que ella bebe sangre regularmente. Ello incrementa su fuerza, sus poderes vampíricos. Le entusiasma.

–¿Qué clase de poderes tiene tu hermana?

James sacudió la cabeza.

–Esa pregunta deberías hacérsela a ella, creo.

Lucy anhelaba continuar con aquella conversación. Su curiosidad se había impuesto a su miedo.

–¿Así que los vampiros, y los medios vampiros, pueden

beber sangre y hacer luego que la víctima olvide la experiencia?

–Los que son tres cuartas partes vampiros –la corrigió–. Sí, efectivamente.

–¿Y qué pasa con... las marcas? –se tocó el cuello mientras formulaba la pregunta.

Los ojos de James siguieron el movimiento de su mano y descansaron allí, en su garganta. Lucy tuvo la repentina impresión de que le ardía la mirada.

–Curan con los primeros rayos de sol. Así que los mortales rara vez descubren nada.

Se quedó callada, contemplándolo.

–Demasiada información que asimilar, ¿verdad?

–Es un mundo entero que ni siquiera sabía que existía.

–La mayor parte de la gente no lo conoce. O no lo conocía. Hasta ahora.

Lucy bajó la mirada.

–¿Puedo preguntarte por los clichés sobre vampiros sin que te ofendas?

–Por supuesto.

–¿Es verdad lo del ajo y los crucifijos?

–No.

–¿Y el agua bendita? ¿No os abrasa?

–No.

–¿Y qué hay de ti y de Brigit? ¿Sois realmente... inmortales?

–No lo sabemos.

–¿Como que no lo sabéis? –frunció el ceño, perpleja.

–¿Cómo podríamos? Nunca antes habían nacido niños de vampiros... hasta nuestra madre. Ella dejó de envejecer, como era previsible, la primera vez que los de la DPI la mataron.

–¿El... el gobierno... –parpadeó consternada– *mató* a tu madre?

–Durante un tiempo, mi madre fue el sujeto más buscado de todos. La presa más codiciada. Medio vampira y medio humana, nacida de un experimento de la DPI solo para ver si un portento así era posible. Se supone que los vampiros son estériles. Los machos lo son. Pero las hembras necesitan unos meses para que todos los óvulos útiles abandonen los ovarios. Los de la DPI fertilizaron uno de una prisionera justo después de que se volviera vampira, utilizando semen de... de un mortal que aún no se había transformado. Reimplantaron luego el óvulo fertilizado en la prisionera y la retuvieron hasta que dio a luz. El bebé que nació era mi madre.

—¿Y los padres eran... tus abuelos?

—Sí.

—¿Qué les sucedió?

—Escaparon con la niña, cuando solo era un bebé. Jameson y Angélica... viven todavía, siguen igual de jóvenes que entonces y continúan juntos. Igual de enamorados.

—¿Y tu madre?

—La DPI la capturó cuando era una jovencita y luego experimentó con ella. La mataron varias veces, para ver si era inmortal o no. La revivían y volvían a matarla. Así una y otra vez, hasta que su familia logró rescatarla. Ella también está viva, al igual que mi padre.

—Dios mío —susurró Lucy—. Pero... luego os concibió a los dos. ¿Por qué? ¿Cómo?

—Parece que tenía una serie de propiedades curativas en la sangre, que regeneraron a su vez el semen de mi padre —la miró de pronto—. Perdona. Enterarte de la historia de pesadilla de mi familia no creo que sea algo muy recomendable, en las presentes circunstancias...

—No tenía ni idea

—¿Cómo podías saberlo? Pero quizá todo esto te ayude a entender por qué Rhiannon se muestra tan... hostil hacia la raza humana.

—Y, sin embargo, ella lo fue una vez. Humana, quiero decir.

—Irónico, ¿verdad?

–Y tú vas por el mundo salvándonos. Curándonos. A los humanos –suspirando, Lucy le puso una mano en el pecho–. Y además ni siquiera sabes... si eres inmortal o no.

–Nunca he estado enfermo. Ni un solo día en toda mi vida. Y lo mismo mi hermana. Alcanzamos con toda normalidad la edad adulta, y desde entonces llevo años esperando a ver una señal de envejecimiento: mis primeras canas, o mis primeras patas de gallo.

–¿Qué edad tienes realmente?

James sonrió.

–Soy lo suficientemente viejo como para que esas señales hubieran aparecido ya.

–¿Tienes otros... poderes?

Se encogió de hombros.

–Ya sabes que puedo leer tus pensamientos.

–Eso resulta muy desconcertante...

–Se considera de mala educación andar fisgoneando en los pensamientos de uno sin su consentimiento o su conocimiento. Yo nunca lo hago. Si escuché tus pensamientos fue porque eran, bueno... demasiado vehementes. En cierta forma, fueron como proyectiles que me lanzaste.

–Entiendo.

–En circunstancias normales, no los oiría a no ser que me esforzase por oírlos. Cosa que no suelo hacer, te lo prometo.

–De acuerdo.

–De todas formas puedes bloquearlos, protegerte a ti misma de vampiros demasiado curiosos, si esto hace que te sientas menos... violada.

–¿De veras? ¿Cómo?

–Visualización. Imagina un casco invisible, impermeable, que no deje escapar tus pensamientos. Visualízalo con intensidad, y a menudo. Diséñalo. Contempla sus colores, siente su peso. Y póntelo cada vez que quieras guardar tus pensamientos para ti misma.

Lucy asintió.

–¿Así que vosotros... os comunicáis de ese modo entre sí? ¿Es ese otro de vuestros poderes?

–Es algo tan natural que ni siquiera lo consideramos un poder. No es tan raro: entre los humanos, parece que muchos gemelos tienen esa misma habilidad, o parecida. Aparte de eso, somos muy fuertes, mucho más que cualquier mortal. Podemos correr más rápido, saltar más alto y ver perfectamente en la oscuridad. En todas esas cosas nosotros no destacamos tanto como nuestros parientes vampiros, que en general son muchísimo más fuertes que los humanos –suspirando, le cubrió una mano con la suya–. Estoy hablando y hablando, y tú necesitas descansar para poder tener la mente despejada cuando se ponga el sol. Yo solo... quería charlar contigo. Demostrarte que no soy malo ni perverso. Y decirte lo mucho que lamento haberte arrastrado a esta tragedia.

–¿Por qué? –le preguntó ella en un susurro, con la mirada clavada en su mano.

–Porque me preocupa lo que pienses de mí.

Alzó entonces los ojos, y sus miradas se encontraron.

–Me tienes fascinada, James –pensando que había hablado demasiado, procuró corregirse–: Todos me tenéis fascinada, quiero decir. Tu historia, tus poderes, tu familia... Gracias por haberme contado todo esto. Creo... creo que ahora lo entiendo un poco mejor.

–Eso espero –estiró la otra mano como si fuera a acariciarle el cabello, hasta que de repente se detuvo y parpadeó varias veces, como sorprendido de sí mismo–. Estoy muy cansado. Yo también necesito reposar –dijo mientras retiraba la mano–. Si se te ocurre algo, cualquier cosa que pueda hacer algo más cómoda tu estancia aquí, no dudes por favor en decírmelo.

–De acuerdo. Ese... entrenamiento que estás haciendo, ¿es muy penoso?

–Me agota. Tanto física como espiritualmente. Pero es necesario –se dirigió hacia la puerta–. Ah, se me olvidaba.

Brigit me dijo que pensabas que podrías trabajar más rápido si supieras exactamente lo que estás buscando.

–Sí. No veo qué mal puede haber en que lo sepa. Quiero decir, de todas formas voy a conocer el texto de esa tablilla cuando termine de traducirla.

–Ese es el mismo argumento que utilicé yo con Rhiannon. Ella me prohibió que te dijera nada, por supuesto.

–Por supuesto.

–Pero yo he decidido contártelo de todas formas.

–¿La estás desafiando? –arqueó las cejas, sorprendida.

–Cuanto antes terminemos con esto, mejor –se encogió de hombros–. Ya se dará cuenta al final de que no pasaba nada por decírtelo.

–¿Y bien...?

–Según la leyenda, esa tablilla recoge el relato completo de la muerte de Utanapishtim. Y nosotros tenemos la esperanza de que contenga también alguna pista que nos lleve hasta sus restos. Y que nos informe también de cómo puede ayudarnos a evitar el llamado Armagedón de los vampiros.

Lucy frunció el ceño.

–La tablilla original no decía que pudiera evitarlo. No me lo pareció a mí, al menos, aunque los demás fragmentos estaban desaparecidos.

–Lo sé. Esos fragmentos desaparecidos constituyen la otra pieza del puzzle. La traducción de lo que tenemos aquí podría rellenar esos vacíos. Necesitamos desesperadamente averiguar todo lo que podamos, todo lo que diga esa profecía, especialmente sobre Utanapishtim.

–Creo que interpretas todas esas cosas demasiado literalmente.

–Y yo creo que al final terminarás cambiando de idea al respecto.

Eso, era consciente de ello, resultaba perfectamente posible.

–Hace una semana te habría dicho que no existía ni la

más remota posibilidad de que los vampiros pudieran existir, y ahora estoy rodeada de ellos —se frotó los brazos, estremecida—. El simple hecho de decirlo en voz alta me sigue pareciendo tan... surrealista. Es como si todo mi mundo hubiera sido destruido, demolido. Ya no sé lo que es real y lo que no.

—Nada ha cambiado realmente desde que te sentías tranquila y segura.

Lucy se encogió de hombros, disconforme. Desde su punto de vista, había cambiado *todo*.

—¿Para qué necesitáis los restos de Utanapishtim?

—Para un ritual —desvió la mirada—. Es complicado. Y también tiene que ver un juramento.

—¿Un juramento?

—Es algo que no puedo compartir contigo.

—Entiendo. ¿Vas a decirle a Rhiannon que me has contado todo esto?

James se levantó para quedarse de pie junto a la cama.

—No a no ser que me vea obligado a ello. Que descanses, Lucy. Te veré después de la puesta de sol.

—Buenas noches... quiero decir, que descanses bien, James —se levantó también, y se produjo un momento de incomodidad cuando ella alzó la cabeza para mirarlo a los ojos y él le sostuvo la mirada. El aire, de hecho, pareció electrizarse. Pero duró solo unos segundos.

James se volvió por fin, caminó hacia la puerta y desapareció. Y a Lucy le entraron ganas de patear el suelo de frustración. Cerró los ojos con fuerza, deseando poder controlar su deseo, luchar contra el magnetismo de aquel hombre que la atraía como una llama a una mariposa. Se disponía a cerrar la puerta con llave cuando se detuvo con una mano en el aire. ¿Y si... se le ocurría regresar después?

¿Pero en qué diablos estaba pensando? ¡Estaba encerrada en una guarida de vampiros, por el amor de Dios!

Cerró con llave, firme y decidida. Y volvió a la cama para intentar dormir un poco.

Capítulo 10

Tras la puesta de sol, James volvió a encontrarse en la secreta habitación del sótano con Rhiannon a su lado... dándole órdenes como si tuviera todo el derecho del mundo a hacerlo. Se resentía de ello, pero no dijo nada. La vampira era mucho mayor que él, y más poderosa. Una decana entre los inmortales. Una líder. Y, además, era familiar suyo y la quería. De modo que procuró resignarse y aguantar.

Tenía cinco cadáveres ante él, y el hedor que invadía la habitación resultaba insoportable.

—Ponte un poco de esto en la nariz —le dijo Rhiannon, entregándole un tarro de ungüento mentolado—. Brigit dijo que lo necesitarías.

—Brigit ve demasiada televisión —masculló, pero lo aceptó de todas formas, y los vapores contribuyeron a mitigar la peste a carne putrefacta—. ¿En serio esperas que... intente resucitar esto?

—No, no espero que lo intentes. Espero que lo hagas. Empieza por este —se acercó a una de las mesas y retiró una polvorienta sábana, probablemente una de las que habría cubierto el mobiliario de arriba, para descubrir el rostro de un cadáver—. Solo lleva muerto unos cuantos días.

—¿Tiene una historia? —apretó los labios—. ¿Tendrá alguna explicación plausible para su hipotético retorno al mundo de los vivos?

–Si insistes en enterarte de la biografía de cada montón de carne pestilente de la que te ocupas, nos habremos extinguido antes de que pases a los esqueletos. Hazlo ya.

James reaccionó indignado. Pero en el fondo sabía que tenía razón.

–Solo intento justificarme moralmente. Hacer todo esto digerible para mi alma, Rhiannon.

–Ese es el problema de tener alma.

–Vamos, no seas ridícula. Tú tienes alma y lo sabes –aun así se acercó al cadáver, que estaba azul pero aparentemente intacto.

–Solo que yo no dejo que mi alma me dicte lo que tengo que hacer, como si fuera su esclavo.

–¿De la misma manera que me lo estás dictando a mí, quieres decir?

–Revive ese cadáver, J.W.

Con un suspiro, extendió las manos sobre el maloliente cuerpo. Sin tocarlo, pero muy cerca; mucho más de lo que le habría gustado. La luz empezó a emanar de sus manos para proyectarse sobre el cadáver. En cuestión de minutos, la arrugada y escarificada carne comenzó a alisarse, a regenerarse. Las hundidas cuencas de los ojos parecieron rellenarse mientras la piel perdía su tono gris azulado.

Sintió el momento exacto en que el corazón empezó a latir; percibió su eco resonando en su propio pecho. La caja torácica se expandió mientras sus cuarteados labios se curaban y entreabrían.

El hedor del aliento que exhaló hizo que James se apartara tambaleándose, retirando las manos. Pero los ojos seguían cerrados.

–Muy bien. ¡Muy bien! –Rhiannon aplaudió varias veces–. Vamos a por el siguiente.

–Pero todavía no sabemos en qué estado va a revivir este –frunció el ceño y la miró, esforzándose por leerle el pensamiento–. ¿Qué pasa, Rhiannon? ¿Por qué tanta prisa de pronto?

La vampira bajó la cabeza, y James se encontró con que había bloqueado por completo su mente. Insistió, pero ella era más fuerte.

–¿Dónde está Roland? ¿Y Pandora? ¿Dónde está Pandora?

–No podía tener la pantera aquí. Le habrían entrado ganas de probar a nuestros sujetos de experimentación... ¿Y entonces cómo habría podido soportar su aliento?

–Rhiannon, algo extraño está pasando. ¿Qué es?

Estaba claro que la vampira no iba a permitir que le leyera el pensamiento. Pero sí que bajó los ojos con expresión de culpa.

–Las cosas ahí afuera... han dado un mal giro.

–¿Ahí fuera? ¿Qué ha pasado?

Rhiannon alzó la cabeza y se recogió su larga y oscura melena detrás de una oreja. Por fin lo miró: su majestuosa expresión vaciló ligeramente.

–El movimiento de los vigilantes se ha extendido por todo el país y ha saltado al otro lado del océano. Hemos perdido a más de los nuestros, J.W.

Fue como si la noticia lo golpeara con fuerza en el pecho.

–¿Cuántos?

–Centenares. Durante el día, mientras estuvimos descansando, incendiaron incontables hogares. Cualquier lugar que sospecharan podía albergar a un vampiro. Se equivocaron muchas veces, imbéciles como son. Incultos, ignorantes, intolerantes individuos que nada saben de nuestra raza. Mataron a tantos de los suyos como de los nuestros y...

–¿Mis padres? ¿Dónde está mi madre?

–No lo sabemos. No podemos contactar mentalmente con nadie...

–¡Cómo que no! –James cerró los ojos y se esforzó por concentrar sus pensamientos en su familia.

–¡James, no! –el grito de Rhiannon le hizo detenerse. Era la primera vez que le llamaba así, lo cual lo sorprendió–. Sabes tan bien como yo que hay humanos con poderes telepáticos: ESP, los llaman. Son capaces de interceptar nuestros pensamientos si no los bloqueamos adecuadamente. Tu madre lo sabe también, así que debe de haber bloqueado su mente. En este momento *no podemos* arriesgarnos a comunicarnos por telepatía. Con ello solo conseguiríamos llamar la atención hacia nosotros... o hacia tus padres.

–Tengo que encontrarla. A todos ellos. Y...

–Roland ha salido a buscarlos. Pretende reunir a todos los que aún estén vivos y llevarlos a un refugio seguro.

–No. *Yo* tengo que ir. Tengo que estar con ellos y...

Rhiannon le puso entonces una mano en el hombro.

–Tú, James, eres el único que puede acabar con esta locura. Debimos haberlo esperado... lo esperábamos de hecho... pero se está desarrollando mucho más rápido que lo que cualquiera de nosotros pudo haber imaginado –pronunció la vampira en voz baja, pero firme–. Fuiste elegido para esto. Para esto recibiste tu poder. La profecía vaticinó la guerra. Necesitamos a Utanapishtim para que acabe con ella. Si tu familia aún está viva, solamente sobrevivirán si te quedas aquí y haces el trabajo para el cual naciste. Es así como los salvarás. Es la única manera.

Se la quedó mirando fijamente a los ojos durante un buen rato, hasta que percibió la presencia de su hermana en el umbral, a su espalda, y se giró en redondo. Se preguntó cuánto habría escuchado de la conversación. Podía leer una absoluta furia en sus ojos.

–Yo, por otro lado, nací con un poder que no se ha revelado de mucha utilidad –dijo–. Hasta ahora.

–Brigit, te necesitamos aquí –le recordó Rhiannon.

Brigit empezó a retroceder lentamente, sacudiendo la cabeza.

–Te quiero, tía Rhi, pero tengo que hacer esto. Y tú sabes perfectamente que yo puedo proteger a nuestra familia mejor que cualquier otro.

Rhiannon pareció resignarse. Sabía que no conseguiría nada discutiendo con ella. Asintiendo, le dijo:

—Ve a hacer tu equipaje. Yo contactaré con Roland con la mayor discreción posible... se dignó hasta llevarse un móvil, con lo que odia la tecnología. Le llamaré, y espero que sepa utilizarlo y responder. Averiguaré a donde ha decidido llevar a los supervivientes.

Brigit asintió también y se palpó el bolsillo.

—Tienes mi número —despés de lanzar una elocuente mirada a James, salió corriendo del sótano.

James asintió con expresión decidida y se volvió hacia el cuerpo número uno, que seguía yaciendo en la mesa, retorciéndose como si estuviera durmiendo un sueño inquieto. El tiempo diría si se recuperaría del todo o si sobreviviría como un saco de carne animado, aunque inconsciente. Pero tiempo era precisamente lo que no tenía. Así que se acercó al cadáver número dos y extendió las manos sobre su pecho.

Lucy supo que algo terrible había pasado cuando Brigit irrumpió en la oficina destilando prácticamente rabia por todos sus poros. Alzó la mirada de la tablilla, interrumpiendo la traducción de un pasaje particularmente revelador... y se quedó paralizada al descubrir un extraño brillo en sus ojos.

Aquello la tomó desprevenida. Había visto brillar los ojos de James, pero aquel fulgor era diferente. A él le habían brillado como habría esperado que lo hicieran... bueno, los ojos de un ángel. Los de su hermana parecían refulgir como los de un demonio. Era un fulgor rojizo. Furioso.

—¿Brigit? ¿Qué pasa?

—Después —la rubia de rostro angelical pasó rápidamente a la habitación contigua, la pequeña cocina, y entró en el primero de los dormitorios.

Lucy se levantó dispuesta a seguirla, pero se detuvo

apenas había dado un solo paso, presa de un instintivo temor. Se le erizó el vello de los brazos y sintió un cosquilleo en la nuca. Cada célula de su cuerpo le advirtió que se mantuviera alejada de Brigit, y eso fue precisamente lo que hizo.

Tragando saliva, volvió a sentarse a la mesa y retomó la traducción del pasaje en el que había estado trabajando. No le resultaba difícil concentrarse en la tarea, debido a lo muy fascinante que resultaba. En todos sus años de estudio de los textos sumerios, jamás se había tropezado con aquel: el relato de la muerte de Utanapishtim. Y lo que más la sorprendía era que la historia encajaba con lo que los vampiros le habían contado: el castigo que había recibido de los dioses por haber compartido el don de la inmortalidad con el gran rey Gilgamesh, y el hecho de que el enemigo jurado de este último, Anthar, hubiera obligado al Anciano a revelarle también el secreto, para así luchar mejor contra el rey. O que Anthar hubiera decapitado a Utanapishtim y capturado luego a su joven criado, al que había tomado como esclavo.

Tomando su móvil, encendió la grabadora digital y empezó a leer la traducción del texto. La había escrito también, pero sintió el impulso de conservar un doble registro de aquel fragmento trascendental.

—Treinta días y treinta noches yació allí Ziasudra. Muerto y no muerto. Hasta que la anciana, aquella a la que llamaban la Bruja del Desierto, se encontró con él. No vio gusanos, ni moscas, ni hedor ni podredumbre. Y fue ella quien quemó el cuerpo. Con fuego y con hierbas, con cantos y danzas lo quemó, para romper la maldición que no podía ser rota, para liberar el espíritu que no podía ser liberado.

Haciendo una pausa, continuó leyendo:

—Sus cenizas las llevó al artesano de Uruk, que hizo para ella una figura, con sus restos secretamente ocultos en ella, y grabó en la piedra su secreto nombre, Utanapishtim, para que los dioses no pudieran nunca encontrarlo y volver a maldecirlo. Y así el artesano transformó la piedra caliza en una figura del rey sacerdote Ziasudra, sin él saberlo. De un brazo de alta, le dio una pose de sumisión, con unos ojos de obsidiana para que pudiera ver. Ziasudra, que había sido semejante a un dios y que había recibido el aliento de la vida eterna de los dioses para ser luego maldito y condenado por ellos, era ahora polvo y ceniza, escondidos en la figura. Pero su maldición no podía ser rota; no hasta que redimiera ante los dioses su pecado.

Lucy alzó entonces la cabeza.

—Creo que sé dónde está —susurró—. Oh, Dios mío… ¡creo que sé dónde está! —se levantó de un salto justo cuando Brigit volvía a la oficina, con una gran alforja de motorista colgada al hombro.

—Brigit, yo…

—Ahora no.

Entró por el pasaje secreto que llevaba a la destartalada habitación de la casa principal, pero Lucy salió detrás de ella, después de recoger su maletín, su móvil y su cuaderno de notas. Solo cuando se volvió para cerrar la falsa pared, se dio cuenta Brigit de que la había seguido.

—¿Qué diablos estás haciendo? Se supone que tienes que quedarte…

—¡Creo que ya sé dónde está!

—¿Dónde está *quién*?

—Utanapishtim. Creo que lo he encontrado —frunció el ceño al darse cuenta de lo alterada que estaba—. ¿Qué te pasa?

Los ojos de Brigit parecían arder.

—Centenares de vampiros han sido quemados vivos mientras nosotros descansábamos sanos y salvos aquí. Eso es lo que me pasa: la ignorancia e imbecilidad de los mortales, su bancarrota moral. Cerdos asesinos que creen que el mandamiento de «no matarás» solamente es aplicable a los de su propia especie, raza, creencia y color. Los humanos apestan, y pretendo practicar con ellos la antigua ley del talión: uno de los suyos por uno de los nuestros. Ojo por ojo y diente por diente. Porque esa ley es vuestra, ¿verdad?

–Ya figuraba en el código de Hammurabi –replicó Lucy.

Brigit atravesó la casa principal mientras hablaba: salió al pasillo y bajó las escaleras, siempre seguida de Lucy. Cruzaron lo que antaño había sido el suntuoso vestíbulo y continuaron luego por un largo corredor abovedado, hasta que Brigit abrió una puerta que parecía conducir a un sótano.

Una vez más se volvió hacia ella, como tomando por fin conciencia de que no había dejado de seguirla. Pero solo se detuvo un instante, ya que enseguida se encogió de hombros y empezó a descender por la oscura escalera. Una vez abajo, atravesó el sótano y llegó ante una puerta cerrada.

–Espera aquí –le ordenó.

Se oyó entonces un ruido fuerte, seguido de la voz de Rhiannon chillando:

–¡Mátalos, por todos los dioses!

Brigit abrió la puerta, y el hedor que escapó de la habitación casi tumbó de espaldas a Lucy. Lo que allí vio la dejó paralizada de asombro. Peor aún: fue como un golpe directamente dirigido a su alma.

Había… cadáveres, o zombis o algo así… cuerpos medio putrefactos deambulando por un laboratorio destruido. Uno de ellos había agarrado a Rhiannon del cuello; la carne parecía desprenderse de los huesos mientras su mano se cerraba sobre el cuello de la hermosa vampira. Los otros tres, uno de los cuales apenas era más que un blanqueado esqueleto, habían rodeado a James y le tiraban de los brazos, las piernas, el pelo…

Lucy oyó un zumbido a su lado: era Brigit. Incapaz de hablar o de moverse, vio que alzaba las manos, con las palmas hacia arriba, tocándose ligeramente los pulgares con la punta de los dedos. Sus ojos despedían un fulgor rojo, y de repente, cuando abrió los dedos de golpe, un rayo de luz blanca semejante a un láser brotó de sus pupilas. El rayo hizo impacto en la extraña criatura que había agarrado a Rhiannon, y el cadáver estalló.

Lucy se vio impulsada hacia atrás, y cayó de espaldas en el suelo mientras pedazos de carne putrefacta llovían sobre ella. Antes incluso de que tuviera tiempo de tener una arcada, vio que Brigit abría la otra mano y fulminaba con su mirada otro cadáver. Y luego otro, y otro, con exacta precisión y mortales resultados.

Dos segundos después ya no había más zombis. Pero Lucy se sentía como si también ella hubiera sido fulminada por uno de los rayos de Brigit. Se quedó mirando la horrible escena, la extraña carnicería, mientras James se acercaba lentamente a ella. Le estaba hablando, pero ella seguía oyendo aquel zumbido en su cerebro, o quizá fuera el eco de las explosiones. Lo único que sabía era que estaba horrorizada, incapaz de pensar con un mínimo de coherencia y deseosa únicamente de esconderse bajo tierra para no volver a salir nunca más.

James llegó por fin a su lado… y ella se apartó bruscamente para arrastrarse por el suelo como un cangrejo asustado.

—Tranquila, Lucy. Tranquila. No pasa nada.

Una larga vena roja colgaba de su pelo. Lucy se la señaló con un dedo tembloroso.

—¿Qué…? ¿Por qué… ¿Tú…? ¿*Cómo*?

—Tranquila, tranquila —se volvió para mirar a Brigit—. ¿Por qué diablos la has traído aquí abajo?

—Dice que sabe dónde encontrar a Utanapishtim —pronunció, ignorando su pregunta, y se dirigió a su vez a Rhiannon—. ¿Estáis los dos bien?

—Habría terminado venciéndolos —dijo su tía, sacudiéndose la suciedad del pelo con gesto irritado. De repente frunció el ceño, extrañada—. ¿Qué es ese sonido?

Alzó la mirada al piso superior, pero Lucy no oyó nada.

—Quiero irme a mi casa —exclamó, desesperada—. Quiero irme *ahora*. Ya hice lo que me pedisteis; he terminado aquí. Este no es mi problema y quiero irme a casa.

—Sí, sí, lo sé —James se agachó para tomarla de un codo y ayudarla a levantarse—. No pasa nada, estás a salvo.

—¿Qué gente era esa? ¿Qué es lo que has hecho?

—Lo necesario, Lucy. Lo que tenía que hacer.

—Pero... parecían... muertos. ¿Los has desenterrado? ¿Es eso lo que estabas...? Dios mío, James, ¿cómo has podido? Eso está tan mal. Tan *mal*...

—¿Está mal intentar salvar a mi familia? —la miró, pero enseguida alzó la vista, como había hecho su tía—. Ahora lo oigo yo también.

—Mortales. Muchos —dijo Rhiannon.

Fue entonces cuando Lucy escuchó los gritos, el rugido de los motores, el chirrido de los neumáticos. Y todo seguido del estallido de los cristales rotos, el olor a humo y a madera quemada.

—¡Están incendiando la casa! —gritó Brigit.

—Oh, Dios mío, y estamos en el sótano... —Lucy miró a su alrededor, frenética—. ¡Estamos atrapados!

Capítulo 11

James tomó a Lucy de la mano y se internó con ella en el laboratorio. Notó que se resistía, pero no podía soltarla, como tampoco podía esperar a que se sobrepusiera al shock y al miedo, o intentar razonar con ella. Tenían que salir de allí rápido o morirían todos.

Entendía que estuviera tan traumatizada por lo que acababa de ver. Entendía por qué no quería atravesar el truculento escenario de los zombies reventados. Pero, una vez más, no tenía elección.

—Hay otra salida por aquí, Lucy —la tiró del brazo—. Ven conmigo. Si no lo haces, morirás.

Se lo quedó mirando fijamente como si fuera la primera vez que lo veía y dijo:

—Disculpa, pero antes tengo que pensar con cuál de las opciones me quedo...

Quedarse con él o con los mortales. Eran palabras furiosas, pronunciadas por una voz ronca por las lágrimas. James entrecerró los ojos, impaciente y arrepentido... pero decidido a la vez. Atrayéndola hacia sí, se la cargó al hombro y atravesó el laboratorio. Pisó los restos de cuerpos, grasa, carne y partes de órganos, fluidos diversos. La oyó dar una arcada: no sabía si a la vista de aquello o por los nauseabundos olores. Hasta él estaba a punto de ahogarse. Pero continuó avanzando, hasta que llegó a un estante que corría todo a lo largo de la pared trasera. Sosteniéndola con una mano, accionó un resorte oculto y el estante giró hacia dentro, revelando una puerta secreta.

Una vez abierta, se apartó para que Rhiannon y Brigit salieran primero. Cuando su tía pasaba apresuradamente a su lado, Lucy le preguntó:

–¿Y Pandora? ¿Dónde está Pandora?

Rhiannon se detuvo en seco, volviéndose para mirar a la mujer que James cargaba al hombro. Y luego al propio James, que distinguió algo en sus ojos: sorpresa, sí, y admiración de que Lucy, su cautiva, pudiera estar preocupada por su poco convencional mascota.

–La envié con Roland, previamente. Yo... temía que algo así pudiera suceder –y a continuación se dirigió a James–: Bájala, por el amor de Dios. Puede caminar sola.

Salieron al otro lado, internándose en la oscuridad.

–La tablilla –susurró Lucy, mientras James la bajaba por fin al suelo.

–Es demasiado tarde –la tomó del brazo para guiarla por un corredor en cuesta, después de cerrar la puerta a su espalda.

La oscuridad era ya absoluta.

Un momento después, Lucy se detuvo y se volvió para mirarlo; lo cual no tenía mucho sentido, ya que apenas podía verlo.

–No hagas nada estúpido, Lucy –le dijo él, preguntándose por lo que pretendería.

–¿Te refieres a algo como reanimar cuerpos putrefactos, por ejemplo?

–Eso no ha sido estúpido. Ha sido necesario. Por aquí –la tomó de la mano y continuó caminando apresurado, sujetándosela con fuerza para evitar que pudiera liberarse y correr al encuentro de los mortales.

–¿Necesario? Estás jugando a ser Dios, James. Con vidas humanas. ¿Qué podría justificar algo así?

–La necesidad de evitar el exterminio de mi gente.

–No. No, esos eran seres humanos, con alma. ¿Y si estaban ya en una vida ultraterrena o...?

–Recibí mi don por algún motivo, Lucy. Y estoy destinado a utilizarlo.

–¿Cómo puedes estar tan seguro?

James se negó a responder, porque le estaba haciendo las mismas preguntas que tantas veces se había hecho a sí mismo. La novedad, sin embargo, era que se había visto abrumado por un descubrimiento: el de que su capacidad para curar era mucho más poderosa de lo que había imaginado. Más de lo que habría podido soñar. No era solo un sanador. Poseía el poder de resucitar a los muertos. Nadie había hecho eso antes que él, ni mortal ni vampiro. Seguro que había recibido semejante poder por alguna razón.

–Conozco ahora mi misión –le dijo–. Nací con un poder reservado a los mismos dioses. Es un poder que nadie, mortal o vampiro, ha poseído nunca. El poder de la vida sobre la muerte –sacudió la cabeza al ver su mirada de horror–. Aunque no espero que tú lo comprendas, como humana que eres.

–Claro. Yo no soy un dios como tú, con esa habilidad tuya para convertir cuerpos putrefactos en zombis amenazantes. No es precisamente una resurrección lo que he visto allí, James. Te engañas a ti mismo si piensas otra cosa.

–Habrían mejorado con el tiempo.

–Eran como carne de matadero animada y sin conciencia.

–Eso no lo sabes.

–Yo lo *vi*. Y tú también.

Volvió a sacudir la cabeza. La rampa empezaba a subir, y prefirió cambiar de tema.

–Rhiannon tiene un coche aparcado en una cueva, al final de este túnel. Roland se llevó el T-Bird de Brigit, dejándonos el Lincoln, más grande, en caso de que lo necesitáramos.

–¿Y si ya lo han encontrado? ¿Y si nos están esperando? –inquirió ella.

Parecía aterrada, y James no pudo menos que compadecerla.

—Tanto Rhiannon como Brigit o yo mismo, sentiríamos su presencia. Sus pensamientos.

—¿Y si no es así? ¿Y si alguien les ha enseñado a... a bloquear sus mentes?

Era, reflexionó James, una muy buena pregunta. ¿Qué se había esperado? Aquella mujer tenía un coeficiente de inteligencia más alto que el de cualquier persona que hubiera conocido.

—Si hay alguien allá, que no será el caso, entonces retrocederemos y tomaremos otra galería. Este túnel tiene varias. Una lleva al Sound, donde siempre tenemos una o dos barcas. Otra penetra en lo más profundo del bosque, donde seguiríamos a pie.

—Este lugar es como una fortaleza.

—Mi gente está acostumbrada a sentirse odiada, temida y perseguida —explicó—. Aunque este último levantamiento carece de antecedentes en la historia... al menos por lo que yo sé.

—Es por eso por lo que desearías haber tenido... algún don divino para arreglar esa situación, ¿verdad, James? Pero tú eres un hombre, no un dios. En parte vampiro, sí. Capaz de curar, también. Pero no eres un dios. No puedes devolver la vida a los muertos y...

—Puedo. ¿O acaso no lo has visto por ti misma allí atrás?

—Quiero decir que no *debes*. Que seas capaz de hacer algo no significa que debas hacerlo. Nada bueno puede salir de enfrentarte a las leyes de la naturaleza, James.

—No tengo otra elección.

Lucy volvió a detenerse, obligándolo a hacer lo mismo.

—Dios mío, ¿es por eso por lo que quieres encontrar los restos de Utanapishtim? ¿Piensas resucitar a un hombre que lleva muerto más de cinco mil años?

—Tú sabes dónde está, ¿verdad?

–Sí, creo que sí. Y no estás de suerte, gracias a Dios. Según vuestra tablilla, la que estuve traduciendo, fue incinerado, James. No queda de él más que cenizas.

Más adelante, Brigit susurró:

–Todo despejado. Daos prisa, vosotros dos.

Asintiendo, James volvió a tirar de ella.

–Tengo que intentarlo.

–Has perdido el juicio.

–Mira, se supone que he de hacerlo. No habría sido elegido para salvar a mi gente si no fuera a funcionar. Se supone que no será fácil. Pero tengo que intentarlo. Nací con ese destino.

–Estás tan envanecido y tan pagado de ti mismo... que apenas puedo creer que seas el mismo hombre que se escabullía en las salas de hospital para intentar curar a niños moribundos.

–Intentar, no: los curaba –la corrigió–. Y basta ya de charla. No te he pedido tu opinión.

–¡Yo tampoco pedí que me secuestraran!

–Lo entiendo. Habrías preferido huir y dejar que todos se las arreglaran por sí mismos. Una vez me dijiste que eras una cobarde, y ahora supongo que debería haberte creído. Pero entiende una cosa. Que tú reacciones en esta situación huyendo y salvando el pellejo no quiere decir que yo tenga que hacer lo mismo. Yo estoy dispuesto a *morir* por mi gente, si es necesario.

Lucy se liberó bruscamente para adelantarlo. Y, por un fugaz instante, mientras pasaba a su lado, James percibió que sus palabras habían abierto una profunda y mortal herida en su corazón.

Había tocado una fibra sensible. Ignoraba por qué. Y se arrepintió de inmediato, aunque no sabía qué hacer para arreglarlo. Demasiado se estaba jugando en aquel momento como para preocuparse de los heridos sentimientos de la profesora.

Lucy salió del túnel a una cueva, cuya boca se abría a la

penumbra de la noche. Tal y como él había predicho, un gran Lincoln Continental de color negro los estaba esperando. Rhiannon y Brigit se hallaban ya sentadas atrás, de modo que ella subió delante.

James olió el humo y vio el resplandor en la dirección en la que se encontraba la casa, aunque el bosque impedía la vista. Sentándose al volante, abandonó la cueva y condujo campo a través. Accedió a la carretera a medio kilómetro de la mansión y tomó el sentido contrario. Por el espejo retrovisor pudo ver que el cielo se encendía con un halo anaranjado. Llamas agudas como flechas parecían alcanzar las mismas estrellas.

Lucy no volvió a hablar aquella noche. Ni siquiera para pedirle que la liberara. James supuso que habría averiguado que continuaba incapacitado para hacerlo. Sobre todo porque aún no le había dicho dónde se encontraban los restos de Utanapishtim. Una vez que lo hiciera, tampoco podría arriesgarse a que le contara a nadie lo que pretendía hacer.

Por lo demás, pese a toda la preocupación, el remordimiento y la angustia producidos por la pérdida de amigos y parientes en aquella guerra... seguía sin poder reprimir la emoción que le despertaba la posibilidad de desplegar al máximo sus poderes. De devolver la vida a un puñado de cenizas de cinco mil años de antigüedad.

Casi había amanecido cuando llegaron a una suntuosa residencia, que no una mansión de fantasía, situada en una pequeña península que se adentraba en la bahía de Salem como un dedo apuntando hacia el mar.

A Lucy le pareció el clásico lugar de veraneo de la familia presidencial. Y, sin embargo, estaría llena de vampiros. Estaba segura de ello. No sabía cuántos, pero sabía que aquello debía de ser una verdadera guarida.

Brigit y Rhiannon se apresuraron a bajar tan pronto

como el coche se hubo detenido en el sendero en curva. Lucy descubrió a Roland en la puerta; cuando el vampiro salió a recibirlos, pudo distinguir a varios más a su espalda, aunque no con claridad.

–Este es el hogar de Will y Sarafina. Son amigos –le susurró James.

–No me importa –se quedó sentada en el coche, abrazándose y con la mirada clavada en el mar.

–Ella es gitana... y vampira, por supuesto, y él mortal –añadió–. No serás la única humana que haya por aquí...

–Te he dicho que no me importa.

–Por favor, entra en la casa, Lucy –suspiró–. Necesito averiguar si saben algo de mi familia y...

–Entonces entra tú. Yo no pienso poner los pies en esa casa hasta que salga el sol y esos monstruos se retiren a descansar, ¿entiendes?

Aquello le dolió. Lucy pudo sentirlo, pero no le importó. Él también la había herido antes con sus palabras.

–No puedo dejarte sola.

–Si no lo haces, nunca te diré dónde podrás encontrar a Utanapishtim.

Se la quedó mirando sorprendido. Ella rehuyó su mirada.

–Necesito tiempo para mí misma. Voy a bajar a esa playa, y pienso quedarme allí a contemplar el amanecer. No quiero que me molestes. No voy a huir; si lo hiciera, estoy segura de que acabarías encontrándome. Pero necesito tiempo para estar sola, y si tú no me lo das, te juro, James, que me negaré a ayudarte aunque Rhiannon tenga que matarme por ello.

Dicho eso, abrió la puerta del coche, bajó y se alejó de él. Internándose en la oscuridad, bajó a la blanca arena y caminó hasta el borde del agua. Era allí donde deseaba quedarse. Esperaría a que saliera el sol, cuando todos se hubieran... o al menos la mayoría... quedado callados, dormidos. Como los muertos.

Aquello era simplemente demasiado para ella.

Se sentó en la arena y se abrazó las rodillas, bajando la cabeza y dejando que las lágrimas fluyeran. Oyó a James bajar del coche; luego sus pasos por la gran terraza de la entrada y, por último, la gran puerta cerrándose a su espalda. «Al fin sola», pronunció para sus adentros.

Allí se quedó, sollozando y preguntándose en qué momento se había visto arrastrada a aquella guerra que no era suya. Y por qué parecía preocuparle tanto lo que un ser mitad demonio y mitad ángel pudiera pensar de ella.

Porque le *importaba*. James pensaba que ella era una cobarde. Y probablemente no le dolería tanto saberlo si no supiera que era cierto.

Seguía sollozando cuando, unos minutos después, una mano grande se posó sobre su hombro. Alzó la cabeza, se limpió las lágrimas e intentó fingir que no había estado llorando.

—Lo siento. Soy tan... estúpida.

—No es eso lo que yo he oído.

No era la voz de James. Lucy se volvió para encontrarse con un hombre imposiblemente hermoso, alto, de anchos hombros, con los ojos y el pelo negro como la noche y una tez demasiado bronceada para tratarse de un vampiro. Porque era un vampiro; de eso estaba segura. Y viejo. Exudaba poder. El fulgor de sus ojos era casi constante.

—No voy a hacerte daño alguno, Lucy. De hecho... he venido a darte las gracias. Y a presentarme.

Ella parpadeó asombrada mientras lo miraba fijamente, sin moverse. Pensó que debería haberle parecido una persona normal. Iba vestido con unos vaqueros y un suéter de lana verde, con el cuello de la camisa blanca asomando. Pero no era en absoluto un ser normal.

—Entiendo que compartimos algunos intereses.

—¿De ve-veras?

—La antigua Sumeria. Tú la estudias... y yo viví en ella. La goberné, de hecho —le tendió una mano grande y fuerte–. Soy Damien Namtar, pero supongo que estarás más familiarizada con mi antiguo nombre. Gilgamesh.

Lucy abrió mucho los ojos. El corazón amenazó con hacerle un agujero en el pecho, de lo rápido que comenzó a latir.

–No... no puede ser.

El hombre sonrió con expresión dulce.

–*Idib balazu nam hé-ébtarre.*

–«Cuando cruzas el umbral, la vista es una bendición» –tradujo ella, ruborizándose ante el cumplido–. Gracias –sacudiendo la cabeza con expresión admirada, se apresuró a levantarse e improvisó una ligera reverencia–. Es... es una verdadero honor conoceros, gran rey. Un milagro. Me siento como si fuera a desmayarme, así que me disculpo por adelantado si...

–Debería ser yo quien me inclinara ante ti, Lucy. Entiendo que has traducido la profecía. Y que además has localizado los restos de Ziasudra.

Ella sacudió la cabeza.

–Pero eso no saldrá bien, Majestad...

–Llámame Damien. Soy un hombre normal, o al menos llevo la vida de uno. Me gano la vida como mago, entreteniendo a las masas en Las Vegas cuando no estoy de gira. Aunque imagino que mi puesta en escena como vampiro será pronto descubierta. Sabrán que es real, y sufriré persecución como el resto de nuestra gente.

Lucy alzó la cabeza y se encontró con su mirada.

–Nunca volvisteis a verlo, ¿verdad? ¿A vuestro querido amigo Enkidu?

El rey desvió los ojos hacia el océano, quizá para esconder la reacción que ella había creído vislumbrar ante la mención del nombre de su amigo.

–Me gusta pensar que está en un lugar mejor.

–Todo esto, la misma raza de los vampiros, empezó por vuestro empeño en devolverle a la vida a vuestro mejor amigo. Y ahora James está intentando hacer lo mismo.

Quiere resucitar lo que no es más que un puñado de cenizas. ¿Es que no os dais cuenta de lo fútil que es eso?

Gilgamesh se la quedó mirando fijamente.

—Eres muy sabia para ser una mortal con tan pocas décadas de existencia. Hace solo una hora que yo le dije precisamente lo mismo a James. No me escuchó.

—Pero seguro que tendréis autoridad para ordenarle que abandone...

—Quizá —sacudió la cabeza—. Ocurre que yo no estoy tan convencido de que, por muy fútil que resulte, no merezca la pena intentarlo —suspiró mientras desviaba de nuevo la mirada hacia el mar—. Se acerca el amanecer, y debo volver dentro. Pero tenía que conocerte. Si ambos sobrevivimos a esto, me encantaría conversar largo y tendido contigo, si tú me lo permites.

Parte de ella deseaba decirle que confiaba en no volver a ver nunca más a un vampiro, una vez que todo aquello hubiera terminado. Eso si vivía para contarlo. Pero al mismo tiempo se sentía sencillamente admirada y emocionada de estar hablando con una legendaria figura histórica, a la que había pasado toda su vida estudiando.

—Espero sinceramente que tengamos oportunidad de hacerlo.

Gilgamesh bajó la cabeza a modo de sencilla reverencia.

—Gracias por ayudarnos.

—No he tenido otra elección. Pero de nada.

Él le tomó una mano y se la llevó a los labios para besársela. Cuando se irguió, esbozó una sonrisa y dijo sin volverse:

—Me temo que has estado tratando a esta joya con menos ternura y reverencia de la que se merece, James. Es una situación que te recomiendo encarecidamente que remedies.

—Que te zurzan, Damien.

Lucy se quedó sin aliento y se llevó una mano a la boca, escandalizada. Pero el gran rey se limitó a sonreír, le hizo un guiño y se volvió para desvanecerse ante sus ojos. De su presencia no quedó otro rastro que un remolino dibujado en la arena de la playa.

Miró a James, todavía impresionada por la manera en que se había dirigido al gran rey.

–¿Eres consciente de con quién estabas hablando?

James esbozó una mueca burlona.

–Por supuesto que sí. Bueno, pues ha sido una estupidez –añadió ella–. Una grosería. Una desconsideración. Una...

–Varios de mis parientes acaban de leerme la cartilla. Rhiannon informó a los demás de la conversación que mantuve contigo en la cueva. Y luego Brigit se tomó la molestia de ponerme al tanto de aquellos episodios de tu vida de los que yo no sabía nada.

Lucy parpadeó varias veces y desvió la vista.

–¿Sabes lo de mi familia?

–Que murieron asesinados en el desierto. Que tú fuiste la única superviviente. Sí. Lo sé, y no tengo palabras para decirte cuánto lo siento, lo mucho que me arrepiento de lo que te dije. Tú no eres una cobarde. Has sido muy valiente, y yo me he olvidado de lo aterrador que todo esto resulta para ti y...

–Oh, por favor, cállate –le dio la espalda, sacudiendo la cabeza.

–Hablo en serio.

–No. Hace apenas unas horas pensabas que yo era una cobarde, y nada ha cambiado. Nada ha cambiado aparte de que ya sabes dónde aprendí a huir tan bien del peligro, a esconderme mientras mis seres queridos mueren, sin hacer absolutamente nada para ayudarlos. Aprendí muy bien esas lecciones. Si ahora mismo estoy viva es por ellas.

–Eras una niña. No habrías podido hacer otra cosa.

–Eso nunca lo sabré, ya que no llegué a intentarlo. Pero lo último que quiero o que necesito es tu absolución: la de un hombre que carece de brújula moral alguna.

–Tengo brújula moral, solo que no apunta al mismo norte que la tuya. Eso no la convierte en injusta.

–Interferir en la vida y la muerte es injusto. No me importan las razones que puedas tener para hacerlo.

–Bien. Si ahora mismo fueras capaz de extender las manos sobre un cadáver y resucitarlo... ¿te negarías acaso a hacerlo si con ello pudieras evitar que tus padres murieran asesinados en el desierto?

–Ya te lo dije: yo no intenté ayudarlos. ¿Qué parte de esa frase es la que no entiendes?

Durante un buen rato, James no hizo otra cosa que quedársela mirando fijamente.

–¿Dónde está Ziasudra? –le preguntó–. ¿Utanapishtim?

–Fue siempre Ziasudra en vida, y Utanapishtim en la muerte. Así lo llamaban los babilonios, y ahora sé lo que hicieron con él. Según la tablilla, se esculpió una estatuilla, una figura, como urna funeraria que contuviera sus restos. Se trata de una de las tres figuras similares que existen hoy en día de reyes-sacerdotes, desnudos, de unos veinte centímetros de altura. Busca en ellas algún relieve que se refiera al agua, las olas, el diluvio o un barco navegando en la marea: eso ayudaría a identificarla. Si no lo encuentras, tendrás que llevarte las tres.

–¿De dónde?

–Por lo general están en el museo del Louvre. Pero estás de suerte: su exposición de arte sumerio se encuentra actualmente de gira. Lo último que supe era que pasaría un mes entero en el Metropolitan de Nueva York.

–¿Y cómo diablos voy a sacarla de allí?

Lucy se encogió de hombros.

–Seguro que se te ocurrirá algo.

James apretó los labios, sin replicar nada.

–Me voy a mi casa –anunció ella.

–No puedes.

–Oh, claro que puedo. Yo cumplí mi palabra, y ahora te exijo a ti que cumplas la tuya. Si es necesario, creo que hasta podría conseguir la ayuda del rey Gilgamesh para que me apoyara en esto.

James suspiró, claramente furioso.

—Tiene esposa, ¿sabes?

—¿Quién?

—El gran rey.

Lucy frunció el ceño mientras lo veía alejarse, preguntándose si sería posible que estuviera celoso. Por algún motivo, semejante noción pareció aliviar un tanto la furia que la embargaba.

Se había alejado varios pasos cuando se detuvo para mirarla de nuevo:

—No puedes irte a tu casa... porque estás reclamada por el FBI.

—*¿Qué?*

—Te nombraron testigo relevante en los asesinatos de Lester Folsom y Will Waters. Salió en las noticias. Fue así como Brigit se enteró de tu pasado. Están diciendo que el trauma de haber visto morir a tus padres te dejó trastornada, en forma de una bomba de relojería en tu equilibrio mental que al final terminó por estallar. Estallaste, asesinaste a Folsom y a Waters y desde entonces andas huyendo. Tu cara está en todas partes. Ofrecen una recompensa por tu captura.

Lucy apenas pudo alzar la voz por encima de un murmullo para preguntar:

—¿Cuánto?

—Un millón de dólares

Fue como si la vida se le escapara de pronto. Cayó de rodillas en la arena.

—Lo siento, Lucy —James se acercó nuevamente a ella—. Te prometo que, una vez que mi gente esté a salvo, encontraré alguna manera de compensarte.

Entreabrió los labios con la intención de preguntarle cómo diablos iba a arreglárselas para hacer eso, pero de su garganta no salió sonido alguno. Tenía la garganta sellada, el estómago vacío, un martilleo en la cabeza; toda su energía vital había desaparecido. Se cubrió el rostro con las manos.

–¡Dios mío, me has destrozado la vida!

–¿Yo? ¿Cómo...?

–¡Involucrándome en tu desastre! Mi carrera está acabada. Mi reputación destruida. Incluso mi libertad pende de un hilo.

–Mira, no fui yo quien ejecutó públicamente a un escritor y a un presentador de televisión, ni tampoco el que te acusó a ti de ello.

–¡Tú me arrastraste a todo eso! Y ahora no hay salida para mí.

–Hay una única salida –James se arrodilló en la arena frente a ella, con las manos sobre sus hombros–. Tal como yo lo veo, solo hay una salida, Lucy. Estás en esto ahora y tendrás que seguir hasta el final. Ayúdame a encontrar a Utanapishtim. Él es la clave de todo, según la profecía que tú misma tradujiste. Eso tiene que significar algo, ¿no te parece? Que tú hayas sido la única que lo descubriera, y la que está ahora conmigo. Creo que *tú* también fuiste elegida. Creo que tú también estás destinada a colaborar en nuestra supervivencia.

Lucy alzó lentamente la cabeza.

–Y yo creo que ahora mismo serías capaz de decirme cualquier cosa con tal de asegurarte mi colaboración. Ya no confío en ti. Me mentiste. Has roto todas las promesas que me hiciste. Me has maltratado e insultado. Me has ocultado secretos... e intuyo que lo sigues haciendo.

Parpadeó varias veces, sorprendido quizá de su percepción.

–Solo una de todas las cosas que me has dicho me parece verdad en este momento, James.

–¿Cuál? –inquirió él con tono amargo.

–Que no tengo otra salida. Así que... ¿por qué no vuelves de una vez a esa casa y me dejas en paz? Puedes estar tranquilo, que no me escaparé ahora que ya sé que no tengo lugar alguno a donde ir.

—Lo siento —le dijo—. Lo siento de verdad, pero no voy a humillarme ante ti. Haz lo que quieras.

Se levantó y echó a andar hacia la casa. Muy a su pesar, Lucy se quedó viendo como se alejaba.

De pie en la terraza, mirándolos, había una mujer que no había visto antes. Una mujer hermosa, alta y de figura exuberante, con una larga y rizada melena negra que parecía azul a la luz de la luna. Lucía amplias faldas y chales, una blusa que le dejaba los hombros al descubierto y más joyas encima de las que poseía Lucy. Tenía que ser Sarafina, la gitana. Otra vampira.

«Diablos», pensó Lucy. «Tierra, trágame».

Capítulo 12

Lucy durmió en la playa, negándose a entrar en la casa con James, pese a su insistencia. Tanto se resistió que al final tuvo que dejarla en paz. No se iba a escapar. ¿Adónde iría? ¿Y cómo podía esperar escapar con una docena de vampiros que saldrían en su busca con la caída del sol?

Durmió hasta después del mediodía, cuando la asaltó el hambre; solo entonces se despertó lentamente. Había una sombrilla clavada profundamente en la arena, a su lado. Mientras se incorporaba y se sacudía la arena de la ropa, se preguntó quién se habría tomado el tiempo y la molestia de clavarla. Se quedó mirando el mar, oliendo la brisa que jugueteaba con su pelo, y esa vez la pregunta fue otra: ¿cómo podía estar rodeada de semejante belleza y tranquilidad, y encontrarse al mismo tiempo en medio de aquel caos?

—Buenas tardes.

Lucy se volvió rápidamente, ya que no había oído a nadie acercarse. Aquel hombre no podía ser un vampiro, porque estaban a plena luz del día y él se encontraba allí fuera, de pie bajo el sol. Así que debía de ser...

—Willem Stone —se presentó—. El marido de Sarafina. Esta es nuestra casa.

Frunciendo el ceño, Lucy lo miró con mayor detenimiento.

–Tú... tú no eres uno de ellos, ¿verdad?

–No, soy humano. Y todos ellos están en este momento *muertos* para el mundo –le guiñó un ojo mientras hacía el fácil juego de palabras–. Excepto Brigit y J.W., por supuesto, que han salido a hacer algunos recados. Mientras tanto, yo me he tomado un café con unos cuantos donuts y disfrutado del más placentero baño caliente que puedas imaginar. Cosas ambas que tú también estás invitada a disfrutar, si quieres.

–Suena tentador... –suspiró Lucy.

–Te prometo que será como si tú y yo estuviéramos solos en la casa. Despiertos, en todo caso. Y yo puedo marcharme, si así te quedas más tranquila.

–Jamás se me ocurriría echarte de tu propio hogar –contempló la casa, con su enorme terraza de madera. Varias gaviotas se encaramaban en los aleros; unas iban y otras venían. Siempre en constante movimiento, como el propio mar, con sus olas lamiendo la playa y dejando un rastro de espuma.

–Vamos. Soy un gran cocinero. Te prepararé lo que quieras, si es que no te apetecen donuts para desayunar.

Lucy sonrió.

–Me conformo con un donut y una taza de ese café. Y gracias. No sabes hasta qué punto necesito un mínimo de normalidad en mi vida.

–Oh, créeme que lo sé.

La guió hacia la casa. Tal y como le había prometido, el lugar parecía completamente vacío.

–El cuarto de baño está arriba, la primera puerta a la derecha. Te he dejado una muda de ropa allí. Es de Fina, con lo que su estilo es muy particular. Espero que te guste de todas formas.

Lucy echó de pronto en falta todo lo que había tenido que abandonar en la mansión que los vigilantes habían quemado. Sobre todo la Guan Yin que había dejado colgada del poste de la cama; afortunadamente había copiado el importante archivo en su teléfono. Por lo que sabía, esa era en aquel momento la única copia existente de la versión confidencial del libro de Folsom.

—¿Estás seguro de que no le importará prestarme su ropa?

—Fue ella misma quien la eligió.

Lucy bajó la cabeza, suspirando.

—Gracias. No tardaré mucho.

Subió las escaleras, casi temiendo tropezarse con cuerpos de vampiros durmientes en el camino, que no fue el caso. Se imaginó que tendrían una oscura suite de habitaciones escondidas en algún sótano, con salidas de emergencias y secretos pasadizos, además de fuertes cerraduras en las puertas.

El baño era tan suntuoso como Willem le había prometido, y Lucy se permitió disfrutar de una larga ducha caliente, que habría sido todavía más larga si no hubiera sido por el reclamo del café y los donuts. La ropa consistía en una larga falda roja y naranja, con una blusa de volantes que dejaba los hombros al descubierto. Había también unas botas negras de tacón alto.

Se peinó el pelo, dejándoselo secar al aire. No pudo encontrar ninguna goma o cinta, así que se recogió la melena con un precioso chal de seda que se anudó en la nuca, de manera que los dos extremos le cayeran sobre la espalda. Finalmente bajó las escaleras. El aroma del café recién hecho le dio la bienvenida en la cocina.

Aceptó la taza que le ofreció Willem y le dio un agradecido sorbo.

—¿Te sientes más humana ahora? —le preguntó él.

—Mucho más.

—Me alegro. La ropa de Fina te queda maravillosamente bien, por cierto. Estará encantada cuando te vea. Y los donuts deberían rematar la transformación —señaló la caja que había sobre la mesa, con su rico surtido de donuts, pasteles y panecillos.

Escogió un donut cubierto de azúcar glaseado, prometiéndose que el siguiente sería de chocolate; se había ganado una buena dosis de glucosa. Se sentó luego en un alto taburete frente a la barra del desayuno y tomó un primer bocado, que pasó con otro trago de café.

—Esto sí que es el paraíso —musitó.

Willem asintió, dando por su parte un enorme mordisco a su panecillo cubierto también de azúcar.

—¿Dónde están los otros? —inquirió ella, y a continuación añadió—: Aunque ni siquiera sé quién hay aquí exactamente. Sarafina, Roland y Rhiannon, y... Gilgamesh, quiero decir... Damien. ¿Alguien más?

—Shannon, la mujer de Damien. Te gustará, es... de este siglo —sonrió, tímido—. Bueno, ya sabes lo que quiero decir. En este momento, todos ellos duermen tranquilamente en el sótano.

—Ya me lo figuraba. Supongo que estará lleno de secretos pasadizos y salidas ocultas...

—Solo una: un túnel que sale directamente al acantilado, sobre el mar, pero que hasta ahora nunca hemos necesitado usar. Solo es una medida de precaución. Pandora está en ese momento allí, montando guardia, bien aprovisionada de comida. En serio, estamos a salvo. Nadie podrá molestarnos aquí.

—¿Incluso ahora? Quiero decir que la gente de la zona os habrá visto. Habrán visto a tu mujer, sabrán que vivís aquí...

—Les decimos que ella trabaja en Boston. Que va y viene todos los días: sale antes del amanecer y vuelve después de oscurecido. Hasta ahora ha funcionado.

—¿Cuánto tiempo lleváis en este lugar?

—Imaginas que se estarán preguntando por qué no ha envejecido, ¿verdad? Aunque, en estos días, las mujeres llevan bastante bien la lucha contra el envejecimiento...

—Bueno, algunas sí —se rio Lucy.

—De todas formas, estoy seguro de que nadie sospecha

nada raro. Ni siquiera con la locura que parece haberse apoderado del mundo durante estos últimos días. Mejor prevenir que tener que lamentar después.

—A propósito de lo que está ocurriendo ahí fuera... ¿qué clase de recados han ido a hacer James y Brigit? Bueno, si es que tengo derecho a saberlo...

Willem parpadeó varias veces, asombrado.

—¿Por qué no habrías de tenerlo? Eres de la familia, Lucy.

—Ya —desvió la mirada—. Porque tengo el antigeno Belladona, quieres decir.

—Sí. Por eso y por todo lo que estás pasando y sufriendo para ayudarnos.

—La verdad es que no me ha quedado otro remedio. En cuanto a lo del antigeno Belladona, realmente no sé lo que eso quiere decir... para ellos, claro. Porque lo que quiere decir para mí ya lo sé. Hace tiempo que lo sé, y lo sobrellevo como puedo. Pero aparte de que ellos también lo tuvieron, cuando eran humanos, y que pueden percibir y reconocer a los que lo tienen, mi conocimiento sobre el tema prácticamente se reduce a cero.

—¿Nadie te ha explicado nada?

—No. Tuve que descubrirlo... yo sola.

—Entiendo —Willem asintió, aunque pareció ligeramente contrariado—. Supongo que James estaría ocupado, o distraído.

—Más bien obsesionado. Y quizá últimamente también algo embriagado con su propio poder. Pero creo que sus intenciones eran buenas.

—El antigeno te hace propenso a convertirte en una especie de ave nocturna: empiezas a dormir durante el día. Te vuelves cada vez más sensible a la luz del sol, que con el tiempo acaba produciéndote problemas físicos. Debilidad, aturdimiento. ¿Has empezado a tener algunos de estos síntomas?

—No.

—Entonces todavía dispones de tiempo antes de que necesites realmente saber más.

Pero ya sabía lo más importante. Los efectos del antigeno la matarían antes de que alcanzara los cuarenta. Era una carga demasiado pesada. De repente frunció el ceño.

—¿Tú lo tienes?

—No. Yo nunca podré convertirme en vampiro. Más adelante podré informarte sobre todo lo que quieras saber. Pero ahora mismo probablemente estarás más interesada en saber sobre ti misma, en las consecuencias que tiene el antigeno para tu persona. ¿Sabes ya que los vampiros no pueden hacerte ningún daño?

—Yo... he oído eso en alguna parte.

—Pues es cierto. Los vampiros están obligados a proteger a los Elegidos... que es como llaman a los que tienen el antigeno. Algunas veces llegan a arriesgar sus propias vidas intentando protegerlos. Y otras veces terminan haciéndolo a pesar de sí mismos. Están destinados a ello. Es una especie de imperativo genético.

—Entiendo.

—No tienes por qué temer nada de ellos, Lucy.

—Supongo que no —dio otro mordisco a su donut y preguntó—: ¿Tengo alguna otra... ya sabes, capacidad extraordinaria gracias al antigeno? Me refiero a ser capaz de leer los pensamientos, por ejemplo, como hacen los vampiros.

—Podrías. Aunque eso solamente podría ocurrirte con uno de ellos.

—¿Solo uno?

—Sí. El *único*. Verás, a cada vampiro le corresponde un elegido. Alguien con quien su vínculo psíquico es especial, más fuerte que con cualquier otro. Es una poderosa conexión. Un vínculo indestructible. Y permanece incluso después de que el humano se convierte en inmortal —ladeando la cabeza, inquirió—: Por cierto, ¿a qué venía la pregunta? ¿Has tenido alguna experiencia telepática con alguien?

—No.

—Bueno, pues cuando la tengas, ese ser te protegerá con su vida, sea hombre o mujer. Y tú te sentirás impulsada a hacer lo mismo a cambio.

—Yo no me imagino protegiendo a nadie.

Willem sonrió mientras la veía terminarse su donut, y le acercó la caja. Lucy tomó el segundo y se sirvió más café.

—Me preguntaste antes por los gemelos. Durmieron unas pocas horas y luego se marcharon por separado. Su intención era localizar a sus parientes: sus padres y abuelos. Si los localizan, se quedarán vigilándolos hasta la noche y entonces los traerán aquí.

—¿Y después qué? —quiso saber ella—. Da la impresión de que fuera de aquí no existe lugar seguro alguno para los vampiros.

—Tenemos un plan, un destino a donde ir. Una isla. Estamos difundiendo la información de boca a oreja, de vampiro a vampiro. Muchos se han puesto ya en camino. A mí me vendrían muy bien un par de manos para aprovisionar nuestro yate. Así estaríamos dispuestos a zarpar cuanto antes. ¿Te ofreces?

—No tengo otro plan para esta tarde —sonrió levemente—. Y mientras sigas sobornándome con duchas calientes, ropa limpia, delicioso café y donuts tan sabrosos como estos… tendrás en mí a una fiel ayudante.

—Ya me lo imaginaba.

James se hallaba frente al hogar de sus padres, una bonita cabaña en los montes Apalaches.

O al menos lo había sido, porque en aquel momento no era más que un montón de cenizas. No quedaba nada. Ni un resto de mueble, como la antigua mecedora donde su madre le había acunado de bebé. Ni un pedazo de ropa, como el largo abrigo de cuero que se había convertido en seña de identidad de su padre.

Nada.

Y lo peor era que no sabía si sus padres habían estado descansando cuando la cabaña fue incendiada... y descansaban ahora para siempre convertidos en cenizas, entre aquellas ruinas. Alzó la cabeza al cielo musitando un «¿por qué?», mientras caía de rodillas. Las lágrimas le quemaban la piel, y su rostro se contrajo en una mueca de dolor mientras se alargaban sus colmillos en un estallido de furor.

Finalmente su rabia se atenuó un tanto, distraída por otro pensamiento. Se preguntó si podría encontrar los restos de sus padres entre todas aquellas cenizas. Y si así era, si podría... resucitarlos.

Levantándose, retrajo los colmillos y se dejó caer sobre las todavía calientes cenizas de su hogar para hundir las manos en los achicharrados restos; acto seguido, cerró los ojos y esperó a que surgiera el resplandor. Esperó a que el poder de devolver la vida emanara de sus manos. Como eso no ocurrió, se desplazó a otro lugar y lo intentó de nuevo. Y luego otra vez, y otra más. Durante horas recorrió de rodillas el montón de cenizas, intentando devolverles la vida.

Pero o sus padres no estaban allí o él se veía incapaz de resucitarlos. Le dolió terriblemente tener que renunciar. Pero cuando resultó obvio que no conseguiría nada quedándose allí, se obligó a levantarse. Y rezó con toda su alma para que su familia hubiera logrado escapar antes de que los humanos, su otra familia, hubieran atacado la cabaña.

Se avergonzaba ahora de haber dado la espalda a sus congéneres para intentar vivir como un humano. Y de que le hubiera repugnado tanto vivir como un vampiro. En ese momento resultaba más que obvio quiénes eran las verdaderas bestias. Y no eran los inmortales.

Dos horas después, Lucy se encontró a bordo de uno de los más lujosos yates que había visto en su vida, aunque tampoco había visto tantos. El *Sombra de la Noche* tenía cuatro camarotes, dos jacuzzis, una cocina y un comedor, salón y barra de bebidas. Era como un hotel flotante de cinco estrellas.

Willem lo pilotaba con mano experta. Habían salido de la marina y se dirigían hacia el muelle y la casa. La costa quedaba a la izquierda… «a babor», se corrigió Lucy mentalmente. Mientras la veía pasar rápidamente ante sus ojos, pensando que aquella era ciertamente una manera muy agradable de pasar la tarde, detectó de pronto un olor que no lo era tanto.

—¿Qué es eso? —preguntó, señalando un punto.

Al timón, Willem siguió la dirección de su mirada hacia la columna de llamas y humo que se elevaba en el cielo.

—¡Dios mío! ¡Es mi casa!

Lucy se lo quedó mirando horrorizada. Su esposa estaba allí.

Y no solo ella. Habían dejado a cuatro vampiros dormidos e inermes en una casa que, en ese momento, estaba en llamas. Rhiannon y su mascota, y el dulce y amable Roland. ¡Y el propio rey Gilgamesh!

Se le llenaron los ojos de lágrimas mientras rezaba para que el barco apresurara la marcha. Podía sentir el inmenso poder de los motores a toda velocidad, con el viento del mar azotándole el rostro. Conforme se acercaban, distinguió los camiones de bomberos deteniéndose en el sendero de entrada, haciendo sonar las sirenas, con las luces destacando en el crepúsculo. Para cuando Willem hubo atracado el gigantesco yate en el muelle y saltado a tierra, los bomberos estaban accionando ya sus potentes mangueras. Un hombre de casco y grueso abrigo amarillo corrió hacia ellos, gritando:

—¿Había alguien dentro?

Lucy abrió la boca para responder, pero la mano de Willem cerrándose sobre su brazo se lo impidió.

—No —dijo él—. La casa está vacía.

El hombre asintió y volvió a su trabajo. Lucy miró expectante a Willem.

–Si las llamas les alcanzan, morirán –se le quebró la voz–. Si no, se salvarán. El humo no les afecta. Esto es obra de los vigilantes. No podemos revelar la presencia de los vampiros a esos canallas.

Justo en aquel momento, un vehículo azul aparcó a un lado de la carretera, cuidando de no acercarse a los camiones de bomberos. Fue James quien bajó del mismo, y Lucy solo tuvo que mirar una sola vez su rostro para tomar conciencia de su horror. Olvidándose de todo lo demás, de todo lo que había pasado entre ellos, echó a correr hacia él y se detuvo en seco, a punto de lanzarse a sus brazos.

–¿Rhiannon? –inquirió–. ¿Fina?

–Siguen dentro... por lo que sabemos.

James la miró. Tomándola de repente de la cintura con gesto posesivo, se acercó con ella al bombero más cercano.

–¿Quién es el responsable de esto?

El bombero tuvo que gritar para hacerse oír por encima del fragor de motores y sirenas.

–Unos tipos reaccionarios que intentaron quemar a los vampiros mientras dormían. Los muy estúpidos llamaron a la televisión. Los medios no son conscientes del daño que están haciendo, siguiéndoles el juego. Es sensacionalismo: eso es lo que es. Necesitan noticias... y rápido. Esta es nuestra quinta llamada de hoy. Todas de incendios provocados.

James se volvió para mirar a un lado y otro de la carretera, y luego la playa. Lucy advirtió que tenía toda la ropa llena de ceniza, las manos grises de polvo.

–No los verá rondando por aquí –le dijo el bombero–. Lanzan sus malditos cócteles molotov y salen corriendo después. Cobardes...

–Oh, los encontraré. Créame que sí.

Le tembló la voz mientras hablaba, en un esfuerzo por controlarse. Pero Lucy podía sentir la rabia que hervía en su interior, y eso la asustó.

–¿Alguna noticia de tu familia, James? –le preguntó en voz baja.

–El hogar de mis padres... fue incendiado. No he encontrado rastro alguno de ellos. No sé si se marcharon antes o si... –tragando saliva, se aclaró la garganta y empezó de nuevo–. Las casas de los otros estaban vacías. No sé... No sé nada.

Por primera vez, Lucy detectó un brillo de lágrimas en sus ojos. Y por primera vez, tomó plena conciencia de ello, lo vio como era. No como un ángel heroico o un salvador, ni tampoco como un demonio, sino como un hombre. Un hombre que no sabía si sus seres queridos estaban vivos o muertos. Un hombre angustiado.

Y ya no se reprimió; deslizó las manos por su cintura, apoyó la cabeza en su pecho y lo abrazó.

–Rezo para que estén todos bien –susurró–. Todos.

James no había dejado de dudar de sus propias acciones, sobre todo por la obvia desaprobación que le demostraba Lucy. Nunca había sido partidario de perseguir un fin justo por medios inmorales. Y, sin embargo, eso era lo que había estado haciendo: servirse de medios inmorales. No se engañaba. Sabía que no estaba bien inmiscuirse en los asuntos de la vida y de la muerte: asuntos que estaban sujetos a la discreción de los propios dioses, o al destino, o a cualquier poder supremo que estuviera al mando del mundo y de sus habitantes. Sabía que era injusto por su parte intentar hacerse cargo de la vida o de la muerte. Pero sinceramente no había visto otra salida si lo que quería era salvar a su gente. Había elegido un camino moralmente cuestionable para alcanzar un bien mayor.

Pero ahora que había comprobado lo que eran capaces de hacer los humanos, no se cuestionaba ya lo justo o injusto de sus actos. Aquello era la guerra. Su gente necesitaba un campeón, y él había sido escogido para serlo.

Cualquiera que se atreviera a exterminar inocentes mientras dormían, indefensos e inermes, hacía mucho tiempo que había perdido todo sentido de la moralidad. Y uno no podía luchar contra aquella clase de malvados sujetándose a reglas o a límites.

Iba a hacer todo lo posible para resucitar a Utanapishtim, y después lucharía al lado del anciano inmortal para salvar a su raza.

Con los brazos de Lucy en torno a su cintura, la cabeza sobre su pecho, la miró por fin. Estaba intensamente estremecida, y las lágrimas dejaron un rastro ardiente en sus mejillas cuando alzó el rostro hacia él.

—No veo a Willem. ¿Dónde se....?

—Se ha metido en la casa, en su busca—respondió él—. Gracias a Dios.

—Pero él... no es un más que un humano.

—Y, como humano, tendrá más posibilidades de sobrevivir a las llamas que ellos —al ver que fruncía el ceño, añadió—: Los vampiros son altamente inflamables. El fuego es una de las pocas cosas que los puede matar.

—¿Pero cómo ha entrado? ¿Cómo ha podido pasar a través del cordón de bomberos y...? Espera un poco. El túnel. Él me dijo que había un túnel.

—Sí —dijo James, preguntándose al mismo tiempo qué más le habría contado Willem—. Hay un túnel que comunica el sótano con una cueva en los acantilados, sobre el mar.

—¿Dónde? —inquirió Lucy, apartándose de él y desviando la mirada hacia el mar.

Por primera vez, James se fijó en la falda que llevaba: larga como era, ondeaba como una bandera al viento. La blusa, que dejaba los hombros al descubierto, se le pegaba a los senos, delineándolos. Y su cabello, largo y suelto, con satinados mechones que se moría de ganas de acariciar.

—¿James?

Se encontró con su mirada y descubrió, en aquel preciso instante, que se estaba enamorando de aquella mujer. Pese a todo lo que los rodeaba, a los acontecimientos que los envolvían, se estaba enamorando de ella. Y, al mismo tiempo, se veía obligado a mirarla como un enemigo.

—Justo allí —señaló un punto alejado de la costa, donde la arena daba paso a las rocas y la playa se elevaba.

—Ya lo veo.

—Disimula o llamarás la atención —la oyó suspirar, aliviada—. Los vampiros tienen verdadera afición por los túneles secretos.

—No me extraña. Pero son demasiados para que Willem pueda rescatarlos a todos... —musitó—. ¿No podríamos ayudarlo nosotros?

—¿Nosotros? —inquirió él.

—No puedo soportar imaginarme a toda esa gente... —nuevas lágrimas rodaron por sus mejillas, y parpadeó rápidamente mientras se le ocurría otra idea—. ¿Por qué no hablas con Rhiannon? Ya sabes, mentalmente, para saber si está bien...

—No mientras esté dormida. Y, créeme, me está matando no poder correr hacia las llamas yo mismo: con ello no conseguiría más que llamar la atención de esos bomberos. Tendríamos que superar la barrera para alcanzar la costa. Mira, ya han advertido la ausencia de Will. Y si resulta que lo siguen y descubren a...

—Yo los distraeré —le propuso ella—. Cuando lo haga, saldrás tú. ¿De acuerdo? Ve a ayudar a Willem.

—¿Y cómo piensas distraerlos?

—Yo... estuve algún tiempo en el grupo de teatro del instituto —le dijo—. Confía en mí. Tú puedes moverte rápido, ¿verdad?

—Muy rápido.

—Entonces hazlo.

Antes de que él pudiera adivinar lo que pretendía, Lucy alzó la voz en un grito que parecía sacado de una película de terror y echó a correr hacia la casa en llamas. Todo el mundo pensó que iba a entrar dentro, pese al incendio, y tres bomberos soltaron sus mangueras para correr tras ella.

Todos los demás parecían enteramente concentrados en la escena que había decidido representar, mientras gritaba algo acerca de que tenía que salvar a su gato.

Sacudiendo la cabeza con expresión admirada, James partió a toda velocidad. Al cabo de tres segundos se hallaba en lo alto del acantilado, y un momento después se lanzó al mar. Entró como una flecha en el agua, evitando las rocas ocultas: conocía bien el lugar, ya que había jugado mucho allí durante su infancia. Conocía aquella costa tan bien como conocía a su hermana.

Ese pensamiento trajo aparejado otro mientras emergía y empezaba a nadar hacia la oculta boca del túnel. Arbustos y rastrojos cubrían enteramente el agujero, pero él sabía bien donde estaba. Conforme se acercaba, pensó en Brigit. Su hermana ya había declarado la guerra a los humanos, y aquel último episodio no haría sino rubricar la elección que ya había tomado.

«Extermina a esos canallas», le había Brigit. ¿Y por qué no? Eso era precisamente lo que los humanos estaban intentando hacer con ellos.

Se impulsó fuera del agua lo suficiente para agarrarse a un resalte rocoso. Se aupó de inmediato y, tras lanzar una rápida mirada sobre su espalda para asegurarse de que no le había visto nadie, apartó la cortina de arbustos y penetró en la húmeda oscuridad de la boca del túnel.

Olía a humo, y eso le preocupó. Él no moriría asfixiado, pero Will quizá sí. Tapándose la cara con un brazo, se internó en el túnel y gritó el nombre de su amigo lo más alto que pudo. De repente tropezó con algo blando y, al arrodillarse, se dio cuenta de que era Sarafina... la compañera gitana de Will. Su cuerpo estaba laxo e inmóvil, aparentemente sin vida, como el de todo vampiro durante el día. Estaba demasiado oscuro para comprobar si tenía heridas o quemaduras.

La levantó en brazos y se dirigió con ella a la entrada; allí la dejó, lo suficientemente alejada de la boca como para que no la afectara la luz del día. Acto seguido volvió a internarse a la carrera. Solamente se detuvo cuando escuchó una tos:

—¿Will?

La tos continuaba, y James se guió por el sonido; el humo se adensaba conforme se acercaba al sótano. Por fin vio a su amigo, que cargaba a Rhiannon en brazos. Tosía como si fuera a caer fulminado en cualquier momento.

—¿Está...?

—No lo sé. Pero no se ha quemado —pronunció medio ahogado, cayendo de rodillas.

James recibió el cuerpo inerte de Rhiannon y se lo cargó al hombro antes de ayudar a levantarse a Will con su mano libre. Sosteniéndolo, lo guió hasta el lugar donde había dejado a Sarafina, y depositó a la bella princesa egipcia al lado de la gitana.

Volviéndose hacia Will, le puso las manos sobre el pecho y notó que empezaban a calentarse. Will dejó de toser y comenzó a respirar mejor, pero lo apartó antes de que pudiera culminar la curación.

—Déjame. Vete a por los demás. Shannon primero, y luego Roland y Damien.

Asintiendo, James se internó nuevamente en el túnel a toda velocidad. Cuando llegó al final, una gran puerta de acero le impidió el paso. El propio Will la había cerrado para evitar que el humo inundara del todo la salida: una medida muy inteligente. Nada más abrirla, quedó consternado ante el espectáculo que se ofreció ante sus ojos.

El cielo podía distinguirse a través de la enrevesada estructura de vigas carbonizadas. Había montones de escombros ardientes. Una parte del tejado estaba intacta, incluyendo, afortunadamente, la parte donde se encontraba él y aquella otra en la que reposaban sus seres queridos, al otro lado de una puerta. Hacia allí se dirigió, a través del humo.

Abrió la puerta y los vio a los tres, tendidos en sus lechos. A su lado, la pantera de Rhiannon, yaciendo también inmóvil.

–Dios mío, no, Pandora... –se arrodilló junto al felino y tocó su cuerpo, que ya estaba empezando a enfriarse–. ¡Maldita sea!

Pero no había tiempo. Se apartó del felino muerto en el suelo, cerca del lecho vacío de Rhiannon, y empezó a cargar cuerpos hacia la boca del túnel, uno a uno. Shannon la primera, luego Rolland y por último Gilgamesh. Se estaba ahogando y le ardían los ojos cuando volvió para recoger el laxo cuerpo de la amada pantera de Rhiannon que, al contrario que su ama, no era inmortal.

Los bomberos interceptaron a Lucy, que forcejeó con ellos el tiempo suficiente para mantenerlos ocupados hasta que James se perdió de vista. Rezando para que pudiera salvar a los demás, se resignó por fin y dejó que aquellos hombres la envolvieran en una manta y la alejaran prudentemente de la casa. Se sentó en el estribo de un camión, observando sus desesperados esfuerzos para apagar las llamas.

Allí se quedó hasta que las mangueras dejaron de escupir agua. Los bomberos sacudieron la cabeza con expresión triste. La parte más alejada de la casa todavía conservaba dos muros en pie, medio quemados. El resto estaba destruido: no quedaban más que vigas carbonizadas y pilas de escombros achicharrados. El olor era especial. El incendio de una casa, reflexionó Lucy, tenía un olor distintivo, inequívoco. No era el reconfortante olor de una fogata de campamento, o de una chimenea doméstica. No. El incendio de una casa olía a maldad.

El jefe de bomberos se le acercó, y Lucy alzó la mirada.

–¿Sabe adónde fue el propietario?

–A casa de un amigo –mintió–. Era demasiado para él. Era la casa de sus sueños, ¿sabe?

—Bueno, dígale de mi parte que está prohibido que se acerque nadie al lugar. Mañana vendrá un investigador a recoger pruebas, cuando las ruinas se hayan enfriado. La policía está ahora mismo en camino, pero...

—¿La policía? —ella estaba reclamada por el FBI. Eso debería tenerlo muy presente.

—Tardarán todavía un rato. Como le dije antes, esos vigilantes nos han mantenido hoy muy ocupados. Poco podrá hacer por ahora la policía, excepto precintar la zona. Pero querrán hablar con el propietario. Por favor, transmítale mi pesar por lo sucedido —añadió—. Lamentamos no poder hacer más. Esos canallas obsesionados por exterminar vampiros nos están amargando la vida. Y lo peor es que la mayoría de la gente a la que están matando son humanos normales...

—¿Quiere decir que no pasaría nada si fueran vampiros? —replicó ella, y se preguntó por qué se había apresurado tanto a defender a la misma raza de seres que había arruinado su vida.

—Ya, claro —masculló el jefe de bomberos—. ¡Vampiros! Como si existieran... —sacudió lentamente la cabeza.

—Cuidado, jefe. Yo sé que existen. ¡Los he visto! —comentó uno de sus hombres al pasar a su lado con una manguera al hombro.

El jefe puso los ojos en blanco y se dirigió a Lucy:

—¿Tiene algún lugar a donde ir, señorita? ¿Algún alojamiento? ¿Estará bien?

—Sí, llamaré a alguien para que me recoja. Gracias.

El hombre asintió, pero se la quedó mirando con el ceño fruncido:

—¿No la he visto en alguna parte?

Lucy negó con la cabeza.

—No creo. Supongo que tengo una cara muy común —respondió, deseando que se marchara de una vez. Los otros ya estaban enrollando las mangueras, recogiendo el equipo. Un par de camiones ya se habían marchado.

–¿Seguro? Porque juraría que...

Justo en ese momento sonó su transmisor, que se apresuró a desenganchar del cinturón.

–Diablos, espero que no se trate de otro incendio... ¡Vamos, chicos! ¡Movámonos!

La voz femenina de la radio continuó hablando en tono monótono. Un incendio con posibles múltiples víctimas dentro, en el número 2938 de Oak Tree Lane...

El resto ya no pudo escucharlo Lucy porque el jefe de bomberos subió a su camión y partió por fin. Las sirenas empezaron a sonar un segundo después.

No dejó de mirarlos hasta que los perdió de vista. Solo entonces corrió por la costa hacia el lugar donde había visto desaparecer a James.

–Por favor, que todos estén bien. Por favor, por favor, por favor...

Se asomó al borde de acantilado: rocas y agua espumeante era todo lo que veía abajo. Si existía algún túnel oculto, no podía verlo. Hasta que de repente vio asomar una cabeza a través de los arbustos que trepaban por la pared de roca, justo encima de donde se estrellaban las olas.

¡Era James! El alivio la inundó como una marea.

Alzó la mirada y la vio. Lucy habría jurado que parecía tan aliviado de verla como ella a él.

–¿Se han ido?

–Sí, pero la policía está en camino. ¿Están todos bien?

–No lo sabremos hasta la noche, pero creo que sí. Reúnete conmigo en el muelle, junto al barco.

Asintiendo, corrió de regreso por la costa hasta llegar a la punta del largo embarcadero. Una vez allí, se dedicó a desamarrar al yate.

James nadó hasta el muelle y ella lo ayudó a salir del agua.

Fue entonces cuando, inesperadamente, la atrajo hacia sí y la besó en la boca. No fue un beso largo, ni apasionado, sino firme y decidido. Al apartarse, la miró a los ojos y le dijo:

—Eres maravillosa. Gracias, Lucy. Gracias por haberme ayudado a salvarlos.

Ella le sostuvo la mirada, sorprendida no tanto por su gratitud como por el beso. Y, mientras la miraba, él debió de darse cuenta de ello porque volvió a bajar la cabeza y, esa vez, la besó a conciencia.

Esa vez fue un beso prolongado, abrasador. Hasta el punto de que, cuando él se apartó, Lucy estuvo segura de que nunca más volvería a ser la misma.

Capítulo 13

–Vamos, rápido.

James había maniobrado el yate para acercarse todo lo posible al acantilado, a unos cincuenta metros. Las aguas eran poco profundas y las rocas peligrosas. A continuación había cargado el bote de salvamento con todas las mantas que había podido encontrar y remado hacia la costa, dejando a Lucy a bordo para vigilar la embarcación.

Todavía era de día. Mover de un lado a otro a los inmortales bajo el sol ardiente era una peligrosa misión. Pero no podían esperar. Si la policía aparecía y descubría a los vampiros... o a ella misma, reflexionó, todo habría terminado.

Lucy sacudió la cabeza en un esfuerzo por ahuyentar aquellos funestos pensamientos y contempló la línea de costa, hacia la playa que se extendía al fondo. Desde allí no podía ver los restos humeantes de la preciosa casa de Will y Sarafina; de hecho, se alegraba de ello.

En el acantilado, en la boca de aquel secreto túnel, James y Will procedían a envolver cuidadosamente en mantas cada cuerpo. Porque eso eran en aquel momento los vampiros durmientes: simples cuerpos. Pesos muertos. Inconscientes, inermes. Mientras contemplaba los esfuerzos de los dos hombres para cargar en el bote los fardos semejantes a momias, Lucy no pudo menos que preguntarse por lo que estarían haciendo los demás vampiros para sobrevivir. Con humanos intentando quemarlos vivos mientras dormían, ¿cómo podrían protegerse durante el día? No todos tendrían un amante mortal como Will, o amigos de sangre mestiza como Brigit y James.

¿Y dónde se habría metido Brigit, por cierto?

Lucy se descubrió a sí misma genuinamente preocupada por la colérica pero valiente rubia. Y por los vampiros que ni siquiera había conocido. Estaba empezando a querer a aquella gente. Eso la sorprendía y no la sorprendía al mismo tiempo. Siempre había tomado partido por los desvalidos. Solo que jamás había imaginado que terminaría viendo como desvalidos a un grupo de poderosos inmortales, capaces de una fuerza y velocidad extraordinarias, o de poderes telepáticos.

En el fondo no le extrañaba tanto, sin embargo. Los humanos eran con mucho las más peligrosas criaturas del planeta Tierra.

James remó de vuelta al yate. El bote se balanceaba precariamente sobre las olas cuando se cargó el primer cuerpo al hombro y trepó por la escalerilla. Lucy se estiró para ayudarlo, sujetando la escala lo más firme que pudo. Una vez a la altura de la borda, dejó caer pesadamente el fardo sobre cubierta.

Lucy dio un respingo, alarmada, y se apresuró a recoger un pliegue de la manta que se había soltado.

—Procura no romperles el cráneo.

—No sienten nada —le recordó él.

—Pero cuando se despierten...

—El día cura sus heridas y los regenera. Cualquier herida sufrida durante la noche queda completamente curada mientras descansan, siempre y cuando lleguen vivos a la puesta de sol. Y cualquier herida sufrida durante el día cura instantáneamente. Siempre y cuando no sea fatal.

—Como las quemaduras que habría podido producirles el incendio.

–Veo que lo has entendido –repuso, y volvió a bajar por la escala.

Lucy arrastró el primer cuerpo por cubierto hasta la escotilla abierta y lo bajó por la escalera. No pudo menos que esbozar una mueca con cada golpe que daban los pies en los escalones.

Poco después las tres mujeres, Rhiannon, Sarafina y Shannon, estaban a bordo del yate dentro de los camarotes. Solo entonces volvió James a por los hombres, Roland y Gilgamesh, que esperaban en la salida del túnel a cargo de Will.

Al cabo de pocos minutos, Will trepaba por la escalerilla con un cuerpo y James con el otro. Finalmente James bajó una vez más para recuperar el último: Pandora.

El felino estaba laxo, sin vida, cuando lo depositó sobre cubierta.

–Oh, no. Oh, no... –susurró Lucy. Arrodillándose junto a la pantera, acarició su terso pelaje azulado. Alzó la cabeza y se encontró con la mirada de James. Fue entonces cuando se le ocurrió–: ¿James? ¿Tú podrías...?

Se había arrodillado al otro lado antes de que hubiera acabado la pregunta, con los ojos cerrados y las palmas sobre el inocente animal. Lucy se quedó allí sentada, tocando también el cuerpo. Para su sorpresa, vio que retiraba las manos para cubrirle las suyas, que aún seguían sobre el felino.

–Pero yo...

–Shhh. Solo siente.

Lucy cerró los ojos y abrió su mente, su corazón. No tardó en sentir como si una miel cálida naciera en las manos de James para reverberar a través de las suyas y derramarse sobre el cuerpo de Pandora. Fue una sensación increíble. Y fue solo el principio: hubo más.

Se sintió como si una especie de claraboya se abriera en lo alto de su cabeza para dejar entrar el sol. Como si de repente estallara una luz que nada tenía que ver con cualquier otra: una fuente de energía y de calor, de electricidad y de... amor. Sí: amor. Un amor que nacía de todo a la vez, del universo entero, para entrar en ella. Y, a través de ella, en... el cosmos.

Porque todo era uno, y ella formaba parte de ese uno, y James, y Pandora. Y el yate, el mar, el planeta entero. Todo uno.

Fue el descubrimiento más dulce y sereno que había experimentado o imaginado nunca. Hasta que se apagó y volvió a ser un individuo particular, con las manos de James sobre las suyas. Abrió los ojos para encontrarse con su mirada. Vio que se inclinaba levemente, acercándose... y lo mismo hizo ella hasta que los labios de James rozaban apenas los suyos...

Justo en ese momento el gran felino se despertó, obligándolos a apartarse. Saltó a un lado y se volvió hacia ellos, mirándolos con expresión acusadora, agitando furiosamente el rabo. Sus ojos verdes parecían preguntarles qué era lo que habían hecho con ella.

Lucy sonrió y soltó una carcajada. Y al ver que James reía con ella, supo en aquel instante que estaban unidos por un vínculo sólido, poderoso. Algo que trascendía con mucho la simple atracción, o la clase de locura que había conspirado para juntar sus vidas. Había una conexión, que había sentido ya aquella primera vez en que abrió los ojos y lo vio inclinado sobre su cuerpo, mientras se desangraba en la acera. Lo había sabido en aquel entonces. Lo había sentido. Pero había dudado e ignorado la sensación, porque no la había entendido. Porque no le había parecido lógica.

En ese momento, sin embargo, no pudo sino preguntarse por el significado de esa palabra: lógica. Estaba a bordo de un barco lleno de vampiros, con un hombre que podía curar a los moribundos y resucitar a los muertos. El Redentor: ese era James. El Salvador. ¿Acaso era de extrañar que pensara que todos sus actos estaban justificados? Con un poder así... ¿no era normal que desarrollara un fuerte complejo de superioridad?

–¡Voy a necesitar tu ayuda! –lo llamó Will desde el timón.

Alzando rápidamente la vista, Lucy vio que ya había alejado el yate de la costa, mientras ellos estaban ocupados: James con el felino y ella con James...

–Voy para allá –contestó él. Se encontró luego con la mirada de Lucy: era mucho lo que acechaba en las azules profundidades de sus ojos. Un universo entero parecía bullir en ellos. Un universo concentrado completamente en su persona.

En ese momento se sintió... admirada, elogiada y aprobada, pese a que James no había pronunciado una sola palabra. Todo estaba en sus ojos.

–¿Por qué no echas un vistazo a nuestros pasajeros, Lucy? Pronto deberían despertarse.

Asintiendo, se levantó rápidamente y corrió por cubierta para bajar a los camarotes. Pero cuando se detuvo ante la primera puerta, percibió una presencia a su espalda y se volvió lentamente. Era la negra pantera de Rhiannon, que se había escabullido detrás de ella en busca de su ama. Los ojos de Pandora, diminutos como piedras de azabache, se clavaron en los suyos. Se había quedado perfectamente inmóvil, agazapada como a punto de saltarle encima.

Lucy tragó saliva sin atreverse a moverse mientras el animal emitía un ronco gruñido: pudo sentir el sonido reverberando como un eco en todo su cuerpo. El miedo que sentía la empujaba a correr. Eso era lo que había hecho siempre, al fin y al cabo. Cuando el peligro acechaba, salía huyendo.

Pudo haber huido en aquel momento. Pudo haber abierto la puerta del primer camarote, detrás de su espalda, y haberse escabullido rápidamente en su interior. Pero, en lugar de ello, algo la impulsó a quedarse donde estaba. Y, en vez de retroceder, concentró la mirada en un punto situado a la derecha de la cabeza de la pantera y se agachó. Luego, con voz fuerte y firme, perfectamente tranquila, pronunció:

–Tranquila, Pandora. Soy tu amiga.

El gruñido cesó, y el felino alzó ligeramente las orejas. Arrugó la nariz mientras olisqueaba su olor, y Lucy estiró una mano hacia ella, abierta y con la palma hacia arriba.

–Amiga –repitió.

Se le ocurrió en ese instante que, hasta ese día, no había sabido verdaderamente de qué bando estaba. Pero ahora ya lo sabía. Sentía verdadera ira hacia aquellos que habían intentado asesinar a los vampiros que en ese momento dormían bajo cubierta. Esperaba contra toda esperanza que todos se encontraran bien, y que volvieran a levantarse tras la puesta de sol. Rezó para que Brigit y el resto de la familia de James estuvieran a salvo. Era amiga de toda aquella gente. Y de aquella pantera. Las lágrimas que habían aflorado a los ojos cuando la vio inmóvil, sin vida, habían sido reales. Nacidas en lo más profundo de su alma.

Pandora tocó con su fría nariz las puntas de los dedos, y se retiró ligeramente para enseguida volver a acercarse. Fue entonces cuando el felino cerró los ojos y bajó la cabeza, buscando su caricia.

–Oh, Dios mío –murmuró Lucy mientras complacía al animal, que empezó a emitir un sonido parecido a un ronroneo–. Dios, estoy acariciando a una pantera. Estoy en un barco lleno de vampiros y, además, acariciando a una pantera negra...

–La vida da extraños giros, ¿verdad? –dijo James de pronto.

Lucy se volvió hacia él, preguntándose desde cuándo llevaría allí.

–Siempre he tenido debilidad por los gatos.

–¿De veras? ¿Tienes alguno?

–Un gato persa. Gordo y mimado.

–¿Está a salvo?

–Sí. Lo dejé a cargo de un colega que también adora a

los gatos. Bueno, más que colega, Marcus es una especie de mentor. Trabajó con mi padre, en su día. Él debía haber estado en aquella excavación con nosotros, pero cayó enfermo y salió para el hospital precisamente la víspera.

–Qué suerte la suya.

–Es el único amigo que conservo de aquellos tiempos. La única persona que me conocía de entonces y que aún tiene una presencia en mi vida. Fue él quien me buscó y me localizó en las dunas, quien me llevó a mi casa.

–¿Se hizo cargo de ti, después de aquello?

–No. Me fui a vivir con una tía mayor, que me toleraba siempre y cuando no le complicara mucho la vida. Pasé con ella seis años, viviendo como una huésped en su casa, y me fui luego a la universidad. Pero Marcus se mantuvo en todo momento en contacto conmigo, no dejó de felicitarme un solo cumpleaños ni de enviarme regalos por vacaciones. Siempre se ha preocupado mucho por mí.

–¿No le importará tener que quedarse con tu gato más de lo esperado?

–A contrario, pobre Marcus... Es un intelectual solitario, sin familia. Estará encantado de que Huwawa le haga compañía.

–¿Huwawa?

Bajó la cabeza, avergonzada.

–Según el folklore sumerio, Huwawa fue el monstruo que guardaba el sagrado cedro. Supuestamente pereció a manos de Gilgamesh y Enkidu en su última aventura juntos. De hecho, fue esa la batalla en la que Enkidu recibió la herida que lo llevaría a la muerte. Que fue precisamente lo que impulsó al rey a buscar la inmortalidad.

–Y a Utanapishtim, por tanto –James sacudió lentamente la cabeza–. La búsqueda que derivaría en la creación de mi raza. ¿Te das cuenta de lo irónico que resulta todo esto?

–Desde luego –no podía soportar el escrutinio de su mirada. Quería preguntarle si estaba sintiendo y pensando lo mismo que ella: que su encuentro había sido decidido precisamente por el destino. Pero no; ella no creía en cuentos de hadas. Era una científica, por el amor de Dios–. ¿Adónde vamos? –le preguntó, cambiando de tema.

–Will conoce una isla cerca de la costa. En su momento fue utilizada por... –la miró con un brillo divertido en los ojos–. Sé que esto te gustará: Drácula.

–¡No!

–Pues sí. Es una larga historia: te la contaré cuando tengamos tiempo. Solo te diré que Drácula posee una especial afición por esconder cosas. Vivió en esa isla durante años, a fuerza de ocultarla bajo un manto de niebla. Si podemos convencerlo de que repita el truco... –se interrumpió de pronto, mirando algo detrás de ella, y Lucy supo por el escalofrío que sintió en la nuca que los vampiros se estaban despertando.

Pandora se apartó para acercarse a su ama. Ataviada con un vestido largo hasta los tobillos, negro con bordes de encaje rojo sangre, Rhiannon se agachó para saludar a su mascota. Sus largas uñas rojas rascaron con cariño la cabeza del animal.

–Cualquier discípulo aventajado podría ocultar una isla con un manto de niebla. La pregunta es: ¿por qué es necesario? ¿Y qué estamos haciendo en este lastimoso y patético yate?

–Según me dijo Will, es un Mystic de cuarenta y seis metros de eslora, Rhiannon –le informó James–. Uno de los yates más lujosos que existen.

–Bah. Es un bote con motor. Y ahora cuéntame lo que ha pasado. Y... –de repente arrugó la nariz–. ¿Qué olor es este que despide mi ropa? ¿Humo?

A su espalda, por la puerta abierta que dejaba ver una verdadera suite de cinco estrellas, Lucy vio que Roland acababa de levantarse también. Miró rápidamente a su alrededor y enseguida se colocó detrás de la reina con actitud protectora.

Justo enfrente del pasillo se abrió otra puerta, revelando

una habitación idéntica, de donde salió Damien del brazo de una hermosa rubia. Lucy vio que había dos camarotes más, uno a cada lado, y al final una especie de enorme salón.

Willem bajó en ese momento la escalera y los barrió a todos con la mirada. Lucy se estremeció al darse cuenta de que la vampira gitana, su amada Sarafina, no se había levantado aún. ¿Querría eso decir que estaba...?

De pronto se abrió una tercera puerta y Sarafina apareció ante ellos, vestida con una bata de satén, toda sorprendida.

–¿Will? –arrugó también la nariz al registrar el hedor a humo que todos despedían, y abrió mucho los ojos–. Will, ¿que ha pasado? ¿Por qué estamos a bordo del *Sombra de la Noche*?

Will abrió los brazos, y ella se apretó contra su pecho.

–La casa está destruida –le informó en voz baja.

Rhiannon perdió el aliento. Sarafina pareció tambalearse.

–¿Cómo?

–La incendiaron, ¿verdad? –inquirió Rhiannon, recogiendo un largo mechón de su melena para llevárselo a la nariz y olerlo–. Con nosotros dentro. Esos pútridos alfeñiques de humanos intentaron asesinarnos mientras dormíamos.

–Y no solo a nosotros –dijo James.

Mientras hablaba, deslizó un brazo por los hombros de Lucy para atraerla hacia sí. La guió luego por el pasillo hasta el enorme salón. Sobre la elegante alfombra de un blanco inmaculado, el mobiliario de tonos pardos y ocres incluía un sofá de tres piezas y dos más pequeños, mesas de cristal, un mueble bar y una gran pantalla de televisión.

James recogió el mando a distancia y encendió el televisor. Su conexión por satélite tardó unos segundos en activarse, y navegó luego por los diferentes canales hasta detenerse en uno de noticias.

—Ha habido incendios por todo el país —dijo, y las imágenes de la pantalla confirmaron sus palabras, al igual que los rótulos que desfilaban por su parte baja.

Todos pudieron leer las palabras allí escritas.

La denominada Liga de los Humanos, un grupo de vigilantes antivampiros que se presentan a sí mismos como única esperanza de la humanidad, se han organizado en un periodo increíblemente corto de tiempo. Su sitio web ha recibido más de dos millones de visitas. Afirman ser unos 300.000 miembros y sostienen que cada día se incorporan más. Ese grupo defiende el uso de la violencia y mantiene que solamente borrando a los vampiros de la faz de la tierra tendrán los humanos una oportunidad de sobrevivir.

—¿La Liga de los Humanos? —Rhiannon miró a sus compañeros—. Animales enfermos y asesinos: eso es lo que son. Siempre he dicho que esa raza debería ser exterminada. Quizá ahora vosotros me deis la razón por fin.

—Diablos, Rhiannon. Tienes la misma manera que pensar que ellos —dijo James.

La vampira lo fulminó con la mirada. Lucy aprovechó para intervenir:

—James pertenece a esa raza. Y Brigit, y Will. Y yo también.

—Y tú también fuiste humana alguna vez, Rhiannon —le recordó James.

—Yo nunca fui uno de ellos. Mi padre era un dios.

—Un faraón, amor mío —la corrigió Roland con tono dulce—. Creo que lo que los jóvenes nos están diciendo es que el bien y el mal están en todas las razas. En los humanos y en la nuestra. Tú sabes que es cierto. Más de una vez nos hemos tropezado con vampiros canallas.

—Sí, y cuando eso sucede, los destruimos. Nos controlamos a nosotros mismos, al contrario que esas debiluchas y moralmente taradas bestias que solo buscan destruir lo que no comprenden.

Fulminó también con la mirada a Roland, pero este se limitó a hacerle un guiño que tuvo el efecto de suavizar inmediatamente su expresión. La vampira suspiró y miró nuevamente a Lucy, luego a Will y por último a James:

–Supongo que los tres nos habéis salvado de una muerte horrible...

James asintió.

–No está nada mal para tratarse de un trío de asquerosos mortales, ¿eh?

–Aniquilaremos a todos excepto a los buenos –siseó ella–. Lo que significa que dejaremos una docena vivos, como máximo...

–Estamos en deuda con vosotros –pronunció Roland, haciendo una formal y cortés reverencia a James y a Lucy–. ¿Cuál es el plan, James? ¿Adónde vamos ahora?

–Y, lo que es más importante... ¿dónde está tu hermana? –preguntó Rhiannon–. Dime que no la hemos dejado tirada en medio de ese caos... –señaló la pantalla de televisión–. Sola en el mundo de los humanos.

Brigit esperó al amanecer para enviar una llamada mental. Ningún mensaje hablado, ninguna palabra salió de su cerebro. Ninguna seña o dirección. Existía un puñado de mortales en el mundo capaces de interceptar los diálogos telepáticos, y evidentemente no quería traicionar su localización. Habían transcurrido diez minutos desde que el sol se había ocultado cuando cerró los ojos e imaginó un rayo de luz disparado hacia ellos. Los vampiros. Hacia todos y cada uno de los vampiros que pudieran captarlo. Fue apenas un fogonazo, breve pero lo suficientemente intenso como para que los inmortales reconocieran su origen. Eso suponiendo que quedara alguien con vida.

Esperó media hora y lo intentó de nuevo.

A la tercera llamada fue capaz de sentirlos agazapados en las sombras, más allá de la estrecha franja de playa donde se encontraba. Cuando la luna empezaba a alzarse a su espalda, segura como estaba de no detectar presencia cercana alguna de los mortales, alzó los brazos para llamar la atención de los vampiros... en caso de que no lo hubiera hecho ya.

–Soy Brigit Poe –dijo–. Una de los famosos gemelos, los hijos de Edge y Amber Lily. Os he convocado aquí porque necesitamos organizarnos, reunirnos si no queremos ser exterminados. Nos enfrentamos a la aniquilación. Hemos de luchar.

Se interrumpió para escuchar el murmullo de voces y ver los pálidos rostros que empezaban a asomar en la oscuridad, asintiendo aprobadores.

–Pero primero, por favor, debo preguntaros algo: ¿tenéis alguna noticia de mi familia? ¿Los Poe, los Bryant, los Marquand?

Alguien gritó:

–Yo vi a Eric y a Tamara Marquand ayer. Se dirigían a una isla que, según tengo entendido, se ha convertido en un refugio. Me urgieron a que los acompañara, pero yo quería esperar a encontrar a mi familia –el pálido rostro pareció entristecerse–. Los encontré, pero demasiado tarde. Fueron quemados vivos mientras dormían.

Brigit suspiró.

–Lo siento.

–¿Es cierto? ¿Existe una isla-refugio?

–Sí –respondió Brigit–. Existe. Si te encaminas con rumbo norte-nordeste, y estás atento, percibirás la energía de los otros. Pero como no podrán comunicarse mentalmente, tendrás que utilizar todos tus sentidos para localizarlos. Confiar en tus capacidades. No uses tu telepatía si no quieres correr el riesgo de atraer a los mortales hasta ti y hasta ellos.

El murmullo fue en aumento. Brigit miró a su alrededor

mientras los oía acercarse, y quedó sorprendida de lo pocos que eran: treinta, quizá treinta y cinco. No podía ser. Tenía que haber más.

Aclarándose la garganta, intentó concentrarse de nuevo en su misión.

–Os resultará obvio a estas alturas que el mundo de los mortales se ha enterado por fin de nuestra existencia. Grupos de vigilantes se han formado con el propósito de asesinar vampiros. Están quemando nuestros hogares, por no hablar de los mortales inocentes. Ya no estáis seguros.

Se alzó un murmullo excitado, y Brigit se interrumpió por unos segundos antes de continuar:

–Tengo dos opciones que ofreceros. La primera es que mi hermano y los mayores, Rhiannon, Roland e incluso el propio Gilgamesh, están creando un refugio seguro en la isla antes mencionada. La isla antiguamente conocida como del Empalador. Aquellos que sepáis dónde está, informad a los que lo ignoren. Con precaución y sigilo: no por telepatía. O haced simplemente lo que os dije antes y poneos en camino con rumbo norte-nordeste, manteniendo abiertos vuestros sentidos hasta que sintáis la presencia de otros de vuestra raza. Allí estaréis a salvo. Está bien aprovisionada y su existencia seguirá siendo secreta. Es vuestra primera opción.

–¿Y la segunda? –gritó alguien.

Brigit contempló aquellos pálidos y fantasmales rostros semejantes a estrellas brillando en la noche.

–Uníos a mí. Uníos a la resistencia. Defendeos y luchad. Barredlos de la faz de la tierra antes de que nos exterminen.

Capítulo 14

Lucy se hallaba en la proa del yate cuando la isla surgió ante su vista. No por primera vez, se quedó sobrecogida por el brusco giro que había dado su vida. El yate era moderno y suntuoso. El puente de mando estaba provisto de las últimas técnicas en navegación. Los camarotes rivalizaban en lujo con las suites del mejor hotel. El baño era tan espléndido como el del antiguo hogar de Will y Fina, y cada vampiro lo había utilizado para quitarse el hedor del humo, antes de ponerse ropa escogida del vestuario del barco.

¿Y delante de ellos? Delante de ellos estaba la isla, oscura y ominosa, con un castillo medio derruido elevándose hacia las estrellas como el decorado de una película. El cielo era de un negro aterciopelado, y podía oírse el susurro de la espuma de las olas al romper en las rocas. Ningún otro paisaje habría podido ser más evocador: su simple vista aceleraba el corazón de Lucy. Parte de ella se moría de ganas de explorar la isla, de escuchar su historia, de curiosear en las ruinas del castillo. Pero todos tenían demasiadas cosas que hacer para ocuparse de algo parecido. Y había gente en la isla. Una gran fogata de campamento destacaba en la oscuridad, rodeada de sombras en movimiento.

Tan pronto como anclaron el yate en una profunda bahía cerca de la costa, y desplegaron una pasarela sobre las rocas, todo el mundo se apresuró a desembarcar. Lucy sabía que James estaba deseoso de recibir noticias de su familia. De hecho, todos tenían amigos, parientes y seres queridos que se hallaban desaparecidos y de los que nada sabían. Supuso que la precaución de no utilizar la telepatía para localizarlos debía de estar volviéndoles locos.

Y, sin embargo, pese a sus prisas, todos se congregaron en la costa para contemplar a Rhiannon. Se había encaramado a una gran roca que se asomaba sobre las olas, frente al mar oscuro. Lentamente alzó los brazos sobre su cabeza. El viento le pegaba el largo vestido negro al cuerpo y hacía ondear su melena negra como la noche. Cerró los ojos. Y Lucy pudo ver, con James a su lado, como una espesa niebla procedente del océano empezaba a agitarse y a hervir, a levantarse cada vez más alta hasta terminar alcanzando el cielo como si fuera una montaña, ocultando toda vista de la isla desde tierra firme.

Rhiannon bajó por fin los brazos, abrió los ojos, miró a su alrededor y asintió con la cabeza:

—Así está mejor.

Lucy seguía contemplando asombrada a Rhiannon cuando un grito resonó de pronto en el aire. Todo el mundo se volvió para descubrir a los demás vampiros, los supervivientes, corriendo hacia la costa. Una mujer de cabello color rojo sangre y un rostro de ángel se lanzó a los brazos de James con tanto ímpetu que a punto estuvo de derribarlo. James la abrazó y giró sobre sí mismo mientras le cubría el rostro de besos, tan jubiloso como ella.

Estaba empezando a sentir una punzada de celos tan intensa como irracional, cuando vio que dejaba a la mujer en el suelo para dirigirse a ella:

—Lucy, ven a conocer a mi madre, Amber Lily.

Lucy pasó la noche entera rodeada de vampiros... y nada fue como había imaginado. Conoció a la familia de

James, todos ellos jóvenes, fuertes, hermosas parejas que no parecían superar los treinta años. James la presentó a sus padres, Amber Lily y Edge Poe; a sus abuelos, Angélica y Jameson Bryant; e incluso a sus bisabuelos, Eric y Tamara Marquand. Para su inmenso asombro, fue como si le hubiera presentado a alguien de su misma generación. Tamara habría podido ser perfectamente una de sus alumnas.

Pensó que tendría que pasar algún tiempo para que pudiera acostumbrarse a toda aquella nueva sociedad, con su compleja red de relaciones y su inexistente proceso de envejecimiento.

Aunque enseguida se dio cuenta de que no, de que no sería así. Sabía que no se quedaría mucho tiempo entre aquella gente. James le habría prometido devolverla a su vida normal lo antes posible, y ese momento se acercaba rápidamente.

Ignoraba si llegaría a triunfar, o de qué manera esperaba salvar a los de su raza. Lo que sí sabía era que no podían quedarse en aquella isla para siempre, y que si esperaban sobrevivir, tendrían que encontrar un lugar aún más seguro, lejos de los humanos, donde nadie pudiera encontrarlos nunca. Y aunque antaño James había vuelto la espalda a la sociedad de los inmortales, resultaba más que evidente que no lo volvería a hacer. Probablemente ni siquiera *podría*.

En aquel momento, además, era contemplado como su líder. No Damien, el antiguo rey, como habría sido lo lógico. Ni Rhiannon, la suma sacerdotisa de Isis con todos sus poderes. Era a James a quien todos miraban como a su salvador. Su jefe. Como si fuera su rey.

Y aunque a Lucy le llenaba de orgullo verlo asumir aquella pesada responsabilidad, sabía también lo que eso significaba: que no existía futuro alguno para los dos. Ella no era una reina vampira, no quería serlo. Fuera cual fuera el destino de aquella gente, el de James estaba con ellos.

Mientras que el de *ella* no. Ella volvería a su pequeña casa, a su trabajo y a su polvoriento despacho en el sótano de la universidad, con sus tablillas y sus cuadernos. Y su gato, Huwawa.

Decidió dejar de pensar en ello por esa noche. Porque era tanta la alegría que la rodeaba, que resultaba ciertamente difícil no dejarse contagiar por ella. Eran reuniones jubilosas: familias que se reencontraban, viejos amigos que volvían a juntarse. Una y otra vez, durante toda la noche.

Pero, aunque conmovedoras, no fueron esas escenas las que la impresionaron más. Fueron otras que empezaron a producirse después, conforme llegaban los vampiros. Arribaron en pequeños grupos de dos o de tres, algunos incluso solos, en pequeños botes de remos, lanchas a motor, canoas. Venían con el terror dibujado en sus ojos llenos de lágrimas, después de haber perdido a sus seres más queridos.

Lucy se había apartado de las reuniones en torno a las fogatas. Se sentía como si fuera una forastera: poco o nada sabía de sus conversaciones, de sus recuerdos, de los nombres de los amigos que nunca había oído. Como una extraña en una enorme reunión familiar donde todo el mundo se conocía y se quería, había terminado por sentirse incómoda y fuera de lugar. Así que había dejado a James con la multitud de seres queridos que reclamaban su atención y se había vuelto a la playa sola. Allí fue donde se encontró con la llegada de los refugiados, a quienes dirigió hacia donde se encontraban los demás, alrededor de las fogatas, bajo el enorme y oscuro castillo.

De repente arribó una pequeña canoa y un joven, casi un niño, saltó a tierra con una chica en los brazos. Lucy corrió a la playa para ayudarlo.

Era tan joven... Y la mismo la chica que cargaba, aunque resultaba difícil de asegurar por su aspecto: tenía la mayor parte del pelo quemado hasta el cuero cabelludo y la piel de su cara recordaba la cera derretida. Su ropa había quedado reducida a unos ennegrecidos harapos.

El joven alzó la mirada hacia ella, con el rostro tiznado de hollín:

—Por favor, por favor, necesito ayuda. No puede morir, no puede...

La chica abrió un ojo, el único que podía abrir, y de alguna manera Lucy *sintió* su dolor. Fue como si se desbordara hacia ella en ondas telepáticas, probablemente porque era demasiado para que una persona, incluso un vampiro, pudiera soportarlo.

—Túmbala... ahí, sobre la hierba fresca —lo instruyó Lucy, y se volvió luego para llamar a James a gritos, con toda la fuerza de sus pulmones. Como no respondió de inmediato, se dirigió de nuevo al joven, que no podía tener más de dieciocho años—: Quédate con ella. Voy a buscar ayuda.

—Nadie puede ayudarla —susurró él—. No creo que pase de esta noche —bajó la cabeza; las lágrimas rodaban por su rostro y los sollozos estremecían sus hombros—. Dios mío, Ellie, ¿qué voy a hacer sin ti? ¿Por qué nos han hecho esto a nosotros? ¿Por qué? Nunca le hicimos el menor daño a nadie. Nunca.

—¡James! —gritó de nuevo, y esa vez echó a correr hacia el campamento.

La encontró a medio camino, derribándola casi. Lucy lo tomó de la mano y tiró de él.

—¡Date prisa!

Corrieron juntos. El chico había vuelto a abrazar a la joven, meciéndola entre sollozos.

—Estaba ardiendo. La arrojé al agua. Pensé que podría salvarla, pero...

Lucy bajó la cabeza, llorando a lágrima viva. No pudo reprimir un sollozo que distrajo momentáneamente a James, que en ese momento se dirigía hacia el joven, poniéndole una mano en un hombro.

—Túmbala sobre la hierba y apártate. Permíteme que la examine.

—Es de-de-demasiado tarde. Está...

—Por favor —lo urgió James—. Déjame intentarlo.

El chico se quedó inmóvil y alzó lentamente la cabeza, mirando a James y percibiendo quizá al fin que él era distinto. Especial.

–¿Quién eres? –le preguntó.

–James Poe. ¿Y tú?

–Jeremy –respondió el joven.

–Anda, túmbala. Creo que podré salvarla, si me dejas intentarlo.

El chico frunció el ceño pero obedeció, bajando una vez más el cuerpo de la niña para permanecer arrodillado junto a ella.

James se arrodilló al otro lado y puso las manos sobre su cuerpo. A pesar de sí misma, Lucy también se acercó, cayendo de rodillas junto a James para contemplar fascinada la luz que empezaba a nacer de sus manos. Aquel tenue resplandor dorado que tan diferente era de cualquier otra luz que hubiera visto, natural o artificial, y que en ese momento se derramaba sobre el joven cuerpo chamuscado.

–Por favor, que funcione. Que funcione. Que funcione… –susurró sin ser consciente de que había pronunciado las palabras en voz alta. El chico la estaba mirando, y volvió a mirar a James de nuevo antes de concentrarse en su amada.

Le pareció a Lucy que la piel achicharrada de la joven comenzaba a aclararse, con sus manchas negras tornándose pardas: resultaba difícil de decir con aquella oscuridad. Pensó que quizá el deseo que tenía de que sucediera le estaba jugando una mala pasada a su imaginación. Pero no: estaba sucediendo. Las quemaduras se aclaraban; se volvían doradas, anaranjadas... y mudaban lentamente a rosadas. El pelo de su cuero cabelludo empezó a nacer rápidamente, y fue como si estuviera viendo una serie fotográfica a intervalos. Sólo que no era eso: era real. Aquello era real.

Y, no por primera vez desde que había estado tirada en aquella acera, viendo cómo la vida escapaba de su cuerpo, fue consciente de la belleza pura de James Poe, así como de su don. Una vez más volvió a convertirse en un ángel ante sus ojos.

El cuerpo de la joven quedó completamente regenerado. Parpadeó varias veces y abrió los ojos. De inmediato Jeremy la estrechó en sus brazos y ambos sollozaron, gritaron y rieron de felicidad. Abrazándose como si no fueran a separarse jamás.

James se levantó, apartándose de ellos. En un impulso, Lucy se lanzó a su cuello y lo abrazó. Él la tomó de la cintura mientras ella enterraba su rostro bañado en llanto en su pecho, susurrando:

—Eres increíble. Eres un milagro, James. Eres tan increíblemente especial...

James le acarició el pelo con una mano al tiempo que inclinaba la cabeza para musitar:

—No estamos a solos.

Sorbiéndose la nariz, se apartó lo suficiente para secarse los ojos y mirar a su alrededor. El resto de los vampiros se habían reunido en torno a ellos, todos y cada uno de los que se hallaban en la isla, y permanecían de pie en un semicírculo, aparentemente alertados por los gritos de antes. Lo habían presenciado todo. Y contemplaban a James con tal expresión de veneración que, por un momento, Lucy pensó que iban a arrodillarse ante él. A adorarlo.

No los culpaba, aunque sabía instintivamente que semejante actitud de adoración era lo último que necesitaba James. Le tiró del brazo.

—Tenemos que hablar, James.

—Hablaremos. Durante el trayecto de regreso a tierra firme.

Parpadeó asombrada.

—James, no puedes dejarlos. Te necesitan, ¿es que no te das cuenta?

—Me necesitan para hacer lo que se supone que tengo que hacer.

Se lo quedó mirando fijamente. Su renovado héroe comenzaba ya a resquebrajarse, como si una finísima grieta acabara de formarse sobre su cristalina superficie.

–¿Para encontrar a Utanapishtim? ¿Para intentar resucitar a un hombre después de cinco mil años?

–Esa es mi misión.

–No –susurró–. Tu misión es *esta*. ¿Es que no te das cuenta? Esta gente: ellos son tu verdadera misión. Tú necesitas estar aquí, curar a los inocentes, salvar a los heridos, aliviar su dolor y, mientras todavía sea posible, devolver la vida a aquellos que la han perdido de manera injusta y antes de tiempo. Y no intentar insuflar vida a un puñado de cenizas y huesos.

–Míralos –le ordenó él.

Reacia, se volvió para contemplar el mar de rostros que lo miraban como si constituyera su única esperanza. Y se dio cuenta de que, efectivamente, *había* ya esperanza en aquellas caras en las que antes no había visto más que desesperación y desolación.

Él era el responsable de aquella esperanza.

–Tenemos que regresar y terminar con esta locura. Es hora de encontrar a Utanapishtim. Hora de que cumpla mi misión en la vida.

Capítulo 15

–De vuelta en una habitación de hotel de Manhattan –murmuró Lucy–. Estoy segura de haber completado un círculo. Estuve en una habitación como esta hace solamente... ¿cuánto? ¿Menos de una semana? Y, sin embargo, mi vida ha cambiado tanto desde entonces...

James se apartó de la ventana, dejando caer la cortina. El hotel daba directamente al Metropolitan, donde las cenizas de Utanapishtim estaban escondidas en una antigua estatuilla. Al parecer no podía reprimirse de mirar el museo cada vez que pasaba por delante de la ventana. A propósito de cambios de vida: ahora que conocía su misión, esta lo estaba absorbiendo, obsesionando. El problema era que Lucy estaba pasando por lo mismo que él: su vida había quedado también completamente trastornada. Y eso que, al contrario de lo que a él le ocurría, no constituía su destino.

La miró. No se había movido del ordenador desde que consiguieron que se lo prestara el recepcionista, sin que tuvieran por cierto que esforzarse demasiado. Como tampoco habían tenido problema alguno en registrarse con una tarjeta de crédito sin fondos y nombres falsos. Lucy también había estado ocupada con el teléfono desde entonces, aunque a él le había parecido una muy mala idea. Estaba hablando precisamente en ese instante: sujetaba el aparato inalámbrico entre la oreja y el hombro. El televisor estaba encendido, con el volumen bajo. Por la pantalla desfilaba una serie continua de desgracias: imágenes de familias dolientes, cuerpos carbonizados... todos de humanos, porque los de vampiros se convertían en un puñado de cenizas cuando ardían. Se quemaban rápido. Por eso había sido tan milagroso que la chica de la isla, Ellie, no se hubiera consumido como una cerilla cuando su piel empezó a arder. Su novio, Jeremy, debió de haberla arrojado al agua casi al instante, porque en caso contrario no habría quedado nada de ella.

Y porque era joven. Las debilidades de los vampiros, sus vulnerabilidades, aumentaban con la edad, al igual que su poder y fortaleza. La mayoría perecía por el fuego. No quedaban por tanto restos cuyas imágenes pudieran exhibir reporteros sensacionalistas, o ser confiscados para su estudio por científicos del gobierno. Ningún video de «autopsia extraterrestre», con algún vampiro jugando el papel de hombrecillo verde, sería mostrado al público. Afortunadamente.

En todo aquello estaba pensando James para distraerse de lo que constituía el centro y nudo de sus pensamientos: Lucy. Su relación con ella.

Porque no tenía sentido concentrarse en eso cuando su raza estaba al borde del exterminio.

—Sigo pensando que deberíamos entrar en el museo esta misma noche y apoderarnos de la estatuilla —dijo de pronto, con la renovada intención de distraerse.

De poco le sirvió. Lucy iba vestida con la ropa que había encontrado en el yate. Unos ajustados vaqueros negros, con botas de tacón del mismo color, altas hasta las rodillas. Una camiseta también ajustada y, encima, una blusa color verde olivo, estilo militar. Se había recogido la melena en una cola de caballo. Tenía las gafas de concha en la misma punta de la nariz mientras miraba concentrada la pantalla del ordenador.

James apenas podía reprimir los impulsos que lo abrasaban cada vez que la miraba. Así que, en lugar de ello, miró por encima de su hombro la pantalla del ordenador y vio lo que estaba examinando con tanta atención: una imagen de satélite del museo. La estaba estudiando por todos los lados, a derecha e izquierda, enfocando ventanas, salidas y los alrededores del edificio.

–Tienen el último grito en sistemas de seguridad: nunca conseguiríamos acceder a la estatuilla sin hacer saltar las alarmas. En todo caso, tendremos que hacernos con credenciales falsas.

–¿Podremos al menos localizar la estatuilla?

–Estatuillas: son tres. Pero estoy al noventa y nueve por ciento segura de que sabré cuál es nada más verla –dijo–. James, este es mi terreno. Museos, colecciones, piezas. Es mi gente: traductores, comisarios de museo... Tienes que confiar en mí. Conseguiremos entrar, ¿de acuerdo?

–Sé que lo harás.

Lucy lo miró de nuevo, pero esa vez, James distinguió una sombra de preocupación en sus ojos.

–Tienes un aspecto fatal. No dormiste anoche, ni en todo el día de hoy. Debes de estar exhausto.

–No podría dormir ni aunque quisiera –se acercó a la cama y se sentó en el borde–. Demasiadas cosas en la cabeza.

–Eso es un eufemismo: el peso del mundo descansa directamente sobre tus hombros –le dijo con tono suave–. No sé cómo puedes soportarlo... –de repente alzó una mano: al parecer, alguien se había puesto al otro lado de la línea de teléfono–. Dígale que me llame a este número lo antes posible, por favor. Sí, es muy urgente. ¿Mi nombre? Señora Enheduanna –se lo deletreó, y se hizo un silencio–. ¿Dentro de media hora? Perfecto. Muchísimas gracias –colgó el teléfono.

–¿Enhedu... qué? –inquirió, James divertido–. ¿No podías haberte conformado con un simple «Smith»?

Lucy sonrió, como él había esperado que lo hiciera. Tenía una sonrisa preciosa. Una sonrisa que parecía curarlo, aliviarlo como si fuera un bálsamo.

–Enheduanna era una alta sacerdotisa sumeria. La primera escritora conocida, acreditada como tal. Soy su mayor admiradora. Marcus sabrá enseguida que soy yo.

–¿Y qué es lo que impedirá que avise a la policía y les facilite tu número, en lugar de llamarte directamente?

–La lealtad –respondió, y se encogió de hombros–. Y la curiosidad. Me llamará primero para averiguar lo que está pasando y luego decidirá actuar en consecuencia.

James asintió lentamente, víctima de lo que consideraba una absurda punzada de celos. Marcus había sido amigo y colega de su padre, se recordó. De modo que debía de ser, como poco, veinte años mayor que Lucy.

–Ese profesor, ¿no será una especie de... Indiana Jones?

Lucy esbozó una sonrisa tan sincera y radiante que le robó el aliento por unos segundos, haciéndole preguntarse por el momento en que había empezado a reaccionar de esa manera ante ella. No era solo el deseo abrasador, o el hecho de que se quedara fascinado solamente con mirarla, también eran los celos. ¿Qué diablos le estaba pasando?

Pero en realidad lo sabía. Sabía exactamente cuándo había empezado. Había sido el yate, cuando ella estuvo sentada frente a él, mirándolo, mientras curaba a Pandora. Había sido cuando la vio llorar por aquel maldito felino, cuando compartieron su preocupación y su cuidado por el animal. Se había intensificado en la isla, cuando la vio sollozando por Ellie, y luego, ya realizada la cura, cuando lo miró como si quisiera besarlo, como si fuera una especie de héroe, o un dios, y se lanzó a sus brazos para susurrarle al oído que era especial. Solo entonces tomó conciencia de que había anhelado que Lucy sintiera aquello por él casi desde el primer instante en que la vio.

Y solo ahora, quizá, estaba empezando a entender el porqué. Se estaba enamorando de aquella pequeña y erudita mortal.

–Un Indiana Jones jubilado, quizá –repuso ella, y se echó a reír–. Tiene casi setenta años. Es uno de los pocos amigos que me he permitido tener en mi vida. Y tiene mucha influencia entre la comunidad de expertos y gestores. No tengo ninguna duda de que una llamada suya nos conseguirá el permiso necesario para examinar de cerca las estatuas.

–Que no para sacar del museo la que estamos buscando.

–Yo me daría por contenta con que nos permitieran encerrarnos con ella en alguna habitación privada, ¿no te parece?

Señaló la pantalla del ordenador, y James vio que había abierto la página de la tienda de regalos del museo. Pinchó sobre uno de los artículos en venta, amplió la imagen y apareció la tosca estatuilla de un hombre desnudo, con los brazos cruzados sobre el pecho y los puños cerrados con los pulgares hacia arriba. Debajo podían leerse las palabras: *Réplica del rey-sacerdote sumerio. Tamaño real. Escayola. 149,99 dólares.*

James asintió.

–Eres una mujer muy lista, Lucy Lanfair.

–Soy profesora, ¿recuerdas? –replicó, pero dejó de sonreír cuando desvió la mirada a la pantalla de televisión.

A James no le extrañó. Una foto de ella ocupaba toda la pantalla, con el texto siguiente: *Profesora Lucy Lanfair. Reclamada en relación con el asesinato de Waters y Folsom.* Recogió el mando a distancia para apagar el televisor, pero ella se le adelantó y subió el volumen.

–... creo que acabamos de conectar con el gobierno –dijo uno de los periodistas de la tertulia de un popular informativo de las mañanas de domingo.

–La familia de esa mujer fue asesinada ante sus ojos –comentó otro.

–Su familia y el equipo entero de la excavación en Iraq –la cámara enfocó al hombre que se encontraba en un extremo, de espeso cabello rizado, negro, y gruesas gafas.

Según el rótulo de la parte inferior, era el doctor Jarod Cunningham, psicólogo clínico–. Ella fue la única superviviente. Una cosa así suele dejar cicatrices.

–¿Entonces usted cree que es posible que ese libro de Folsom, junto con su encuentro casual con él en la sala de espera de los estudios, le provocara una especie de ruptura violenta con la realidad? –le preguntó el presentador.

–Es perfectamente posible. Toda esa historia de los vampiros, conectada con las leyendas sumerias, precisamente el objeto de estudio de sus padres. Tiene que haber una relación –afirmó el psiquiatra.

–Ya. Pero la pregunta sigue ahí: ¿de dónde sacó el arma?

De repente conectaron con un tercer tertuliano, un congresista:

–Nada de todo eso resulta relevante en estos momentos. Lo que necesitamos es que la profesora Lanfair dé la cara y hable con nosotros. Mientras tanto, debo reiterar mi llamamiento a la calma. La gente está aterrorizada...

–La gente está muriendo, congresista –lo interrumpió el presentador.

El político asintió y miró directamente a la cámara.

–Esos grupos de vigilantes están asesinando a los suyos por miedo y por ignorancia. Gente normal, porque no existen los famosos vampiros. No hay tal cosa. Esta violencia tiene que cesar, y cuanto antes se presente esa profesora para contarnos toda la verdad sobre lo sucedido aquella noche en el estudio, antes terminará esta pesadilla. Hay más sangre en las manos de esa mujer que en los cuerpos de las dos personas que asesinó en Estudio Tres.

–Supuestamente también a ella la dispararon –intervino el presentador.

El congresista continuó como si no lo hubieran interrumpido:

–Eso no fue una ejecución sumaria ordenada por el gobierno, como afirman determinados sitios alternativos de

Internet. Aquí no hay conspiración alguna que valga. No hay más que un viejo fabulador, un editor irresponsable deseoso de enriquecerse con sus fabulaciones y una profesora mentalmente inestable que sufrió una evidente desconexión con la realidad.

James le quitó el mando a distancia y apagó el televisor. Lucy parecía... conmocionada. Consternada, horrorizada y...

–Tú y yo sabemos que todo eso no son más que mentiras –le dijo interponiéndose entre la pantalla y ella, ya que seguía mirándola fijamente.

Solo entonces clavó los ojos en él. Estaban húmedos por las lágrimas.

–Pero lo que pensemos nosotros es irrelevante. La mayor parte de la gente se lo creerá. Soy una erudita solitaria: no tengo familia, casi ni amigos. Si preguntaran a los vecinos por mí, les dirían: «era muy reservada». Dios mío, no habrían podido escoger un mejor chivo expiatorio.

–Todo se arreglará, Lucy.

–¿Cómo? ¿*Cómo* vamos a arreglarlo? –sacudió lentamente la cabeza–. Mi carrera está acabada. Mi reputación, por los suelos. Y sé, James... créeme que lo sé... que todo eso resulta insignificante en comparación con la perspectiva del posible exterminio de toda una raza. Si tuviera que escoger entre una cosa u otra, no dudaría en ayudar a salvar a tu gente a costa de mi propia carrera... Espero de verdad que me creas.

De eso se trataba, pensó James. Creía en ella.

–Y, sin embargo, todo eso es sencillamente terrible. Porque ni siquiera puedo volver a mi casa. Mi vida, tal como yo la conocía... se ha acabado. Ya no existe –parpadeando para contener las lágrimas, miró el teléfono–. Dios mío, ni siquiera sé si Marcus me creerá a estas alturas. ¿Qué debe de estar pensando de mí?

Justo en ese momento sonó el teléfono y Lucy dio un respingo, estremecida. James era demasiado consciente de su confusión, de su miedo, de su incertidumbre sobre su propio futuro, y se moría de ganas de ayudarla. El problema era que no sabía cómo.

El teléfono seguía sonando. Lucy se lo quedó mirando fijamente hasta que, reacia, lo descolgó.

–¿Diga?

James se acercó para poder escuchar la conversación.

–Lucy, ¿eres tú? –pronunció una voz masculina, con tono urgente–. Por favor... dime que eres tú.

–Soy yo. Hola, Marcus. Tu teléfono no estará intervenido, ¿verdad?

–¡Por supuesto que no! Lucy, ¿te encuentras bien?

–Sí. Pero yo no hice nada de lo que dicen que hice. Yo no...

–Lo sé. Ni siquiera se me pasó por la cabeza. ¿Trastorno mental? Eres la persona más cuerda que conozco, Lucy. ¿Dónde estás? ¿Estás bien? ¿Puedo hacer algo para ayudarte?

–De hecho, sí. Necesito acceder a las tres estatuillas de reyes–sacerdotes de la exposición itinerante de los sumerios que en este momento se encuentran en el Metropolitan. Solo necesito examinarlas. ¿Podrías garantizarme acceso preferencial?

–¿El Metropolitan? Sí, creo que podré hacerlo. Aunque no creo que puedas ir tú, con todas las noticias que están dando los medios. ¿Podrías... disfrazarte de algo? Sé que suena absurdo, pero dada la situación...

–Ya había pensado en ello.

–De acuerdo, dame algún tiempo.

–Me temo que no disponemos de mucho, Marcus.

–¿Disponemos, has dicho?

–Sí, yo... estoy con un... colega. Me está ayudando.

–Pero estás a salvo, ¿no?

–Estoy lo más a salvo que podría estar, dadas las circunstancias.

El viejo profesor suspiró.

–Me alegro de que no estés sola. ¿Podrías esperar una hora? Te vuelvo a llamar entonces... antes, si tengo suerte.

–Una hora. Muy bien, Marcus. Gracias –colgó el teléfono y miró a James.

–¿Una hora, Lucy? ¿Te das cuenta de que durante ese tiempo, él podría facilitar nuestro número a las autoridades, y la policía localizar el hotel y acordonarlo? ¿Seguro que confías en Marcus?

–Sí, confío en él. Pero no confío en ellos. Ellos saben que lo conozco, así que podrían haber intervenido el teléfono sin que él se enterara. ¿Por qué no probamos el alcance de este inalámbrico? Quizá podamos oírlo en el pasillo, fuera de la habitación.

James bajó la cabeza, sorprendido nuevamente por su ingenuidad.

–Está bien.

Lucy se volvió para recoger sus cosas y las de él, que eran bien pocas. Aprovechando su distracción, James le retiró la banda con que se sujetaba el pelo, y cuando ella se volvió de nuevo para mirarlo, sorprendida, la melena se derramó sobre sus hombros. Acto seguido, sonriendo, le quitó las gafas.

–¿Ves? Ahora mismo no tienes para nada ese aspecto de profesora erudita y estirada con el que aparecías en los informativos.

–No me siento en absoluto una profesora erudita y estirada –replicó–. Todo mi mundo está en este momento patas arriba, James. Todo lo que pensé que era firme, sólido, se mueve bajo mis pies. Y tantas cosas que juzgué simples fantasías son ahora perfectamente reales.

–Los buenos se convirtieron en malos, y los monstruos en víctimas.

–En héroes, no víctimas. Héroes –bajó la mirada–. Sobre todo tú, James.

James se ruborizó, y desvió la vista para disimular la reacción.

–Si esto no funciona...

–Si esto no funciona –repuso ella–, sabrás que has hecho lo mejor.

Alzando la mirada de nuevo, él le preguntó:

–¿Sigues pensando que es un error intentarlo?

–¿Intentar resucitar de sus cenizas a un hombre que lleva cinco mil años muerto? Sí. Pero no creo que sea un error intentar hacer lo que uno piensa que tiene que hacer para salvar a su gente. Y también creo que si no consigues salvarla, jamás te lo perdonarás a ti mismo. Por lo demás, en caso de que no lo hayas notado, he cambiado completamente en una cosa: si te estoy ayudando ahora es porque quiero. No porque tenga que hacerlo.

James no podía retirar los ojos de su rostro. Había algo más allí. O quizá solo estuviera viendo lo que quería ver, a causa de sus recién descubiertos, o al menos reconocidos, sentimientos hacia ella. O no.

Quizá sí que lo estuviera mirando como si realmente deseara que la besara. Por tanto, lo mejor que podía hacer era averiguarlo.

–Lamento haberte arruinado la vida –le dijo.

–Primero me la salvaste –repuso ella–. Eso lo compensa.

–Déjame que te compense un poco más, ¿mmm...? –se acercó a ella.

–¿Cómo? –susurró.

–Cierra tus preciosos ojos, profesora.

Obedeció. Y luego él se los cubrió con las puntas de los dedos, las palmas de las manos reposando sobre sus mejillas. Esperó y deseó que la luz llegara, y así fue. De inmediato la oyó contener el aliento, maravillada.

Poco después la luz se apagó, y bajó las manos.

–Muy bien. Ábrelos ahora.

Abrió los ojos y frunció el ceño.

–¿Qué es lo que has...?

James recogió sus gafas y las lanzó al cubo de la basura.

–Oh, Dios mío... –parpadeó asombrada–. Me has curado la vista.

–Lo habría hecho antes, si se me hubiera ocurrido.

–James, no tenías que...

Antes de que pudiera terminar, la alzó en brazos y la besó, incapaz de reprimir el deseo por más tiempo.

Lucy le entregó su boca, dejando que la saboreara con la lengua, que la explorara a placer. Mientras ella hacía lo mismo, James atravesó la habitación y cayeron los dos en la cama, abrazados.

Abrió los ojos de nuevo y se lo quedó mirando fijamente. Y él supo que su respuesta a su tácita pregunta era un elocuente sí. Cuando fue a alzarle la camiseta, le temblaron las manos como si fuera un adolescente y aquella fuera su primera vez.

Desnudó uno de sus pequeños y perfectos senos y bajó la cabeza para lamerle la punta... hasta que de repente sonó el teléfono, dando al traste con aquel instante. Cerró los ojos.

–Maldita sea.

–Tenemos que contestar –le dijo ella.

–Lo sé. Y me alegra que tú también seas consciente de ello –se apartó al tiempo que le bajaba delicadamente la camiseta.

Apretándose el pecho con una mano como para calmar su acelerado corazón, Lucy descolgó el teléfono y respondió:

–¿Diga?

–Soy yo, Marcus. He pensado que es mejor darse prisa... no debes quedarte en la ciudad más tiempo del estrictamente necesario. Ya tienes las credenciales. Eres la profesora Sandra Duncan. Tu colega es el doctor Winston Marlboro.

–¿Yo soy actriz de los setenta y él un representante de una marca de cigarrillos? –se atrevió a bromear.

–Tenía que pensar rápido –se disculpó Marcus, suspirando–. El señor Scofield Danforth te estará esperando. Él te llevará las piezas para que las examines. Le he dicho que se trataba de un asunto de seguridad nacional, que no debía revelarlo a nadie. No le comenté que tenía que ver con los acontecimientos que dominan actualmente el panorama informativo, pero sí le dije lo suficiente como para que lo sospechara. Así que colaborará. Cuídate, por favor, querida.

–Haré todo lo posible. Siempre has sido un gran amigo, Marcus. Nunca lo olvidaré.

–Absurdo. Y ahora, haz lo que tengas que hacer. Sea lo que sea, sé que será lo más adecuado.

Se cortó la comunicación y Lucy colgó. Pasándose una mano por el pelo, alzó la mirada.

–Ya podemos irnos.

Pero James no quería irse ahora. Quería retomar lo que había estado a punto de suceder entre ellos. Y, sin embargo, resultaba ridículo. La supervivencia de su raza estaba en juego... ¿y él quería postergar su salvación por hacer el amor con aquella mujer?

Efectivamente: así era. No cedería a aquel impulso pero, en lo más profundo de su ser, eso era exactamente lo que quería. Estrecharla durante una hora en sus brazos. Enterrarse en su cuerpo. Dos horas. La tarde entera.

Maldijo para sus adentros. Aquel no era ni el lugar ni el momento adecuado. Y, probablemente, tampoco la mujer adecuada. Pese a ello el pensamiento persistía, desplegándose en su mente con vívidos colores y provocándole un cosquilleo en los labios ante la perspectiva de besarla.

Abandonaron el hotel. En medio de un tirante y nervioso silencio, caminaron lado a lado, sin tocarse, hacia el museo.

Después de una breve visita a la tienda de regalos del museo para adquirir el artículo que les permitiría salirse con la suya, así como de una rápida parada en el lavabo, se dirigieron a la cita con el nervioso hombrecillo con el absurdo y pretencioso nombre de Scofield Danforth, comisario de la exposición itinerante. Tuvieron que esperar en una habitación privada de la sección de oficinas del museo. Se hallaban en el lado norte del impresionante edificio, y las ventanas, por lo que podía ver Lucy, estaban desprotegidas.

Claro que nadie habría podido salir por ellas, con o sin algún objeto valioso del museo en su poder. Porque no se abrían, y al otro lado no había nada que pudieran utilizar para ayudarse en la huida. No había árboles ni escalera de incendios. Solo una caída, aunque de poca altura, hasta el césped bien cuidado de Central Park.

No había escape. Maldijo para sus adentros.

El comisario volvió con los objetos requeridos: tres estatuillas de piedra caliza, de unos veinte centímetros de alto, con la figura de un hombre desnudo. La dejó sobre la mesa y abandonó la habitación.

Lucy fue examinando cada pieza, fascinada, como siempre le ocurría, por el milagro de poder tocar y acariciar algo que había sido tocado, acariciado y creado por las manos de gente que había vivido cinco mil años antes que ella. Las tres piezas eran semejantes, de tosca superficie erosionada por el tiempo y color gris claro. Al inspeccionar la primera, advirtió que el cuerpo del rey sacerdote era casi cilíndrico, con sus piernas formando un solo bloque, una de ellas ligeramente adelantada y con gruesas incisiones para marcar los dedos de los pies. Tenía los codos pegados al cuerpo y los brazos cruzados sobre el pecho, con las manos cerradas: todo ello, como los pies, toscamente tallado. La redonda cara exhibía unas mejillas mofletudas y una boca de labios gruesos, una barba en forma de disco y una cinta en el pelo. Los genitales estaban tallados con mayor detalle que el resto de su anatomía.

—Nos ha dejado solos con las estatuillas. No parece

muy preocupado de que podamos llevárnoslas, ¿no te parece? –le dijo con tono suave, interrumpiendo su reverente contemplación de la talla.

–¿Por qué habría de estarlo? No podríamos salir de aquí más que por donde hemos entrado. Además, estamos bajo vigilancia constante –señaló la cámara de video montada en una esquina de la habitación.

–Necesitamos identificar la estatuilla y sacarla de aquí –repuso él, bajando la voz.

–Es esta.

–Apenas has mirado las otras. ¿Estás segura?

Lo miró ceñuda, señalando con un dedo una serie de líneas incisas en la piedra.

–Su nombre está escrito aquí. Y estas son las líneas onduladas que esperábamos encontrar.

–De acuerdo. No lo dudo.

Lucy sacudió suavemente la pieza.

–No parece que esté hueca, sin embargo.

–¿Tienes preparada la de repuesto? –le preguntó él.

Asintió, bajando la mirada a su chaqueta. Le habían registrado el bolso antes de entrar, pero no palpado la ropa. La estatuilla de repuesto, la que habían comprado en la tienda de regalos, la llevaba pegada con cinta adhesiva al cuerpo y escondida bajo la chaqueta.

James se levantó para inclinarse sobre ella de espaldas a la cámara, simulando contemplar la estatuilla. Lucy aprovechó entonces para levantarse la camiseta y sacar la de repuesto, que dejó sobre la mesa; acto seguido guardó y escondió la verdadera mediante el mismo sistema. Toda la operación no duró más de veinte segundos.

–Se dará cuenta de que esta no es la verdadera, James –le confesó ella, repentinamente preocupada–. El tamaño no es exactamente el mismo. Debimos haber elaborado un plan B.

–Deja que me encargue yo de eso, ¿quieres? Soy un vampiro, ¿recuerdas?

—Está bien —repuso con una sonrisa. Se levantó de la mesa para dirigirse hacia la puerta. La abrió y sonrió al hombre que esperaba al otro lado—. Ya hemos terminado, señor Danforth. Muchas gracias por su colaboración.

El hombre entró en la habitación, buscando con mirada nerviosa las tallas que descansaban sobre la mesa. Y entrecerró los ojos en el instante en que detectó la falsa.

—Espere, hay algo que...

—No hay el menor problema —dijo James, apoyando una mano sobre su hombro—. Ningún problema en absoluto. Esa pieza es la misma que vio usted por última vez: exactamente igual como la recuerda, hasta el menor detalle. Posee la más absoluta confianza de que todo está perfectamente. No tiene ninguna pregunta que hacer al respecto, ¿verdad?

—Por supuesto que no —respondió el hombre con voz extrañamente dulce. Parpadeó varias veces como para sacudirse su estupor y se apresuró a recoger las estatuillas—. ¿Querrán explicarme qué significa todo esto cuando estén en condiciones de hacerlo?

—Por supuesto que sí —le aseguró Lucy—. Le agradecemos enormemente su ayuda.

El hombre se despidió y Lucy y James abandonaron la sección de oficinas y bajaron a la planta principal.

Conforme se acercaban a la puerta, Lucy se esforzó por disimular sus nervios. ¡Se disponía a salir del Metropolitan con una pieza robada sujeta con cinta adhesiva a la cintura! No era precisamente algo típico del comportamiento de Lucy Lanfair. Era más bien lo opuesto.

Y, sin embargo, lo estaban haciendo. Lo estaban consiguiendo. Casi habían llegado a las enormes puertas. Iban a...

De repente, James la agarró del brazo.

—Procura no perder los estribos.

—¿Qué?

—La policía —señaló la puerta con la cabeza—. Fuera.

—¿Han venido a por nosotros?

–No mires.

Desvió la vista. James alzó un brazo y le señaló un punto a su izquierda.

–Como si fueras una turista admirando todo esto.

Lucy se dejó guiar hacia el inexistente punto que él continuaba señalándole.

–¿Crees que el comisario…? Lo sugestioné… solo un poco, pero lo suficiente. No, esto tiene que ser cosa de tu amigo, el Indiana Jones.

–Marcus Payne. Él jamás nos habría traicionado. No es propio de Marcus.

–Entonces quizá interceptaron realmente su teléfono. ¿Quién sabe? –aceleró el paso, dirigiéndose a los ascensores–. Lo que no sé yo es cómo vamos a salir de aquí.

Lucy miró entonces a su alrededor y vio un grupo de turistas que seguían a una guía con aspecto de universitaria. Tragando saliva, tomó una decisión:

–Sígueme. Mezclémonos con ese grupo.

–¿Qué? –la miró ceñudo, pero ella ya se encaminaba rápidamente hacia el grupo.

Deteniéndose ante la guía, y después de echar un rápido vistazo a la placa con su nombre, le preguntó:

–¿Sara?

–Sí, soy yo.

–Hola. Me llamo Molly y soy nueva. Er... mira, el jefe me dijo que te sustituyera. Te quiere arriba. Quiere hablar contigo de un nuevo proyecto.

–¿De veras?

–Sí. ¿Sabes de qué se trata?

–Ni idea.

–Bueno, ¿me lo contarás cuando bajes? Me muero de curiosidad –acto seguido, Lucy se volvió hacia el grupo–. Hola a todos. Soy Molly, tomo el relevo de Sarah. ¿Os ha hablado ya de la historia arquitectónica del museo?

Varios negaron la cabeza mientras Sarah se alejaba apresurada.

–Bueno, pues seguidme afuera: haremos una breve visita por el recinto exterior. Os va a encantar.

Atravesó las puertas a la cabeza del grupo, hablando todo el tiempo, explicando cosas. Pasaron por delante de los policías, uno de los cuales incluso la saludó con la cabeza. Rodeó luego una esquina del edificio, hasta el parque que lo bordeaba, y solo entonces exclamó:

–¡Oh, no! Me olvidaba de vuestros regalos de promoción. Esperadme aquí. Tú –señaló a James–. ¿Te importaría ayudarme a traerlos?

James asintió, y los dos echaron a correr por el parque, abandonando al sorprendido grupo.

–¿Y ahora qué? –inquirió ella poco después, deteniéndose en uno de los senderos que cruzaban Central Park. Localizó un banco y lanzó una rápida mirada a su alrededor antes de quitarse de golpe la cinta adhesiva. Esbozó una mueca de dolor–. No me va a quedar piel en la cintura...

–No podemos volver al hotel –dijo James, sentándose a su lado–. Si han intervenido el teléfono de Marcus, sabrán entonces desde donde lo llamamos –le quitó el bolso que llevaba al hombro y guardó allí la estatuilla.

–Tampoco tenemos ninguna razón para volver allí –comentó Lucy–. Necesitamos salir de la ciudad.

–Sí. De todas formas, este tampoco sería un buen sitio para resucitar al viejo Utanapishtim. ¿Te imaginas a un hombre que lleva muerto cinco mil años despertándose en mitad de Manhattan?

–No me imagino a Utana despertándose ni aquí ni en ningún otro lugar.

–¿Cómo lo has llamado?

–Con el nombre familiar que solía usar –metió una mano en el bolso y sacó la estatuilla, pero solo lo suficiente para ver las marcas labradas en su base–. He leído estas mismas frases en la tablilla que me dejasteis. *Utana. También llamado Ziasudra. Utanapishtim. El Superviviente del*

Diluvio. El Esclavo de los Dioses. Maldito luego por ellos y escondido por mi mano de la divina cólera de los Anunaki.

–¿Los Anu-qué?

–Los dioses.

–¿Serás capaz de comunicarte con él? –le preguntó James, ceñudo–. Cuando lo resucitemos, quiero decir.

Lucy abrió la boca para responder, pero volvió a cerrarla como si hubiera cambiado de idea. Sacudió lentamente la cabeza.

–¿Qué pasa? –quiso saber él.

Aspirando profundamente, procuró escoger sus palabras con cuidado.

–James, no quiero que hagas esto. No es una buena idea. Y probablemente, de todas formas, no funcionará. No funcionó con aquellos... aquellos cadáveres –susurró–. En la mansión. ¿Recuerdas?

–Pero sí funcionó. Se levantaron. Caminaron.

–Solo eran trozos de carne animados. No seres conscientes, con sensibilidad. No serviría de nada resucitar a un zombi, ¿no te parece? Además, esto ni siquiera es un cuerpo. Son cenizas.

–No crees que pueda hacerlo, ¿verdad? Después de todo lo que has visto –se levantó del banco para alejarse unos metros de ella.

Lucy se colgó el bolso al hombro y se levantó también.

–Más bien *temo* que puedas hacerlo. No estaría tan preocupada si estuviera segura de que no podrías resucitar a alguien a partir de un puñado de cenizas, ¿no te parece?

James bajó la cabeza, suspirando, y se volvió para mirarla.

–Eso fue lo que me sucedió en casa de mis padres –le confesó en voz baja–. Estuve hundiendo las manos en un montón de ceniza tras otro. Intentando...

–Oh, James... Pero no estaban allí, estaban vivos, así que no es de extrañar que no pudieras...

–Lo sé. Están bien. Pero no lo estarán si fracaso. Nadie lo estará. Tengo que intentarlo. Ya has visto lo que ha sucedido. Tú leíste la profecía.

–La profecía estaba incompleta. Seguimos sin saber qué es lo que se supone que Utanapishtim tiene que hacer, eso si es que logras revivirlo.

–Si lo consigo, ¿serás capaz de comunicarte con él? –volvió a preguntarle.

–No lo sé. Ignoro cómo sonará su lenguaje. Podría escribirle, quizá, algunas cosas básicas. Será todo un desafío. Nadie que esté vivo ha oído nunca cómo suena la lengua sumeria –mordiéndose el labio, alzó la cabeza–. Espera un momento. Hay alguien que sí.

–Ya. Damien.

–Gilgamesh –susurró ella.

–Vlad también.

–¿Te refieres a... Drácula? –musitó el nombre.

–Sí. Es mucho mayor que lo que dice la leyenda. Adoptó el papel de príncipe Vlad Dracul, pero llevaba ya miles de años vivo por aquel entonces. De todas formas es una larga historia y no tenemos tiempo.

–Tienes razón. Pero estoy fascinada, James.

Se quedaron mirando fijamente a los ojos. Estuvieron a punto de besarse, pero al final Lucy se mordió el labio y apartó la mirada.

James intentó concentrarse:

–Bien, entonces contamos con gente que puede hablar con él. Pensemos. Necesitamos resucitarlo en un lugar seguro. Un lugar donde tengamos intimidad, donde nadie pueda interrumpirnos. Y donde nada ni nadie pueda darle al pobre tipo un susto de muerte, como la aparición de un coche, un avión o...

–¿La isla?

Reflexionó por un momento, pero finalmente negó con la cabeza.

–Demasiada gente estaría deseando hablar con él, y su

impaciencia estaría justificada. Necesitaremos resucitarlo y luego explicarle cómo le hemos devuelto la vida y lo que ha pasado en el mundo desde que lo abandonó...

–Sigo quedándome pasmada solo de pensar que algo así puede suceder, James.

–Llevémoslo al *Sombra de la Noche*. Llevémoslo a alta mar y hagámoslo allí.

–¿Y si algo sale mal?

–Yo no lo permitiré.

Lucy cerró los ojos, deseando que la frase «espero que no tengas que comerte esas palabras» no hubiera escogido aquel momento para asaltar su mente.

–Está bien. Vamos al *Sombra de la Noche*.

Capítulo 16

James terminó de hablar, apagó el móvil y volvió a enganchárselo en el cinturón.

–Brigit está bien –dijo mientras cruzaba el puente para reunirse con Lucy.

Estaba apoyada en la barandilla, contemplando el océano. El sol acababa de ponerse y el cielo rojizo y el mar azul ofrecían una imagen absolutamente plácida, idílica. Al contrario que el resto del mundo.

–¿Dónde está? –se apoyó en la mesa cercana, rodeada de varias tumbonas, y recogió los dos vasos helados que había allí, para ofrecerle uno.

–En las afueras de Boston con un grupo de vampiros que ha conseguido reunir. Se hacen llamar la «Resistencia» –aceptó el vaso–. ¿Qué es esto?

–Un cóctel que he preparado. Pensé que podría sentarnos bien.

Bebió un sorbo y asintió, aprobador.

–Buena idea.

–¿Y qué es lo que pretende ese grupo de resistentes?

Con un suspiro, James le dio la espalda para contemplar el mar.

–Hacer un seguimiento de las casas abandonadas por los vampiros en su huida. Esperar a que los vigilantes intenten quemarlas y luego... –sacudió la cabeza antes de beber otro sorbo. Rechinó los dientes ante lo fuerte de la bebida–. Matarlos.

–¿Matarlos?

–Yo no he dicho que lo apruebe –la miró–. Pero sí, es lo que están haciendo Brigit y los suyos.

–Pero eso es... asesinato.

–Ella dice que están en guerra.

–¿Y qué dices tú?

–Creo que eso solo estaría justificado si estuviera defendiendo a vampiros inocentes, que estuvieran durmiendo dentro de sus casas. Pero como no es el caso, entiendo que es una emboscada contra miembros de una especie incapaz de defenderse de alguien tan poderoso como Brigit y su banda de inmortales.

–Y, sin embargo, esos mortales han estado haciendo lo mismo. Atacando a gente incapaz de defenderse.

–Sí, eso fue lo que me dijo Brigit.

–Está corriendo un gran riesgo. Y esos vampiros también.

–Ya se lo dije yo. Y también que, con la mayoría de los de nuestra raza muertos ya o escondidos, esas batallas que está librando no responden más que a una sed personal de venganza.

–¿Y qué contestó ella?

–Me colgó.

Lucy cerró los ojos.

–Lo siento, James.

–Espero que acabará entrando en razón. Pero solo Dios sabe la cantidad de odio y miedo a los vampiros que seguirán generando sus actos –dejó su vaso sobre la mesa–. ¿Preparada para empezar?

Se lo quedó mirando fijamente, pensando que aquel desquiciado experimento no iba a funcionar. No *podía* funcionar.

Habían echado el ancla lejos de la costa, en aguas tranquilas, fuera de las rutas de navegación, a igual distancia de tierra firme y de la isla Refugio, como habían empezado a llamarla. Lucy prefería ese nombre a la isla del Empalador, como había oído a James referirse a ella.

—La verdad es que no sé si estoy preparada —le confesó, y siguió bebiendo como si quisiera encontrar las fuerzas necesarias en el fondo del vaso, incluso mientras bajaba la escalera con él. Avanzaron luego por el estrecho pasillo, pasando por delante de las puertas cerradas de los camarotes hasta llegar al gran salón.

James había colocado en el centro de la habitación una mesa de madera brillante y forma alargada. Quedaba descartada la posibilidad de realizar la operación al aire libre, donde una ráfaga de brisa habría podido llevarse para siempre las cenizas del gran Utanapishtim.

Dejó la estatuilla sobre la mesa y se quedó mirándola con expresión preocupada. Lucy deseaba todavía poder convencerlo de que toda aquella locura no era necesaria. Pero sabía que no podía. Lo había intentado. James era un hombre investido de una misión, que pensaba que el fin justificaba cualquier medio. De lo contrario jamás se habría atrevido a intentar una empresa semejante, y eso ella tenía que respetarlo.

Sabía que en aquel momento estaba sufriendo. Se daba cuenta de ello y deseaba poder consolarlo, así que decidió que se imponía un cambio de tema:

—Me pregunto qué tal les estará yendo a los de la isla.

James desvió la mirada hacia la gran escotilla a través de la cual podía contemplarse la noche estrellada y el mar oscuro.

—Eso también me preocupa. No es una isla grande y son muchos los vampiros que están allí.

—Tantos que me cuesta recordar todos sus nombres. Excepto los más raros, como aquella a la que llaman La Parca. Y Brezo. Y La Arpía.

—Muchos vampiros cambian de nombre en cuanto se convierten en tales. Y muchos también, si no la mayoría, utilizan solamente uno. Es el nombre por el cual son conocidos entre la gente de nuestra raza, pese a que se ven obligados a vivir bajo múltiples identidades falsas para evitar que los descubran.

Lucy sonrió, bajando la cabeza.

—¿Entonces el nombre de tu padre no es realmente Edge?

—Es Edgar —le informó con una lenta sonrisa.

—¿Edgar Poe? —exclamó, abriendo mucho los ojos.

—Él dice que sus parientes humanos tenían un sentido del humor bastante retorcido...

Lucy se echó a reír y bebió otro trago de cóctel, consciente de que solo estaba retrasando lo inevitable: el instante en que James intentaría resucitar a Utanapishtim, el primer Noé de la historia. Probablemente tendría miedo de fracasar. Al igual que ella temía que tuviera éxito.

—¿Cuántos vampiros crees que habrá en la isla ahora mismo?

—No lo sé. Muchos. Cuantos más sean, más aprovisionamiento necesitarán. Y cuanta mayor sea la frecuencia con la que tengan que viajar a tierra firme, más probabilidades tendrán de que los descubran, o de que los sigan —sacudiendo lentamente la cabeza, desvió nuevamente la vista hacia el mar oscuro y abrió la escotilla para que entrara un poco de aire fresco—. Si los vigilantes los encuentran, serán blanco fácil.

—No los encontrarán. No con esa espesa niebla que creó Rhiannon para esconder la isla.

—Eso espero. En cualquier caso, no es una solución permanente.

Lucy se quedó mirando fijamente el mar, con la ligera brisa abanicándole el cabello. Cuando se volvió para mirarlo, lo sorprendió observándola con extraña intensidad.

—¿Qué pasa? —le preguntó.

—Que eres muy hermosa. No te lo había dicho todavía, ¿verdad?

—No —repuso ella, bajando la cabeza.

–He estado tan obsesionado con... con todo esto –le confesó, señalando la mesa con un gesto–. Ni siquiera me he molestado en... darte las gracias. O en decirte que yo... bueno, que me gusta tenerte cerca. Conmigo, quiero decir.

Lucy alzó la mirada y enarcó las cejas.

–¿De veras?

–He estado pensando en lo muy cerca que podríamos estar ahora mismo de... de terminar nuestro trabajo en colaboración. Tú has hecho todo lo que te pedí que hicieras, y una vez que tengamos a Utanapishtim resucitado y en la isla, con Damien para ayudarnos a comunicarnos con él, serás por fin libre para marcharte. Si es eso lo que quieres.

Lucy desvió la vista.

–Ya no tengo ningún sitio a donde ir, James.

–Eso podremos arreglarlo. No es tan difícil. Averiguaremos quién fue el responsable del tiroteo y del doble homicidio, ejercitaremos nuestro poder de sugestión para obligarlo a confesar, inventaremos una coartada para ti... haremos todo lo que sea necesario. Podrás retomar la vida que antes llevabas.

–Veo que has estado pensando en eso –comentó ella, muy sorprendida–. Te lo agradezco.

–Pero cuanto más pienso en ello, más cuenta me doy de que... de que no deseo que te vayas.

Parpadeando consternada, se volvió para mirarlo. Y se esforzó todo lo posible por interpretar su expresión. El alcohol del cóctel le había calentado algo la sangre, pero no lo suficiente para hacerle ver cosas que no existían. Y, sin embargo, estaba *viendo* algo especial en sus ojos.

–Voy a echarte de menos, Lucy.

Ella se sintió invadida por un delicioso calor, de la cabeza a los pies.

–Yo... yo también te echaré de menos –musitó.

James la tomó entonces de la nuca y le acercó delicadamente la cabeza, inclinándose al mismo tiempo para rozarle los labios con los suyos. Y la besó.

Sensaciones insólitas para ella hasta que había conocido a aquel hombre, vehementes, abrasadoras, eléctricas... empezaron a correr como lava por sus venas. Se dejó besar, abriéndose a él como una flor al sol. Era algo primario y a la vez justo, verdadero. Sabía que esa vez no los interrumpirían, y el simple pensamiento la llenó de alegría. Había deseado aquel momento. No hubo ya pretensión de timidez o decoro alguno, dudas o vacilaciones. Era lo que ambos querían, y no iba a estropearlo con hipocresías. Lo que fuera que estuviera naciendo entre los dos era algo puro, real. No había manera alguna de negarlo. No habría podido hacerlo ni aunque lo hubiera querido.

Le echó los brazos al cuello y le devolvió el beso mientas se dejaba arrastrar por la pasión. James continuaba tomándola de la nuca con una mano mientras sus lenguas se enredaban. Deslizó la otra a lo largo de su espalda hasta su trasero, apretándole las caderas contra las suyas. Lucy sintió entonces que se le encogía el estómago de necesidad y expectación.

El suave balanceo del yate y el leve rumor de las olas al estrellarse contra el casco, así como el olor del agua salada y del aire fresco del mar, parecían funcionar como un afrodisíaco. Todo era demasiado hermoso, y cuando empezaron a desnudarse el uno al otro, arrojando descuidadamente la ropa sobre la alfombra blanca, supo que la vida no volvería a ofrecerle nunca un momento tan perfecto y tan sublime.

Esa noche sería única en la historia de su vida. Sus vidas eran completamente distintas; opuestas, de hecho. La suya era la existencia de una tímida intelectual, un ratón de biblioteca. La de él era la constante aventura de un verdadero héroe para su pueblo. Hasta el momento se las había arreglado bastante bien para sobrevivir en el mundo de James, durante el poco tiempo que llevaba en el mismo. Pero sabía que si lo había conseguido era únicamente porque no le había quedado otro remedio.

Ella era una cobarde que se habría sentido infinitamente más cómoda encerrada en su sótano, estudiando inscripciones cuneiformes en antiguas tablillas de barro. Y no huyendo de enemigos, salvando vidas, robando objetos valiosos y resucitando a los muertos, como hacía James.

–Lucy –susurró él mientras le besaba el cuello y el lóbulo de la oreja–. Deja de pensar.

–Lo siento –le sonrió–. Hay tanto que...

–Solo siente. Cierra tu mente y siente. Lucy. Siente mis caricias. Siente lo que le está sucediendo a tu cuerpo.

Cerró los ojos y volvió a concentrarse, esa vez en las sensaciones. En su cálido aliento en el cuello, y en los estremecimientos de placer que la recorrían de pies a cabeza. En la palma de su mano en su espalda, deslizándose bajo su camiseta...

–Eso es –musitó él–. Así. Solo siente.

La obligó suavemente a apoyarse en la pared y le sacó la camiseta por la cabeza, mientras ella alzaba dócilmente los brazos. El sujetador siguió el mismo camino. Pasó a continuación a bajarle los vaqueros: cada movimiento de sus manos era una caricia conforme la desvestía. Sus nudillos rozaron sus caderas desnudas, las puntas de sus dedos recorrieron sus muslos, deteniéndose un instante en la sensible piel de sus corvas para robarle el aliento.

Finalmente quedó de pie ante ella mirando fijamente sus senos desnudos, acariciándoselos con los ojos antes de cubrírselos con las manos. Las palmas callosas contra sus sensibles pezones. Lucy echó la cabeza hacia atrás y se mordió el labio.

–Oh, Lucy... mi preciosa Lucy –sus labios pasaron a sustituir a sus manos, y las sensaciones que la asaltaron le hicieron gemir en voz alta. Cuando acarició con los dientes un endurecido pezón, Lucy sintió que le fallaban las piernas. A punto estuvo de caerse.

Pero James no lo permitió. Allí estaba él para sujetarla, al tiempo que le lamía los senos. Apenas se dio cuenta del momento en que terminó de despojarla de los vaqueros. O cuando le bajó la braga, antes de sentir sus fuertes manos sobre sus nalgas desnudas.

Fue entonces cuando deslizó una mano entre sus muslos, entreabriéndoselos y explorando su entrepierna, mientras ella empezaba a jadear.

Se aferró a su cuello, a sus hombros, como si le fuera la vida en ello, mientras él la agarraba de los muslos y la levantaba en vilo con suma facilidad. Acto seguido deslizó su duro miembro en su interior, cuando ella ni siquiera había tomado conciencia de que la había desnudado del todo. El aire escapó de sus pulmones y cerró los ojos de golpe para concentrarse en la sensación. Era grueso, y tuvo que dilatarse mucho para recibirlo mientras empujaba cada vez más profundamente.

James comenzó a moverse hacia atrás y hacia adelante, frotando con sus poderosas caderas la sensible cara interior de sus muslos. Lentamente al principio, fue acelerando mientras manipulaba su cuerpo como un virtuoso su instrumento favorito. Y terminó por hacerla volar, cada vez más alto, mientras se hundía cada vez más profunda y rápidamente en ella. Lucy hundió las uñas en sus anchos hombros, desesperada por fundirse con él. Por dejarse poseer por entero.

La boca de James encontró su cuello, que besó y mordisqueó en su camino hacia la barbilla para apoderarse luego nuevamente de sus labios. Cuando lo hizo, su lengua imitó el mismo movimiento que estaban realizando sus cuerpos.

Lucy gritó, pero los besos parecieron tragarse el sonido, y a continuación todo en ella pareció explotar en un inefable placer. La marea de sensaciones terminaron convirtiendo su cuerpo en fuego líquido. Fue como si dejara de existir. Se sintió enteramente invadida por el éxtasis del gozo físico, el orgasmo.

Y fue pura sensación. Tal y como él le había sugerido.

Se aferró a él, lánguida y más satisfecha de lo que se había sentido en toda su vida. James la estrechó con pasión en sus brazos, besándole el cabello y el rostro, envolviéndola en su fuerza. Se le ocurrió pensar que ni en el polvoriento sótano de su universidad se habría sentido más segura, más a salvo. Ni siquiera en su casita de Binghamton.

Aquello era perfecto.

Hasta que aquella perfección se vio sacudida por el crujido de algo al romperse. Ambos se volvieron para descubrir la estatuilla caída en el suelo junto a la mesa. Al caer debió de haber chocado con una silla cercana, porque estaba partida en dos, a la altura del cuello.

—¡Diablos! —James bajó a Lucy al suelo y se volvió, desnudo como estaba, para apresurarse a recogerla—. Está bien —examinó el interior de una mitad, y luego el otro—. No ha pasado nada, las cenizas no se han derramado. Están todas en la mitad inferior.

Estremecida de frío y medio consciente ya de lo que acababa de suceder, Lucy recuperó rápidamente su ropa. Se puso los vaqueros, la camiseta. Sin ropa interior. Se sentía salvaje, primaria... La brisa que entraba por la escotilla sopló entonces con fuerza, acariciando su pelo. Se apresuró a cerrarla.

—Gracias —dijo él—. No podemos arriesgarnos a que una corriente de aire se lleve al salvador de nuestra raza.

—Eso no sucederá —le aseguró Lucy con tono dulce.

De hecho, pensó, eso nunca habría *podido* suceder. Porque era *él* el salvador de su raza. Él, William Poe. Él era el único, el elegido. Y ella se sentía increíblemente orgullosa de él... hasta que se recordó que no tenía derecho alguno a sentirse tan posesiva. James no le pertenecía, ni ella a él. Eran dos personas completamente diferentes, distintas especies incluso, que seguían caminos radicalmente opuestos. Aquel... aquel hermoso interludio no había sido más que eso: un breve y mágico oasis en medio del caos, la guerra y la muerte. Y cuando todo hubiera terminado y la paz hubiera sido restaurada, cada uno seguiría adelante con su propia vida habiendo atesorado aquel recuerdo.

Y ella no sentiría ni el más ligero arrepentimiento.

James la miró entonces, con una mitad de la estatuilla en cada mano.

–Es la hora, Lucy.

No le preguntó si estaba seguro. Ya le había expuesto sus argumentos, y él había tomado una decisión. Ni siquiera ella tenía la completa seguridad de que estuviera del todo equivocado.

James se volvió hacia la mesa. Y Lucy se le acercó con la intención de ayudarlo en todo lo que fuera necesario, durante el tiempo que fuera a durar aquel interludio.

James recogió la mitad inferior de la estatuilla y vertió su contenido sobre la sábana blanca que había extendido previamente sobre la mesa. Justo en el centro. Miró luego a Lucy, que estaba de pie frente a él, al otro lado. Vio que le sostenía firmemente la mirada, mordiéndose el labio.

Todo había sido perfecto entre ellos, tal y como había vaticinado. Había sido algo increíble, especial: mucho más que sexo. Solo que la pura realidad del acto había sido incluso mejor de lo que había imaginado. Y eso que era mucho lo que se había imaginado…

Hacer el amor con Lucy había sido algo fácil y natural, tan instintivo como respirar, y sin embargo, al mismo tiempo, increíblemente excitante. Le gustaba tener sexo con ella. Le gustaba abrazarla y besarla. Le gustaba. Punto. Y pensaba que la atracción era mutua. Pero había empezado ya a percibir que ella se estaba… retrayendo. Apartándose de él. E ignoraba por qué.

Lo que sí sabía era que Lucy no tenía la menor idea de lo muy bella y sexy que era. Se veía a sí misma como una rígida, insípida profesora. No era consciente de sus propios encantos.

Todo estaba oscuro y en silencio en el *Sombra de la Noche*. Habían apagado todas las luces, excepto una tenue luz amarilla de emergencia, y apagado el motor. Evitaban de ese modo que pudiera producirse cualquier interrupción durante el momento crucial del milagro que James estaba a punto de obrar. A menos en parte. Porque se trataba también de una precaución para asegurarse de que Utanapishtim no se sobresaltara al despertar.

Porque sabía que el anciano se despertaría. Su único miedo era que lo hiciera en forma de alguna clase de monstruo sin conciencia, como los cadáveres animados de la casa Byram.

Tomó la cabeza de la estatua y la sacudió, para asegurarse de que no quedaba ningún resto. Mientras lo hacía, arreció el viento y el barco se ladeó sin previo aviso. Lucy se agarró a la mesa y James se agarró a ella, perdiendo ambos el equilibrio.

Una vez que el yate se hubo enderezado, Lucy susurró, abriendo mucho los ojos:

—¿Qué diablos ha sido eso? —miró a su alrededor como si esperara ver un fantasma.

—Sólo una fuerte ráfaga de viento, Lucy. No pasa nada.

—¿Seguro? —miró las cenizas—. Quiero decir que... hasta ahora yo nunca había creído en fantasmas y maldiciones, pero lo cierto es que llevo una semana viviendo con vampiros. He visto resucitar a los muertos y a tu hermana hacer explotar cosas con esos ojos que tiene. ¿Estás seguro de que alguien no está intentando evitar ahora mismo que sigas adelante con lo que te propones?

James aspiró profundo y abrió la boca para decirle que por supuesto que estaba seguro, pero no lo hizo. No podía.

—No —respondió al fin—. Ya no estoy seguro de nada. Pero tú sabes perfectamente que tengo que hacer esto.

Lucy asintió con la cabeza, firmemente.

—Sí que lo sé.

—¿Está preparada?

Ella había redactado unas líneas de cuneiforme en un pedazo de papel, con las palabras «amigos» y «a salvo», para mostrárselas al Anciano cuando se despertara. James sabía que no podía esperar que redactara una conversación entera en unos pocos minutos, sin la ayuda de sus manuales y diccionarios. Para ello tendrían que esperar a entrevistarse con Gilgamesh, lo que podrían conseguir con relativa rapidez.

–Todo lo preparada que podría estar.

James extendió entonces los brazos y abrió las manos, con las palmas sobre el pequeño montón de cenizas y fragmentos de huesos. Lucy se lo quedó mirando fijamente mientras él se concentraba en el poder que debía alzarse de su interior, surgir del suelo del barco bajo sus pies, de la roca que descansaba en las profundidades del mar, para penetrar a través de su cuerpo. James visualizó las energías que se concentraban en su plexo solar, agitándose y ardiendo cada vez con mayor fuerza, para dividirse en dos rayos de luz que recorrieron sus hombros, sus brazos, sus manos. Visualizó portales abriéndose en sus palmas para liberar aquella luz, y sintió como la piel se le calentaba por momentos.

Fue entonces cuando el resplandor comenzó a emanar de sus manos.

Vio que las cenizas parecían absorber aquella luz, brillando por sí mismas, y luego exigir más. Era como si estuvieran sorbiendo la luz de sus manos, en lugar de simplemente recibirla. Fue una sensación sorprendente. Enteramente distinta de la que solía experimentar durante una curación.

Pensó en detenerse en aquel preciso instante, romper el contacto, interrumpir el flujo de energía. Pero para entonces estaba como hipnotizado, deseoso de contemplar lo que ocurriría a continuación.

Las cenizas empezaron a agitarse solas, como insectos microscópicos. Pensó al principio que eran imaginaciones suyas, de lo leve que era el movimiento, como si cada gránulo hubiera recuperado la vida para comenzar a retorcerse. ¿Le estaría jugando su vista una mala pasada? ¿O se trataría de algo real?

—Algo está pasando —musitó Lucy.

Sí que era real. Ella también lo estaba viendo. Y se convenció del todo cuando vio aquellos granos separarse, extenderse por la sábana para ir formando una silueta alargada... ampliándose cada vez más, hasta que reconoció la figura que estaban dibujando.

Muy pronto, un torso humano apareció perfectamente delineado en ceniza. Y continuó moviéndose, creciendo, expandiéndose. Formando brazos, piernas. Una cabeza.

James seguía asistiendo admirado al milagro que se desarrollaba ante sus ojos, bajo sus manos, que en aquel momento tenía casi al rojo vivo. Se concentró en el poder que seguía fluyendo a través de su cuerpo, pese a que para entonces le estaba suponiendo un esfuerzo increíble. Luchaba para continuar proyectando la luz, y la figura, el dibujo, empezó a cobrar relieve sobre la sábana, espesándose, dotándose de las tres dimensiones, rellenándose. Las manos y dedos cobraron forma, los rasgos de un rostro humano comenzaron a dibujarse. Las cenizas se multiplicaban: no había duda al respecto. Había muchas más que al principio.

Tanto que en ese momento había ya un cuerpo sobre la mesa, un cuerpo gris ceniza que parecía que fuera a desintegrarse con solo tocarlo. Se cuidó muy mucho de hacerlo: mantuvo las manos sobre él, levantándolas conforme la masa iba cobrando volumen, al tiempo que seguía proyectando su luz. Era como si aquel cuerpo lo estuviera consumiendo a *él*. Y, sin embargo, continuaba insuflándole vida.

Las cenizas se adensaron aun más, cambiando su textura, cobrando color. James vio una piel traslúcida y unos mechones negros que empezaban a brotar de su cabeza. Y en lo más profundo de aquel conglomerado de cenizas, distinguió el inmaculado blanco de los huesos... que no tardó en desaparecer de nuevo bajo el color rosado de los músculos. Al mismo tiempo que el azul de las venas se agitaba y retrocedía como una multitud de serpientes reptando para ocupar los lugares que les correspondían. Aparecieron asimismo los órganos, rojizos, temblorosos. Se formó el corazón.

Y de pronto, al impulso del especialmente intenso rayo de energía que brotó de sus manos, aquel corazón comenzó a latir.

¡A latir!

–Oh, Dios mío... –murmuró Lucy.

James supo sin necesidad de mirarla que había levantado la cabeza. Pudo sentir como desviaba su atónita mirada del milagro que se estaba produciendo en la mesa para contemplarlo a él. Sintió su atención, que no pudo corresponder. Estaba hipnotizado por lo que estaba haciendo, y no podía parar. Lo más alarmante era que lo intentó, y no pudo. Era como si hubiera agarrado un cable de alta tensión que lo estuviera electrocutando, consumiendo su vida.

La piel de la figura se tornó opaca, primero rosada y después cobriza. Brotó el pelo de las cejas, gruesas y negras. Surgieron también las pestañas de los párpados. Apareció la sombra de una barba.

–James, ¿te encuentras bien?

No pudo contestar. No podía hablar. Finalmente consiguió, tras un enorme esfuerzo, apartar los ojos de aquel poderoso cuerpo desnudo para mirarla. Quiso decirle que se estaba muriendo. Que aquello iba a matarlo. Que aquella criatura estaba consumiendo hasta la última gota de energía de su ser. Y que sentía... tener que abandonarla.

Lucy abrió mucho los ojos. Estirando los brazos, lo agarró por las muñecas y tiró de él con todas sus fuerzas.

El contacto con la criatura quedó interrumpido de golpe. De resultas de ello, James se vio proyectado hacia atrás, por una fuerte inercia. Se golpeó con la pared y cayó al suelo: allí quedó, jadeante, temblando de fatiga y debilidad.

Lucy se apresuró a rodear la mesa para inclinarse sobre él:

–James, Dios mío... ¡estás pálido como un fantasma! ¿Te encuentras bien? Por favor, dime algo...

La miraba fijamente, intentando recobrarse, recuperar el aliento, formar las palabras. Temblaba de pies a cabeza. Hasta que su atención se vio atraída por lo que estaba sucediendo detrás de ella.

Contempló fascinado cómo la figura humana se sentaba en la mesa. Cómo abría los ojos, negros como la noche misma, para mirar con fijeza al frente y luego a su alrededor. Bajando al suelo, se miró el cuerpo desnudo, atezado, poderoso. Abrió y cerró las manos, mirándoselas con expresión maravillada. Por último, clavó sus ojos de ónice en él.

Y James no pudo apartar ya la mirada.

Hasta que la criatura, aquel ser de cinco mil años de antigüedad que James Poe había resucitado de sus cenizas, echó la cabeza hacia atrás, con su larga melena de ébano derramándose a lo largo de su espalda. Y su rostro se contorsionó en una imposible mueca de angustia, soltando al mismo tiempo un ensordecedor rugido que fue expresión del inmenso dolor que parecía sufrir.

Capítulo 17

Nunca en toda su vida había sentido Lucy tanto terror como cuando oyó aquel estremecedor rugido, consciente al mismo tiempo de que James había obrado un milagro.

Estremecida de miedo, casi ni podía moverse. Pero tenía que moverse. *Aquella cosa* estaba justo detrás de ella. Se obligó a volverse, a enfrentarlo...

Posó la mirada en su torso desnudo, lampiño, y la fue alzando hasta su cuello, ancho y musculoso, y su rostro inequívocamente humano.

No. No era una cosa. Era un hombre, y su expresión era de dolor. Dolor emocional, tal vez. Y quizá también físico. ¿Quién podría decirlo? Buscó en un bolsillo el papel que había garabateado antes, las líneas cuneiformes con las palabras sumerias para «amigo» y «a salvo». Rezó en silencio para que hubiera acertado con las palabras correspondientes a la época en la que aquel hombre había vivido. O para que al menos le resultaran reconocibles.

Aunque, según la leyenda, su vida se había prolongado durante tantos años que bien podría estar familiarizado con las hablas y estilos de varios periodos diferentes. Después de todo, había sido el primer inmortal. Siempre había pensado que los mitos sumerios que había estudiado y enseñado, la leyenda épica de Gilgamesh, habían sido solamente eso: mitos. Pero ahora sabía que habían sido reales. Todos.

En ese momento estaba más segura que nunca, con Utanapishtim, el superviviente del Diluvio, plantado ante ella.

Desdobló el papel bajo la atenta mirada del coloso, que
posó luego en James, a su espalda. James se apresuró a levantarse e hizo un intento de colocarse entre la criatura y
ella, como para protegerla. Pero Lucy se lo impidió.

–No, no. No me hará daño –mostrando el papel al gigante, dijo con el tono más dulce posible–. Somos amigos
tuyos, Utanapishtim –señaló los símbolos mientras pronunciaba la palabra

Ceñudo, Utanapishtim le arrebató el papel y lo examinó
detenidamente. Más interesado, sin embargo, en el propio
papel, en su textura, que en las palabras que tenía escritas...

–Tú... –apuntó con un dedo a James, ignorándola–. Tú...
–dijo, y se golpeó el pecho–. ¿Esto?

–¡Dios mío, si habla inglés! –Lucy estaba estupefacta–.
¿Cómo es posible?

Utanapishtim entrecerró los ojos.

–Yo... –y se señaló las orejas.

–¿Oyes? –aventuró ella.

–Mmmm. Oigo. Mucho tiempo –pronunció con voz
ronca.

–No estaba muerto –murmuró James–. Dios mío, no estaba muerto... La tablilla decía que el castigo que le reser-
varon los dioses por desobedecerlos era que moriría... pero
que sin embargo permanecería inmortal.

Utanapishtim asintió lentamente.

–Estuve... prisionero.

«Prisionero», repitió Lucy para sus adentros. Durante
todos aquellos años, aquel ser había estado consciente dentro de la prisión de aquella estatuilla de piedra.

Los ojos de Utanapishtim se humedecieron. Y, sin embargo, seguían teniendo una mirada torva, aterradora.

–¿Cuánto... tiempo?

–Cinco mil años, quizá más –respondió James.

El hombre se lo quedó mirando sin comprender, y desvió luego la mirada hacia Lucy como si esperara una explicación. Ella se dio cuenta entonces de que Utanapishtim ignoraba lo que significaba un año, al igual que su sistema de numeración.

–Un año es... un ciclo solar. De la siembra a la cosecha, y vuelta a sembrar. Eso es un año –alzó un dedo.

–Mmmm. ¿Qué es... cinco *tousun*?

Lucy parpadeó y bajó la mirada. Enseguida sacó su bolígrafo y se puso a escribir en el pedazo de papel. Utanapishtim observó con gran interés los símbolos que trazó para el numeral cinco mil, seguramente extrañado de que no los estuviera grabando sobre arcilla húmeda con una caña afilada.

Si aquello era capaz de sorprenderlo, pensó Lucy, indudablemente se quedaría abrumado cuando descubriera la tecnología moderna.

No sabiendo si era o no lo más acertado, pero convencida de que tenía todo el derecho a saberlo, le mostró lo que había escrito.

Utanapishtim la miró antes de concentrarse nuevamente en el número, mientras sacudía la cabeza con gesto incrédulo.

–Ya sé que es sorprendente.

–¡Tanto... tiempo! –cerró los ojos y retrocedió contra la pared. Abrazándose, empezó a mecerse hacia delante y hacia atrás mientras musitaba algo en su lengua.

Lucy quiso acercarse a él, pero James la detuvo poniéndole una mano en el hombro.

–Nosotros te ayudaremos, Utanapishtim –pronunció, vocalizando claramente las palabras–. Lo haremos. Sé que será difícil, pero...

Utanapishtim no reaccionó.

–¿Por qué no le damos un poco de tiempo, de intimidad? –sugirió James–. Quizá le apetezca comer algo...

La inmensa figura soltó un profundo gemido y continuó

murmurando lo que a Lucy le sonó a una letanía de oraciones. Repetitivas, pero hermosas.

James la tomó del brazo para sacarla de la habitación y cerró la puerta a su espalda.

—No —dijo ella—. Déjala abierta. Si es cierto lo que ha dicho...

—Tienes razón. Bastante tiempo ha estado encerrado ya.

—Demasiado —susurró ella.

Después de dejar abierta la puerta, subieron a cubierta y dejaron al Anciano, al primer Noé y primer Inmortal, a solas con su sufrimiento. Lucy era consciente de que ni siquiera podía imaginar lo que Utanapishtim debía de estar sintiendo. No merecía la pena intentarlo. Su cultura no era la suya; su manera de pensar le era completamente ajena. Incluso aunque hubiera podido adivinar lo que suponía despertarse después de haber pasado cinco mil años atrapado dentro de una estatua de piedra, enterrado literalmente vivo, consciente pero ciego e inmóvil... ni siquiera así se habría acercado ni remotamente a lo que estaba sintiendo Utanapishtim.

Pero sus reflexiones se vieron bruscamente interrumpidas cuando James dio un paso adelante y cayó de rodillas en cubierta.

—¡James!

Se arrodilló a su lado, con las manos sobre sus hombros, intentando leer su expresión. No resulto fácil, de tan baja como tenía la cabeza.

—¿Qué te pasa? ¿Fue la resurrección?

Asintió, aparentemente incapaz de hablar.

—Te ha consumido las fuerzas, ¿verdad? Lo sabía. Pude verlo. Fue como si le estuvieras comunicando tu propia energía. Como si se estuviera apropiando de tu vida para recuperar la suya —de repente parpadeó varias veces, sorprendida por lo que acababa de decir—. Utanapishtim fue el primer vampiro, en realidad. Solo que era la misma vida, y no la sangre, lo que necesitaba para sobrevivir.

–O para *revivir*, al menos –dijo James cuando por fin pudo recuperar la voz–. En sus escritos no había mención alguna sobre que tuviera que alimentarse de alguien para permanecer vivo. Era un humano normal y corriente, omnívoro, solo que inmortal, por lo que sabemos... hasta que los dioses lo maldijeron por haber compartido su don.

–Por haber creado la raza de los vampiros –masculló Lucy mientras se sentaba a su lado, recostándose en la cubierta y cerrando los ojos.

–¿Realmente crees eso? ¿Que mi raza, mi gente, es tan malvada que los dioses castigaron al hombre que la creó?

–Por supuesto que no –incorporándose, se lo quedó mirando fijamente para que pudiera convencerse de su sinceridad–. Yo he visto a tu gente, James. Los he conocido. Sé que no son malvados.

–Gracias.

–No es más que la verdad. Sin embargo, hemos de tener presente que estamos tratando con un hombre supersticioso procedente de un mundo donde todo, desde una picadura de escorpión hasta un dolor de muelas, era atribuido a una maldición de dioses o demonios. Para los antiguos sumerios, todo quedaba reducido a recompensa o castigo. Te estoy hablando, James, de lo que va a pensar de todo esto. O quizá lo esté pensando ya.

James alzó la mirada al cielo estrellado.

–Seguro que no esperaba, cuando le entregó el don a Gilgamesh, que ese gesto acabaría costándole su alma –susurró–. O que tanto el gran rey como los demás inmortales que lo sucedieron necesitarían alimentarse de sangre humana para sobrevivir. O que solamente serían capaces de vivir por las noches...

–Ni siquiera se imaginaría que habría más inmortales –dijo Lucy–. Seguramente supuso que Gilgamesh se guardaría el don para sí mismo, en lugar de compartirlo para crear una raza entera.

–Él me prometió... que no compartiría el don... con nadie.

Ambos se volvieron rápidamente. Lucy se levantó para apartarse de la puerta, toda apresurada. Utanapishtim estaba allí, en mitad de la escalera, mirándolos. Aparentemente indiferente a su desnudez, terminó de subir los escalones. Sus velludos muslos eran como troncos de árbol cuando se irguió ante ella, alto como una torre.

James se levantó también para interponerse entre ambos.

Utanapishtim pareció buscar el cielo estrellado con la mirada, como si quisiera inspirarse.

—Yo no quería hacer... una raza de inmortales.

—Ya lo sé —repuso Lucy con tono suave—. Pero ocurrió de todas formas.

—Yo entregué el don... solamente a mi rey.

—Sí.

—Y él me juró... que solo se lo daría a Enkidu.

—Enkidu ya estaba muerto —explicó Lucy—. El rey no pudo devolverle la vida. Pero cuando otra persona a la que amaba estuvo a punto de morir, él...

—Él... —como no encontraba la palabra, Utanapishtim imitó el gesto de romper algo en dos.

—Eso es. Rompió.

—Mmmm. Rompió... su promesa —Utanapishtim gimió de repente—. Por eso yo... —esbozó una mueca de dolor.

—Sufriste —terminó ella—. Has sufrido terriblemente. Pero no fue un castigo enviado por los dioses. Existe otra razón para tu sufrimiento.

—No existe otra... razón. Yo vi... el Diluvio Universal. Conozco a los Anunaki —la miró, y luego el cielo y el mar a su alrededor—. No los provoques, mujer. Los dioses lo oyen todo.

Bajando la cabeza, Lucy se preguntó cómo podría hacer entrar en razón a un hombre como aquel, cuando todo lo que había conocido había sido superstición y magia. Para él, el propio diluvio había sido una prueba de la existencia de los dioses. Para ella, en cambio, no había sido más que una fuerte riada provocada por la fusión parcial de los glaciares.

Y, si embargo, ¿cómo podía ella, con toda su lógica y su ciencia, explicar la inmortalidad de Utanapishtim? El hecho de que entendiera y hablara inglés demostraba que lo que le había dicho era cierto: que había permanecido consciente en algún nivel, pese a que su cuerpo había quedado reducido a cenizas. Durante siglos, la figura en la que había permanecido atrapado había estado en posesión de coleccionistas de Estados Unidos. A su alrededor se había hablado inglés durante generaciones, hasta que el último heredero legó al rey–sacerdote a su museo favorito.

Si Utanapishtim no era inmortal, ¿cómo habría podido suceder algo así?

–Mis... descendientes. Vosotros los llamáis vampiros. Bebedores de... sangre. Como el demonio Lilith.

Lucy se apresuró a negar con la cabeza. Aquel era el tipo de interpretación que precisamente había temido escuchar.

–No. No, Utanapishtim. Los vampiros no hacen daño a nadie. Son buena gente. Buena gente, Utanapishtim.

Pero él no parecía muy convencido.

–Pero tú no eres una... vampira, ¿verdad?

–No. Yo soy como tú fuiste. Antes del don de los dioses, antes del Diluvio.

Utanapishtim asintió, y clavó luego sus ojos negros en James.

–¿Tú?

–Mi padre es un vampiro. Mi madre solo a medias.

–No sé lo que es... «a medias».

Lucy quedó sorprendida por el ansia de conocimiento que vislumbraba en aquellos ojos de un negro opaco. Extendió las manos, con las palmas hacia arriba.

–Vampiro –dijo, alzando una mano–. Humano –levantó la otra. Por último las juntó, entrelazando los dedos.

Utanapishtim gruñó, asintiendo, y se sentó en cubierta. Enseguida se llevó una mano al estómago.

–Mi... hambre me quema como el fuego. Mi... –se tocó la cabeza.

–¿Cerebro? ¿Cabeza? ¿Mente?

–Sí, mente. Mi mente también tiene hambre. ¿Tú tienes... tablillas?

–¿Libros?

–No conozco libros –suspiró, frustrado, y escondió la cabeza entre las manos.

–Yo te los enseñaré –se ofreció James–. Aunque escuchar tu lengua hablada después de tantos años no te ayudará a aprender a leer nuestra escritura, Utanapishtim.

Utanapishtim seguía sosteniéndose la cabeza, cubriéndose completamente la cara. Nuevamente se puso a murmurar algo en sumerio.

–Le conseguiré comida –dijo Lucy mientras barría la cubierta con la mirada, buscando las escaleras que llevaban a la cocina–. James, ¿por qué no le buscas tú algo de ropa y... algunos libros?

En medio de sus balbuceos, Utanapishtim alzó la cabeza para ordenar:

–Date prisa, mujer.

Se quedó sorprendida por lo brusco de la orden, pero enseguida se recordó que antaño había sido un rey. Estaba acostumbrado a mandar y a ser obedecido.

–Sí. Me daré toda la prisa que pueda –había bajado tres escalones cuando se detuvo para lanzar una preocupada mirada a James.

Se mantenía firmemente de pie, como había hecho desde que Utanapishtim los sorprendió al presentarse en cubierta. Lucy sabía que estaba decidido a no revelar su estado de debilidad al otro... *hombre*. Y se las había arreglado tan bien que hasta ella misma se había olvidado. Pero apenas unos minutos atrás había caído de rodillas, exhausto, consumida toda su energía.

Y, sin embargo, allí estaba, aparentemente tan fuerte como siempre. Lucy sabía por qué. James no quería que Utanapishtim descubriera que podía imponerse a ellos con toda facilidad. Por el bien de ella, necesitaba mantenerse firme.

Lucy le preguntó entonces con los ojos si se las arreglaría bien, lanzando al mismo tiempo una elocuente mirada al antiguo rey.

James leyó perfectamente su significado y le hizo un guiño:

—Date prisa, mujer.

Lucy se sonrió, admirándolo como nunca antes. De los dos, era James quien desprendía un aura de mando, de serena autoridad, de confianza plena en su propio poder. Ya más tranquila, se apresuró a bajar las escaleras.

James observó al Anciano durante un buen rato antes de guiarlo abajo, donde le consiguió unos vaqueros lo suficientemente grandes. Se los enseñó, y Utanapishtim los miró extrañado antes de preguntar, curioso:

—¿Qué es eso?

—Ropa —se señaló los pantalones caqui que llevaba.

Utanapishtim miró los pantalones de James, y luego los vaqueros, de nuevo, para terminar esbozando una mueca de horror.

—¡No! Esto me... apretará mi... —no conocía la palabra, así que se agarró los genitales con un gruñido.

James procuró disimular su diversión.

—¿Quizá algún tipo de... toga?

—No sé lo que es... toga.

Suspirando, James retiró la sábana de la mesa y se la tendió.

—¿Así mejor?

—Mejor —respondió Utanapishtim. Examinó la tela y asintió aprobador.

«Bien», pensó James. No conocía aún la extensión de los poderes de aquel ser: mejor sería no contrariarlo. Además, necesitaba su ayuda. Y, sin embargo, seguía albergando una especie de secreta hostilidad hacia él, en lo más profundo de sus entrañas. ¿Por qué?

¿A quién quería engañar? Sabía perfectamente por qué. Había visto la manera en que Utanapishtim había mirado a Lucy. Con pura apreciación masculina, y probablemente no poca curiosidad por toda ella: por su manera de conducirse, por su ropa, por su pelo... Probablemente lo mejor que podía hacer era enfrentarse al problema cuanto antes, antes de que aquel ser se hiciera ilusiones.

–Utanapishtim.

El Anciano, que había empezado a envolverse hábilmente en la sábana, dejándose un hombro al descubierto, se detuvo para mirarlo.

–Yo te resucité de tus cenizas –mientras pronunciaba las palabras, recogió una de las mitades de la estatuilla y recorrió con los dedos su interior para mostrarle los residuos que quedaban.

–Mmmm. Mujer... mujer adivina me encontró. Me quemó. Para... protegerme, dijo. Pero yo... lo sentí. Sentí el fuego –cerró los ojos mientras se estremecía visiblemente.

No solamente fue enterrado vivo, sino *quemado* vivo antes, pensó James.

–Lo siento.

Utanapishtim gruñó, asintiendo, y continuó colocándose la sábana.

–En cualquier caso –continuó James–, tienes que saber una cosa, Utanapishtim. Fui yo quien te encontré. Hice uso de mi poder para resucitarte, para devolverte tu cuerpo.

–¿Tu... poder? –inquirió Utanapishtim, repentinamente interesado.

–Sí. Mi poder –se miró las manos–. Yo puedo... curar a los enfermos, resucitar a los muertos... con mis manos.

Utanapishtim entrecerró los ojos.

–Tú... tienes que darme tu poder.

–No. No puedo.

–¡Yo tomaré tu poder! –exclamó el coloso, abalanzándose sobre él.

James lo esquivó y alzó una mano como si fuera un arma.

–Yo te liberé de esa estatua que fue tu prisión. Y yo puedo devolverte a ese encierro.

Utanapishtim se detuvo en seco para quedárselo mirando con ojos desorbitados. Luego, lentamente, bajó la cabeza con gesto resignado.

–¿Qué... qué quieres de mí? ¿Por qué me encontraste... y me resucitaste?

–Por muchas cosas, Utanapishtim. Muchas cosas. Pero, ante todo, esa mujer... es mi mujer.

Utanapishtim le sostuvo la mirada, y su expresión cambió de la furia a algo que habría podido ser... ¿diversión?

–Un rey tiene derecho a...

–Tú ya no eres rey, Utanapishtim. Eres un hombre que me necesita a *mí*. Necesitas que yo te ayude a encontrar tu camino en este mundo. Este mundo no se parece en nada al que tú viviste. Y yo te ayudaré... si *tú* me ayudas a *mí* –tomó de nuevo la partida estatuilla–. Pero si tocas a mi mujer, te devolveré a este lugar para siempre.

Utanapishtim entrecerró los ojos e inclinó ligeramente la cabeza, acercando su rostro al de James.

–Tú... valiente. Tú me desafías... como Enkidu hizo con Gilgamesh. Pero tú eres... débil. No puedes luchar conmigo... ahora mismo.

James alzó la mirada hacia él, frunciendo el ceño. ¿Cómo podía saberlo? ¿Cómo podía percibir la debilidad que él tanto se estaba esforzando por disimular? No tuvo más remedio que añadir la percepción extrasensorial a la lista de poderes del Anciano.

–Tú me resucitaste. Si yo... deseo a... tu mujer, te permitiré que... luches conmigo... por poseerla –y le hizo una especie de reverencia, como si acabara de hacerle un gran regalo.

–Utanapishtim, aquí no poseemos a las mujeres. En esta época, son iguales a nosotros. Son libres de hacer lo que quieran, de escoger al hombre con quien desear estar.

Una gran sonrisa se dibujó en el rostro del Anciano.

–Tú... James de los vampiros... me haces reír.

–No es ninguna broma.

Utanapishtim rió entonces en voz alta, al tiempo que le daba una fuerte palmada en la espalda.

–Las mujeres... libres de elegir. ¡Ja, ja, ja! ¿Por qué habrían de escoger a un hombre, entonces? –rió con mayor fuerza y se enjugó una lágrima–. Guárdate tu mujer, James de los vampiros. Tú me liberaste de mi prisión... y además me has hecho reír. Te lo mereces.

«Será una larga y dura batalla la de enseñar a este tipo», pensó James, entristecido. La lengua no: en ese aspecto estaba progresando mucho. ¿Pero el siglo veintiuno? El antaño rey–sacerdote se iba a llevar un buen choque cultural.

–Y ahora, enséñame... esto –Utanapishtim se volvió hacia el monitor de televisión.

–No creo que estés preparado aún, amigo mío, pero bueno... Permíteme que te lo explique

Utanapishtim alzó una mano para acallarlo antes de acercarse a la pantalla plana para plantar encima sus manazas. Mientras lo hacía, cerró los ojos durante un buen rato. Cuando volvió a abrirlos, susurró:

–Ah... es magia –se dirigió directamente al mando a distancia que colgaba en la pared, lo recogió y se lo quedó mirando durante unos segundos. Luego apuntó con él al televisor y lo encendió.

James estaba estupefacto.

–¿Cómo... cómo has...?

–Como tú... tengo... poder –juntó las manos.

–¿Tocando?

–Mmmm… Tocando. Sí. Tocando, yo... yo... ¿qué palabra? ¿Qué palabra? –vio un libro en la estantería y hacia allí se dirigió. Tomó el volumen, que versaba sobre yates, entre sus palmas y volvió a cerrar los ojos. Cuando los abrió de nuevo, apenas unos segundos después, asintió con la cabeza–. Ahora todo esto –abrió el libro y empezó a pasar las páginas, contemplando maravillado cada una–. Todo esto... –lo cerró–. Está aquí –y se señaló la cabeza con la otra mano.

–¿Así, sin más?

–Sí. Yo... tomo.

–Absorbes el conocimiento tocando las cosas. Como una esponja absorbe el agua.

–Ah, sí. Yo toco, yo tomo. Absorbo: buena palabra. Conocimiento, sí. Palabras. Poder.

–¿Poder? –James pensó que aquello era increíble. ¿Pero qué había querido decir con aquella última parte? ¿Podía absorber el poder tocándolo? ¿A qué clase de poder se refería, si acaso había utilizado correctamente la palabra? ¿Y qué otras capacidades poseería?–. ¿Tienes algún otro... poder, Utanapishtim? –le preguntó.

El Anciano desvió la mirada.

–Tengo hambre. Y yo... quiero subir –señaló al techo–. Fuera. A cielo abierto.

Asintiendo, James decidió que lo más prudente sería tocar los temas de uno en uno. Utanapishtim no iba a decirle nada más que lo que quisiera decirle, al fin y al cabo. Resultaba obvio que el hombre no iba a tener ningún problema en aprender... no si realmente podía absorber el conocimiento por contacto. Estaba verdaderamente impresionado.

Al menos habían dejado claro el asunto de que mantuviera las manos quietas con Lucy.

Entendía el deseo de Utanapishtim de estar afuera, bajo las estrellas, después de haber pasado cinco mil años en aquella estatuilla, así que lo guió de nuevo a cubierta. Una vez allí se sentaron en unas sillas, pero solo después de que el Anciano hubiera dedicado algunos minutos a estudiar la suya. Llevaban ya un buen rato contemplando el movimiento de las olas bajo el cielo estrellado, y oliendo el aroma de la carne que Lucy estaba preparando en la cocina, cuando James le dijo:

–Deseo contarte por qué te resucité.

Utanapishtim asintió con gesto majestuoso.

–Hay una profecía... una historia escrita hace mucho tiempo... que dice que mi pueblo será destruido. Que no volverá a... existir.

–¿Enfadaron los vampiros a los Anunaki?

–No. Es un enemigo suyo el que los destruirá. No los dioses. La profecía dice que solo tú, Utanapishtim, puede salvarnos. Por eso te resucité.

Utanapishtim se quedó reflexionando sobre sus palabras durante un buen rato, hasta que al fin dijo:

–Son los dioses los que tienen que decidirlo.

–Pero ellos también son tu gente –le recordó James.

–Yo no conozco a los... vampiros. No sé si merecen vivir. Los Anunaki lo saben.

–Está escrito que solamente tú puedes salvarnos, Utanapishtim.

El Anciano negó con la cabeza.

–Yo desafié a los dioses... y yo sufrí. No. No enfadaré a los Anunaki otra vez –en aquel preciso instante, más que el poderoso rey y padre de los inmortales, casi pareció un chiquillo asustado al que hubieran maltratado cruelmente.

Lucy apareció con una gran bandeja llena de tres platos de carne. Filetes con patatas y verduras. Había servilletas, cubertería, vasos con hielo y una jarra de agua. Dejó la bandeja sobre la mesa más cercana, pero antes de que tuviera oportunidad de servirlo, Utanapishtim ya se había apoderado de un filete... que tuvo que pasarse rápidamente de una mano a la otra, de lo muy caliente que estaba.

Lucy le tendió un plato a James y tomó luego el suyo. Sentándose en una silla, empezó a comer mientras veía cómo el rey lo hacía con los dedos. Utanapishtim mordió un pedazo de carne, que masticó y tragó con gusto.

–Bueno –gruñó, y continuó devorando. Acabó rápidamente, apuró su vaso de agua y se recostó en la silla–. Buena mujer –dijo al fin, dirigiéndose no a ella, sino a James–. Has escogido bien –y, mirando a Lucy, añadió–: Te he entregado a James de los vampiros. Sírvele bien, mujer.

Lucy se atragantó con un pedazo de carne, hasta el punto de que James tuvo que levantarse para darle unas palmaditas en la espalda. Una vez que logró expulsarlo, se quedó mirando a Utanapishtim con los ojos muy abiertos, estupefacta.

–Intenté explicárselo antes –le dijo él a modo de disculpa–. Pensó que estaba bromeando.

Vio que bajaba la cabeza, sonriéndose. Aquella no era la reacción que había esperado, pensó James mientras observaba sus reacciones... y se olvidaba luego de pensar en absoluto. Sí que era hermosa... Pero se estaba distrayendo.

–¿No estás indignada?

–¿Por qué habría de estarlo? Es solo un reflejo de la sociedad en la que vivió. No, solo estaba pensando en la sorpresa que se llevará cuando conozca a Rhiannon.

James esbozó una mueca solamente de pensarlo.

–Por no hablar de mi hermana. Solo espero que no lo haga explotar con una mirada suya.

–No sé lo que es «explotar» –intervino Utanapishtim–. Pero sí sé lo que significa «hermana». James de los vampiros. ¿Ella se parece a ti?

–Brigit... no se parece *en nada* a mí.

Capítulo 18

Para cuando Utanapishtim terminó su tercer plato de comida, Lucy se alegró de ver que finalmente empezaba a tranquilizarse. Quizá su estómago hubiera llegado al máximo de su capacidad. Había preparado casi todo lo que había encontrado en la cocina y, sinceramente, se le estaban acabando las opciones. Solamente estaban a una hora de la isla y el sol asomaba ya en el horizonte, un globo de color naranja fuerte que comenzaba a emerger sobre el mar.

Utanapishtim hizo a un lado su plato cuando sintió la caricia del sol. Adoptando una expresión solemne, reverente casi, se levantó para acercarse a la borda. De cara al sol naciente, abrió los brazos y comenzó a hablar en un antiguo dialecto sumerio. Su tono era distinto del que había utilizado antes con ellos. Pinceladas de color dorado y rojizo parecían bañar su rostro. Sus negras pestañas se humedecieron por las lágrimas mientras contemplaba fijamente el amanecer.

–*Utu agrunta è-ani, igisha ganeshè.*

–¿Qué está diciendo? –le preguntó James a Lucy en voz baja.

–Es increíble –susurró ella–. Oírlo hablar... Dios, nunca había imaginado... Es fantástico.

–Sí, ya lo sé, pero... ¿qué está diciendo?

Lucy se esforzó por entender las palabras, traduciendo mentalmente su fonética.

—Es difícil. Yo estoy acostumbrada a traducir lengua escrita, no hablada.

—*Igi sha gane shè hé-em shi bar re...*

—Es una oración... al dios del sol, Utu —musitó—. Que el dios del sol, levantándose del mar, er... abra su hermoso ojo y me mire. Cuando el rey alza la cabeza... a los cielos, alabémosle todos como se merece cuando alza los ojos y... su mirada fulgura... como el rayo.

Utanapishtim bajó las manos y cruzó los brazos sobre el pecho formando una equis, con un puño sobre cada hombro. Bajando la cabeza, se quedó en silencio durante un rato.

—Tenemos que llevar cuidado con él, James —susurró Lucy—. Sigue considerándose un rey, el elegido de los dioses. E ignoramos los poderes que posee.

—Yo ya conozco algunos.

Se lo quedó mirando con los ojos muy abiertos.

—¿De veras?

—Lucy, lo que voy a decirte te sorprenderá. Puede absorber el conocimiento, todo lo que contiene por ejemplo un libro... o incluso un aparato, con solo ponerle las manos encima.

—¿Un aparato?

Puso las manos sobre el monitor de televisión durante cinco segundos, y usó luego el mando a distancia y empezó a navegar por los canales. Y lo he estado observando mientras tocaba cosas. Ha tocado todos los libros de la biblioteca. Y los motores del barco.

—Dios mío, es asombroso...

—Pues no es eso todo. He querido tocarme a mí, Lucy, pero hasta el momento me las he arreglado para esquivarlo.

—¿Por qué?

—Me dijo que podía absorber palabras, información, conocimiento... y... poder.

Lucy frunció el ceño, leyendo la preocupación en sus ojos.

–Te habrás dado cuenta de que su inglés...

–Mejora a cada momento –dijo James–. No es perfecto, así que supongo que son las ideas y los contenidos, más que la gramática y la sintaxis, lo que absorbe de los libros. Pero antes de eso, cuando me exigió que le entregara mi poder, y cuando yo le contesté que no podía, fue hacia mí como si quisiera agarrarme. Tocarme.

–¿Cómo se lo impediste?

–Le amenacé con devolverlo al interior de aquella maldita estatuilla. Fue un farol, pero al parecer puse una buena cara de póquer.

–Diablos –masculló ella–. Podría ser peligroso.

–No tengas la menor duda de que lo es –repuso James–. Tenemos que conseguir que se ponga de nuestro lado... y descubrir después los otros poderes que tiene.

–Y sus puntos débiles –añadió ella–. Evidentemente el sol no es uno de ellos –encontraba ciertamente extraño que no tuviera el menor problema en apartar la mirada de aquella joya arqueológica viviente para contemplar hipnotizada los azules ojos de James. En aquel instante parecía absolutamente perdida en ellos, aunque él no parecía notarlo.

–Parece como si absorbiera su fuerza del astro rey –comentó James mientras observaba a Utanapishtim.

De ese modo, le dio tiempo a evitar que pudiera sorprenderla mirándolo con aquella expresión de abyecta adoración. Afortunadamente.

–Necesitamos llevarlo a la isla. Tendrá tiempo de acostumbrarse antes de que todo el mundo se despierte. Y, para cuando llegue la noche, quizá lo hayamos convencido de que nos ayude. Una vez que los conozca, los vampiros se ganarán su corazón. Como se ganaron el mío.

–Estoy de acuerdo.

Había vuelto a quedárselo mirando fijamente. Maldijo para sus adentros.

Esa vez sí que James debió de haber percibido su mirada, porque sus labios se curvaron en una dulce sonrisa.

–Lo conseguimos, ¿verdad?

–¿Nosotros, dices? *Tú* lo conseguiste, James. Yo apenas te serví de ayuda.

Sacudiendo lentamente la cabeza, le acarició una mejilla.

–Nunca lo habría conseguido sin ti. Si logro salvar a mi gente, Lucy, será gracias a tu ayuda. Sin ti ni siquiera habría sabido dónde encontrar los restos de Utanapishtim. No sé cómo agradecértelo.

Lucy sintió que se ruborizaba y tuvo que bajar la mirada. Pero fue incapaz de reprimir una sonrisa.

–Aún no hemos acabado, James. Pero te prometo que, cuando todo esto haya acabado, encontraré una manera de que me compenses.

–No será suficiente.

Lucy volvió a alzar la cabeza y lo miró a los ojos.

–Cualquier cosa que me pidas, no será suficiente –añadió él. Sus pupilas se oscurecieron mientras la miraba, deteniéndose en su boca. Inclinando la cabeza, le rozó los labios con los suyos.

Lucy se apoyó en él, tambaleante. Pero justo en aquel instante, Utanapishtim soltó un grito de dolor, como si estuviera sufriendo.

Se apresuraron a apartarse, sobrecogidos. El Anciano se sujetaba la cabeza entre las manos mientras cerraba los ojos con fuerza.

–Por los dientes de Enki, ¿qué es esto?

Corrieron a reunirse con él.

–Dime lo que te pasa, Utanapishtim –le ordenó James con tono respetuoso pero firme.

–Dolor. Gritos. Chillidos. Voces, muchas voces. Mundos enteros gritando en mis oídos a la vez. ¡Ay!

–Estamos ahora más cerca de tierra firme que antes. ¿Tendrá algo que ver? –se preguntó Lucy.

No estaban ya lejos de la isla. Navegaban a lo largo de la costa, bordeando una península. La isla se hallaba justo detrás.

–¡Están muriendo! ¡Ardiendo vivos! ¡Siento el dolor! –gritó Utanapishtim.

–¡Son los vampiros! –exclamó James–. Lo que está ardiendo son sus casas. Ellos son su progenie; por eso está conectado mentalmente con ellos.

Para entonces, Utanapishtim había caído de rodillas en cubierta. Arrodillándose a su lado, James le puso las manos sobre los hombros, a pesar del riesgo del que Lucy era bien consciente.

–Concéntrate en mí, Utanapishtim. Quizá yo pueda ayudarte.

Mientras el Anciano abría los ojos para encontrarse con su firme mirada, Lucy vio que la expresión de James cambiaba de la preocupación al más terrible dolor. Lo que estuviera sintiendo Utanapishtim lo estaba sintiendo él también.

James esbozó una mueca y, con los dientes apretados, se las arregló para susurrar:

–Cientos de ellos están muriendo por el fuego. Algunos... abrasados vivos. Otros al huir de los edificios en llamas para exponerse al sol. Y Brigit...

–¿Brigit? –Lucy lo tomó de la nuca–. ¿Dónde está Brigit? ¿Qué le está pasando?

Pero James solo pudo gruñir de dolor, y de repente sus manos empezaron a brillar. Las miró, posadas como las tenía sobre los hombros de Utanapishtim, y pareció sorprenderse. Quiso retirarlas, pero él fue más rápido y se apresuró a cubrírselas con las suyas.

El resplandor creció en intensidad, para morir cuando James quedó bruscamente libre y cayó al suelo.

–¿Qué ha pasado, James? –le preguntó Lucy, arrodillándose a su lado.

Jadeante, sin aliento, respondió:

–No lo sé.

Conforme se fue alzando el sol, menos tenso empezó a sentirse Utanapishtim. Al final se dejó caer en cubierta junto a James, apoyada la espalda en la borda.

–Ya ha pasado –dijo James–. Ya ha pasado todo. Las voces se han callado –a continuación se dirigió al Anciano–. Esas eran las voces de tu progenie, Utanapishtim. Tu pueblo. El mío. Pero ahora ya es de día, y sus voces permanecerán mudas hasta la caída de la noche. Para entonces yo ya te habré enseñado a bloquear cualquier voz que no desees escuchar.

Utanapishtim asintió, todavía sosteniéndose la cabeza como si le doliera.

–Pero se están... quemando.

–Así es.

–Explícate –ordenó el Anciano.

–Los humanos, los hombres normales y corrientes, acaban de descubrir la existencia de los vampiros. Algunos se han propuesto exterminarlos, así que esperan a la salida del sol, cuando tus hijos están indefensos, y prenden luego fuego a sus casas. Pese a que ocurre de día, un vampiro siempre se despierta al quemarse. Siente el dolor hasta que su cuerpo queda reducido a polvo y no queda nada. Es... rápido. Pero es una muerte horrible, de todas maneras.

Utanapishtim bajó la cabeza y alzó un dedo.

–Pero una sola voz sigue pidiendo ayuda.

–Sí, yo también la escucho. Es la voz de mi hermana. Brigit.

–¿Dónde está, James? –le preguntó Lucy, tensa.

–Por ahí –alzó un brazo para señalar un neblinoso punto de la costa, al oeste–. En tierra firme.

Lucy subió las escaleras del puente superior, donde se hallaba el timón. Y, esperando haber aprendido lo suficiente a fuerza de ver a James y a Willem manejándolo... puso proa al lugar que él acababa de señalarle.

Mientras el viento hacía ondear su melena, se preguntó

quién sería aquella nueva mujer que parecía estar naciendo dentro de ella. Estaba furiosa, quienquiera que fuera. Furiosa y dispuesta a luchar para proteger a Brigit, una mujer a la que apenas conocía, y vengar la muerte de tanto inocente.

Algo nuevo y excitante estaba sucediendo en su interior. Algo que nada tenía que ver con la temerosa y asustada mujer que había sido antes. La que había rehuido los problemas, evitado los conflictos y protegido a sí misma por encima de todo lo demás.

Cuando miró hacia cubierta y se encontró con los ojos de James, pensó que él tenía mucho que ver con los cambios que se estaban operando en ella. James era un héroe de su tiempo. La clase de persona que se convertiría en leyenda, de la que se escribirían historias y se compondrían canciones en el futuro. La salvación de los de su raza.

Era un hombre increíble. Que le hacía desear ser como él, emularlo. Y todavía más: en aquel momento la estaba mirando como si ya lo fuera, como si fuera un igual. Ella sabía, sin embargo, que no lo era. Pero quería serlo. Quería ser merecedora de aquella mirada.

No creía haberlo sido nunca, en toda su vida. Y se preguntó si no se estaría engañando al pensar que podría ser digna de estar al lado de un hombre semejante.

Un pensamiento, por cierto, insoportablemente triste. Porque por muy distinto que fuera de ella, solamente a medias humano... a esas alturas estaba absolutamente convencida de que se había enamorado de él.

Lucy pilotó el barco bajo la mirada vigilante de James, que corregía sus errores y le daba instrucciones. Pero mayormente tanto Utanapishtim como él estaban concentrados en comunicarse mentalmente con Brigit.

Sentado en cubierta al lado del Anciano, James solo le prestaba atención cuando había que corregirla, cosa que a menudo se limitaba a hacer con un simple gesto. Lucy casi se sintió celosa de la íntima conexión que parecía compartir con Brigit. Era más que un simple lazo de sangre: era una comunicación a nivel celular. Su vínculo era todavía mayor que el que ella misma compartía con James a causa de antigeno Belladona.

No podía leer sus pensamientos, por ejemplo. Lo cual le recordó que él sí que podía leer los suyos. Ciertamente James le había prometido que no curiosearía en ellos, y ella creía en su palabra. De todas formas, evitó cuidadosamente pensar demasiado sobre sus sentimientos por él o en la palabra impronunciable que empezaba por «a». Aunque en aquel momento parecía estar demasiado ocupado para preocuparse por eso.

Al acercarse a la costa para buscar un lugar adecuado donde atracar, descubrió una punta rocosa con aspecto agreste y deshabitado. En lo alto se alzaba un faro, pero no había ninguna población cerca.

—Pondré rumbo hacia allí —anunció.

James salió finalmente de su ensimismamiento para encontrarse con su mirada, y contemplar luego el lugar que le estaba indicando.

—No; hay rocas. Será mejor que echemos el ancla lejos de la costa. Podremos acercarnos en canoa.

Lucy asintió y redujo la velocidad hasta que, a una seña suya, apagó los motores. Luego James se volvió hacia Utanapishtim:

—Este es un mundo muy diferente del que tú has conocido, Utanapishtim. Y, lo que es más importante, es un mundo en guerra: todo aquel que parezca diferente se expone a la sospecha y a la agresión. Y tú estás vestido... de una manera que llama la atención. Será mejor que te quedes aquí, a esperar a que volvamos con Brigit.

Utanapishtim se lo quedó mirando estupefacto.

—¿Qué clase de rey se... esconde, sano y salvo, mientras combaten sus soldados?

–En la actualidad, todos –masculló Lucy–. Pero ese no era precisamente el caso en tu tiempo, ¿verdad?

–En mi tiempo, tú, mujer, te habrías quedado atrás. Protegida.

–Yo he pasado la mayor parte de mi vida protegiéndome –replicó, y miró luego significativamente a James–. Ya no.

Él se la quedó mirando fijamente, escrutando su rostro como si percibiera algún cambio en ella. Como si la notara distinta.

A Lucy no le extrañó; sentía como si toda su visión del mundo hubiera experimentado un gran trastorno, el resultado del cual solo en aquel momento parecía estar empezando a asentarse, para cambiar todo su ser hasta la médula.

–Puedes estar segura de que yo siempre te protegeré, Lucy –estiró una mano hacia ella, pero se detuvo en el último momento para mirar a Utanapishtim–. ¿Te plantearías al menos cambiarte de ropa? ¿Vestirte como yo?

La mirada del Anciano fue lo suficientemente explícita, de manera que James se resignó.

–Está bien. Iremos juntos, entonces. Los tres.

Utanapishtim asintió con un gruñido.

Llegaron en canoa a la playa, cerca del faro. Tras esconderla detrás de varias rocas, se internaron en el territorio sin apartarse de las zonas boscosas. James podía percibir cada vez con mayor intensidad la feroz energía de su hermana, hasta que la sintió cerca, como si se hubiera acercado todo lo posible a la costa. Estaba herida y furiosa, y no estaba sola. Todo eso era lo que percibía de ella conforme se acercaba.

Pero estaba preocupado.

Poniéndole una mano en el hombro, Lucy le preguntó:

–¿Qué sucede?

–Brigit. Me está radiando su localización abiertamente, con el máximo de su capacidad mental, pese a la moratoria que dictó nuestra gente sobre la telepatía.

Utanapishtim lo estaba mirando con expresión interrogante.

–¿Otros... podrían encontrarla?

–Sí. Aunque son pocos, hay humanos que poseen el poder de la telepatía –miró a lo lejos–. Solo puedo rezar para que ninguno de ellos capte las vibraciones de Brigit y la localice. Si eso sucede, nuestra única esperanza es llegar antes que ellos.

–¿Por qué los humanos... odian tanto a los vampiros?

–Porque nos temen –respondió James.

–Eso no es una razón –repuso Utanapishtim, dudoso.

James no podía culparlo por su escepticismo. Se necesitaban dos bandos para librar una guerra, y era lógico que Utanapishtim supusiera que le estaba contando únicamente su versión de la historia. Los inmortales también tenían su parte de culpa. Se habían producido numerosos incidentes en los que no se habían mostrado tan inocentes como James los estaba describiendo. Pero tenía sus motivos para no mencionarle aquellas infracciones. Necesitaba que Utanapishtim se pusiera de su lado.

Y estaba empezando a sentir que muy bien podría perderlo.

De repente, un asunto completamente distinto distrajo su atención. Su hermana estaba cerca. La sentía, y en cuanto volvió a alzar la cabeza, lo supo. Señaló una iglesia abandonada, a solo un par de kilómetros de las ruinas de la residencia de Will y Sarafina.

–Está allí.

–¿Allí? –inquirió Utanapishtim, señalando en la misma dirección–. ¿Un templo?

–Sí. Un lugar de culto.

–Es pequeño... –el Anciano acercó los dedos índice y pulgar–. ¿Qué dios... vive allí?

–Ninguno de los que tú conoces –respondió James–. En la actualidad, la gente adora a divinidades diferentes.

Utanapishtim se quedó mirando la iglesia, con su campanario.

–¿Entonces... cómo es Anu no ha... –se golpeó la palma con un puño– destruido?

Lucy le puso una mano sobre el brazo con gesto tranquilizador.

–Esta tierra está lejos de la tierra de Anu y de los Anunaki, Utanapishtim. Es un templo dedicado a uno de los dioses de este país.

El coloso asintió, rumiando aquella información, mientras se acercaban a la puerta de la iglesia abandonada.

De repente la puerta se abrió y Brigit se lanzó a los brazos de James, sollozando. Y temblando de tal forma que su hermano se quedó aterrado. La alzó en vilo, sintiendo su dolor como si fuera suyo.

–Tranquila, tranquila... Ya estoy aquí.

Sorbiéndose la nariz, por fin se apartó lo suficiente para mirarlo. Tenía la cara tiznada de negro, la ropa chamuscada, rasgada, cubierta de hollín. Tenía desollada la piel de un brazo, y terribles quemaduras en las manos y el cuello.

–Dios mío, me alegro tanto de verte...

–Yo también –miró nervioso a su espalda. Era de día, y los vigilantes andarían a la caza–. Vamos, tengo que curarte las heridas.

La bajó al suelo, y solo entonces Brigit se fijó en sus compañeros.

–Oh, hola, profesora. ¿Todavía por aquí? –cuando miró a Utanapishtim, quedó como hipnotizada.

James vio que lo contemplaba de la cabeza a los pies, algo extrañada por su particular atuendo. Parecía incapaz de apartar la mirada de su rostro.

–Tú... tú eres... –se las arregló para lanzar una rápida mirada a James–. ¿Es...?

–Ziasudra, también conocido como Utanapishtim –confirmó su hermano.

–No puede ser –Brigit cerró la puerta de la iglesia una vez que entraron los tres, y se acercó luego al gigante. Alzó una mano para tocar su rostro, aunque seguía hablando con James–. No puedo creer... que lo hayas conseguido.

Utanapishtim se dejó tocar. No se apartó, pero la fulminó con la mirada.

–No te he dado permiso para tocarme, mujer.

Brigit se sonrió.

–Un tipo batallador, ¿eh?

–Creo que no deberías hablar de él como si no estuviera aquí, Brigit –le sugirió Lucy–. Es un rey, y antepasado tuyo además.

–Cierto –Brigit se inclinó a manera de burlona reverencia–. Su Majestad.

–No entiendo esa palabra –replicó Utanapishtim. De repente, esbozando una mueca, se apartó de ella–. Tú... sufres. Y yo... yo estoy harto de sufrir.

–Vamos, Bridge... –la apresuró James, llevándola al banco más cercano para que se tumbara allí. Le puso las manos encima, vagamente consciente de Lucy y Utanapishtim, que se internaron en la iglesia mirándolo todo con curiosidad–. Cuéntame lo que ha pasado.

–Recluté a un montón de vampiros para que me ayudaran.

–La Resistencia. Lo sé –no sintió el familiar cosquilleo en las palmas. Tampoco brillaban. Se las frotó rápidamente para entrar en calor y lo intentó de nuevo.

–La idea era darles a probar a esos vigilantes una dosis de su propia medicina, pero los muy cobardes solamente atacan de día. ¿Y de qué sirve una resistencia compuesta por criaturas que solo pueden atacar de noche? Maldita sea, necesito humanos, no vampiros, y no tengo a ninguno.

–¿Dónde están ahora? ¿Tus soldados?

Sus manos seguían sin brillar. Brigit se sentó y lo agarró de las muñecas para mirarle las palmas.

—¿Tienes problemas, hermanito?

—No sé lo que me pasa.

—Bueno —se encogió de hombros—, nosotros nos curamos rápidamente, tanto tú como yo. De hecho, ya me siento mejor. Dame una hora y estaré como nueva.

Pero James se había quedado preocupado. Y no podía dejar de pensar en el momento en que Utanapishtim había caído de rodillas en la cubierta del *Sombra de la Noche* y él le había puesto las manos sobre los hombros. Cuando había querido retirarlas, el Anciano se lo había impedido.

Miró en ese momento a Utanapishtim, que se hallaba cerca, observándolos con curiosidad. En vano buscó algún indicio de culpa en sus ojos: probablemente no sentiría ninguna. Ahora ya no tenía ninguna duda. El muy canalla le había robado su poder.

Pero entonces Brigit volvió a capturar su atención con una simple palabra:

—Muertos.

—¿Todo tu equipo? —se volvió de nuevo hacia ella.

—Casi —en ese momento bajó la cabeza, y James supo que estaba intentando esconder las lágrimas. Pero con él no le servía disimular—. Nos refugiamos en una casa abandonada, y esos canallas la quemaron. Todavía no sé cómo pudieron saber que estábamos allí. Perdimos una decena de los nuestros. Yo conseguí sacar a cuatro antes de que fuera demasiado tarde, pero también sufrieron graves quemaduras, entre el sol y aquel infierno.

—¿Y los vigilantes? —inquirió, advirtiendo que Utanapishtim comenzaba a acercarse. El rey resucitado seguía con la mirada cada uno de los movimientos de Brigit, atento a cada palabra, con una expresión fascinada en sus ojos negros.

—Los exploté —respondió Brigit—. Era una...

Utanapishtim alzó una mano, interrumpiéndola.

–No conozco esa palabra... ¿qué significa?

–Como te estaba diciendo –continuó ella, irritada– era una sola banda, de unos veinte, que se movía por el nordeste. Saldré a buscarlos en cuanto consiga información suficiente sobre sus movimientos.

–¿Información...? –inquirió Utanapishtim.

Brigit volvió a ignorarlo y continuó hablando.

–Dejé vivo a su líder. Está en el sótano, maniatado y temblando de miedo, rodeado de vampiros durmientes que lo dejarán seco en cuanto despierten.

–Has hecho prisionero a su líder. Muy inteligente, para ser una mujer. Ahora, dime lo que quiere decir «explotar» –ordenó Utanapishtim.

James se miró las manos mientras se preguntaba cómo iba a poder recuperar lo que el rey le había quitado.

–No se lo digas, Bridge.

Ignorando su advertencia, Brigit le dijo:

–De acuerdo, mira esto, rey de pacotilla –señaló un facistol que se alzaba en un rincón de la iglesia y alzó una mano. Luego juntó ligeramente los dedos y, al abrirlos de golpe, un rayo brotó de sus ojos. El haz de luz siguió la dirección de sus dedos y reventó el facistol en mil pedazos.

Desde el extremo más alejado de la iglesia, Lucy soltó un chillido.

–Diablos, Brigit, ¿podías avisar, no?

–Lo siento, profesora –Brigit miró a Utanapishtim–. Eso solo ha sido una pequeña muestra. Puedo causar mucho más daño si quiero.

–Ya –de repente, el rey se volvió hacia James–. Este lugar... no es seguro. Siento...

–Yo también lo siento –dijo Brigit, mirando a su alrededor.

–Es de día –le recordó James–. No podremos mover a tu tropa de luchadores durmientes hasta la noche.

–Quizá sí que podamos –Lucy, que había estado recorriendo la iglesia, explorando, volvió con una gran lona verde en las manos–. Hay varias lonas más como esta aquí. Parece ser que las utilizaban para cubrir el órgano. Si envolvemos a los vampiros en ellas, cada uno podrá transportar uno hasta la canoa. Igual que cuando sacamos a Sarafina y a los demás de la cueva, después del incendio. Dijiste que había cuatro vampiros aquí, ¿verdad, Brigit?

–Sí, y buenos luchadores. Dos machos y dos hembras. Pero mientras estoy segura de que James, Utanapishtim y yo podremos cargar cada uno con uno, dudo que tú puedas hacer lo mismo. No tienes la fuerza sobrenatural que poseemos nosotros.

–Tienes un prisionero humano –le recordó Utanapishtim–. Que lo cargue él.

Brigit enarcó las cejas.

–Bien pensado, King Kong.

El rey resucitado se golpeó el pecho con el puño.

–¡Utanapishtim!

–Lo que tú digas. Vamos, es por aquí.

Los guió hacia una puerta que se abría al fondo de la nave. De allí descendía un tramo de destartaladas escaleras que se perdían en la oscuridad. James siguió a su hermana, pero no antes de volverse para advertir a Lucy:

–Cuidado, está muy oscuro.

–Entonces me quedaré arriba.

Le pareció detectar algo extraño en su voz, hasta que se dio cuenta de lo que era: estaba cansada de ser la única que no tenía poderes sobrenaturales. Suponía que podía entenderlo, aunque durante mucho tiempo, él mismo había estado decidido a vivir de espaldas a todos los poderes que poseía, a excepción del de la curación.

Un poder, por cierto, que acababa de perder. La conciencia de aquella pérdida le pesaba terriblemente, pero no había tiempo para lamentaciones.

Continuó bajando las escaleras y vio a un hombre, un mortal, atado a una silla. Recordaba haberlo visto antes, aunque solamente de pasada, cuando huyeron del escenario del tiroteo en el Estudio Tres. Tenía los ojos grises y una larga cicatriz que le nacía de un ojo, le cruzaba la mejilla y acababa en el mentón. No era un vigilante. No actuaba por miedo, ni por ignorancia.

Era un miembro de la DPI.

Capítulo 19

Una hora después se estaban acercando al lugar donde habían dejado la canoa. Hasta el momento, Lucy no había hecho ningún comentario sobre el tipo de la cicatriz, pese a que se había quedado impactada cuando lo vio. Había esperado el momento en que pudiera hablar a solas con James. Y ese momento llegó por fin.

Estaba caminando a su lado, con Brigit abriendo la marcha con un vampiro cargado al hombro, envuelto en una lona. Resultaba casi surrealista verla transportar de aquella forma a un hombre mucho más grande y pesado que ella. Brigit era pequeña, menuda, y aquel rostro angelical enmarcado por rizos rubios contrastaba casi dramáticamente con su personalidad, para no hablar de su poder. Era como ver a un niño pequeño cargando con un adulto. Resultaba absurdo.

Pero en aquel momento, Brigit se había adelantado varios metros en su apresuramiento. Cerrando la marcha, Utanapishtim caminaba con mayor lentitud, obligado por el tambaleante hombre de la cicatriz, que cargaba como podía con su propio vampiro.

Finalmente se distanciaron lo suficiente de los demás como para que se atreviera a hablar.

–Conozco a ese hombre –susurró.

James la miró con curiosidad.

—Estaba en la habitación en la que me desperté... después del tiroteo. Después de que me curaras. La habitación en la que me retuvieron. Estaba allí con una mujer, y aunque ella llevaba el peso del interrogatorio, tuve la sensación de que era él quien estaba al mando.

James asintió.

—Yo también lo vi, en las afueras del estudio en medio de aquel caos. Era uno de los hombres de negro. Del gobierno. DPI.

Lucy experimentó un inmenso alivio de ver confirmada su sospecha.

—Entonces eso significa que la DPI está detrás de ese absurdo de los vigilantes, ¿verdad, James?

—No me sorprendería nada. Probablemente fingiría ser un tipo normal mientras los azuzaba. Fíjate en su ropa.

Lucy se volvió para mirar al hombre de la cicatriz. Llevaba unos vaqueros y una camiseta blanca debajo de la camisa de franela, abotonada extrañamente hasta el cuello. Como si supiera que los vigilantes, en su mayoría gente ruda de las montañas, llevaban esa ropa... pero él mismo no supiera llevarla. Movía los labios, pero ni James ni ella alcanzaban a escuchar las palabras.

—Está moviendo la boca, James. ¿Qué está diciendo?

—Nada bueno, seguro —James también se había vuelto para mirar a los que los seguían—. Diablos, no me había dado cuenta de que Utanapishtim se había retrasado tanto. Iba detrás de mí hace unos momentos.

—Ya casi hemos llegado.

—Aflojemos nosotros también el paso. Esto no me gusta nada.

—A mí tampoco —repuso ella—. He procurado esconder la cara desde que sacasteis a ese tipo del sótano. Creo que todavía no me ha reconocido.

—No creas, Lucy —dijo James—. Él sabe perfectamente quién eres. Esos tipos no son fáciles de engañar.

Redujeron la marcha, y tanto Utanapishtim como el

hombre de la cicatriz los imitaron. Lucy pensó que, fuera lo que tuviera que decirle el segundo al primero, evidentemente no quería hacerlo con público. Y Utanapishtim parecía bastante dispuesto a escucharlo.

De repente, James se detuvo a esperarlos, con lo que ya no pudieron retrasarse más sin levantar sospechas.

—¿Adónde me lleváis? —inquirió el hombre de la cicatriz—. Se lo he estado preguntando a este tipo, pero se niega a decirme una palabra.

—Eso no te lo puedo decir —repuso James—. Pero te prometo que estarás a salvo.

—¿A salvo? ¿Estás loco? Soy prisionero de los vampiros, por el amor de Dios.

—Obviamente nosotros *no* somos vampiros —replicó James, y alzó la mirada al cielo—. La luz del sol, ¿recuerdas?

—Tú no eres humano. Estoy seguro. Esa rubia, con esas cosas que sabe hacer... ¿Estáis... emparentados?

—Sabes muy bien quiénes somos. ¿Por qué no dejas de disimular de una vez? Igual que tú sabes que soy humano, yo sé que tú no eres un patán de las montañas. Trabajas para el gobierno. Para la DPI.

—No sabes lo que estás diciendo.

—Tú sí que lo sabes. Hablarás, amigo; créeme. Vas a contarnos todo lo que queremos saber.

El hombre se puso pálido, y lanzó una rápida mirada a Utanapishtim.

—Te lo dije.

—¡James! —lo llamó de pronto Brigit, a la cabeza de la marcha.

James descubrió que su hermana se había detenido, dejando en el suelo el vampiro que cargaba, para esconderse detrás de una gran roca.

—Necesito adelantarme a ver lo que pasa. Vigílalo —instruyó a Lucy.

Ella asintió, y James se dirigió trotando hacia donde se encontraba su hermana, cargando todavía a hombros con su vampiro. Solo cuando llegó junto a ella lo dejó también en el suelo, al lado del otro.

Lucy continuó caminando. La presencia del hombre de la cicatriz le ponía cada vez más nerviosa.

—Tú no eres como ellos —le dijo él. Caminaba lentamente, soportando con grandes esfuerzos su carga.

Ella lo miró, y luego a Utanapishtim, que seguía pendiente de cada palabra mientras cerraba la marcha, sin hacer el menor comentario. Transportaba su carga como si no pesara más que una pluma.

—Ellos son mis amigos —le dijo Lucy al hombre de la cicatriz—. Tú, por el contrario, no.

—En eso te equivocas —bajó la voz hasta convertirla en un susurro—: Estábamos intentando salvarte de ellos cuando te retuvimos. Y esa sigue siendo nuestra intención. Ese llamamiento que filtramos a la prensa para que te presentases a dar explicaciones... no era más que un truco. Solo intentábamos atraerte para protegerte. Van a matarte, Lucy. Sabes demasiado.

—Y tú sabes demasiado poco —repuso ella.

—Escucha, escucha, yo... te propongo un trato. Si me ayudas a escapar, saldrás beneficiada, te lo aseguro. ¿Qué me dices?

Lucy continuó andando. Utanapishtim se había acercado un poco más, como esforzándose por escucharlos.

—Tú no tienes nada que yo pueda querer.

El hombre de la cicatriz estiró el cuello para lanzar una precavida mirada antes de hablar.

—Tengo el libro —susurró, palpándose disimuladamente el bolsillo de su camisa de franela—. El que contiene todos los secretos. El que se suponía que no debía leer nadie.

—¿La versión de bolsillo, quieres decir? —inquirió Lucy con tono burlón—. Veo que te cabe en uno.

—La versión electrónica, copiada en mi móvil —al dar un nuevo paso, la lona de su carga se deslizó sobre su hombro para revelar una mano fina y blancuzca.

Lucy se apresuró a taparla cuando ya había empezado a desprender un rizo de humo, abrasada por la luz del día.

–¡Ten cuidado! –le espetó.

–Por el amor de Dios, ¿querrás hacerme caso de una vez? –musitó el hombre de la cicatriz–. Has elegido el bando equivocado en esta guerra, y lo sabrás en cuanto leas el libro. Yo te lo daré. Libérame y será tuyo.

–No voy a liberarte –además, reflexionó para sus adentros, ella ya tenía aquella misma versión electrónica del libro en su móvil. Era, de hecho, la copia privada y confidencial del propio Lester Folsom.

Pero enseguida se arrepintió de haber formulado aquel último pensamiento con tanta intensidad. Se preguntó si alguien más lo habría captado, consciente como era de que debería haberle confesado a James que se hallaba en posesión de aquel libro.

¿Se enfadaría con ella si llegaba a enterarse de que se lo había ocultado? ¿Insistiría acaso en que lo destruyera, o en que se lo entregara a Rhiannon o a alguno de los vampiros más veteranos? Lucy no quería separarse del libro. Antes quería leerlo, para averiguar todo lo que James no le había contado aún. Y aunque sabía que algunas partes del mismo serían indudablemente tendenciosas y hasta falsas, los libros eran sagrados para ella. El conocimiento lo era todo.

Terminaría de leerlo, y solo entonces se lo entregaría a James.

–Vamos, Lucy. Tú eres una científica. ¿No quieres averiguar la verdad sobre ellos?

Utanapishtim se adelantó entonces y lo agarró sorpresivamente de un hombro.

–Calla de una vez, prisionero. ¿O es que quieres morir ahora?

–Voy a morir de todas formas, si no me liberas... –se dirigió de nuevo a Lucy–. Tú no sabes de lo que son capaces. Se beberán mi sangre, por el amor de Dios.

–Lucy, adelántate –ordenó Utanapishtim señalando al

frente, donde James estaba hablando con Brigit–. Tú lugar está con tu hombre. Ve con él.

–Pero James me pidió que vigilara al prisionero...

–¡Yo soy el rey! ¡Vete!

Gruñó las palabras, señalando con un dedo a James, y Lucy hizo lo que le decía... pero no antes de arrebatarle el móvil al hombre de la cicatriz, sacándoselo con un rápido movimiento del bolsillo de la camisa.

El hombre se la quedó mirando furioso.

–Lo siento, amigo. Ya no tienes nada con qué negociar.

Y se dirigió apresurada al encuentro de James y de Brigit, que seguían escondidos detrás de la roca. Se había sentido literalmente avasallada ante el tono de autoridad de Utanapishtim: por eso había obedecido. Y el hombre de la cicatriz también la había intimidado. Pero al menos había tomado la precaución de confiscarle el móvil. Por nada del mundo se lo habría entregado al rey resucitado, con el poder que tenía de absorber todo su conocimiento si hubiera conseguido tocar el aparato.

¿Qué pensaría Utanapishtim de su progenie si llegaba a apoderarse del móvil y se creía las supuestas mentiras que contenía el libro? Lucy aún no lo había terminado pero, por lo poco que había leído, describía a la raza de los vampiros como animales. Seres salvajes y asesinos, sin alma ni sentimientos.

Por fin llegó a la gran roca y preguntó a los gemelos:

–¿Qué pasa? –para su sorpresa, el mar estaba a un tiro de piedra frente a ellos.

–Acaba de pasar un grupo de humanos –explicó James–. Parecían simples excursionistas, pero dadas las circunstancias... –se volvió para mirarla–. ¿Qué llevas ahí?

–La versión electrónica del libro de Folsom –le entregó el móvil–. El hombre de la cicatriz se ofreció a dármela a cambio de su libertad. Y yo se lo arrebaté antes de que tuviera oportunidad de proponerle el mismo trato a Utanapishtim.

James lo tomó y, sin previo aviso, lo lanzó al aire con todas sus fuerzas. El móvil hizo una parábola y fue a caer el mar.

–Problema resuelto –dijo.

Lucy se inquietó, convencida de que haría exactamente lo mismo con su versión privada del libro si llegaba a confesarle que la tenía.

–Esa información habría podido resultarnos muy útil, James –le reprochó.

–¿Información? Eso no es más que propaganda. Nuestros secretos son nuestros, Lucy. Tanto si los ocultamos como si los revelamos, toda decisión nos corresponde a nosotros, y no a un matón jubilado de la DPI.

–Pero quizá contenía cosas que ignorábamos...

–Créeme cuando te digo que su autor jamás habría revelado nada que pudiera servirnos de ayuda. Un DPI siempre es un DPI.

–El conocimiento es poder, James.

–Yo ya tengo todo el poder que necesito, gracias. O al menos lo he tenido.

Lucy bajó la cabeza, sin entender lo que había querido decir con aquella última frase.

–Los libros son sagrados para mí.

–Eso no era un libro. Era un móvil –le puso un dedo bajo la barbilla y sonrió, en un intento por apaciguarla.

–Era un libro y lo sabes.

La expresión de James se tornó bruscamente seria.

–Era un arma destinada a ser utilizada contra mi gente. Y yo la he destruido. Tenía derecho a ello, Lucy.

–¿Qué os pasa a vosotros dos? –Brigit se volvió para mirarlos, irritada... y abrió mucho los ojos cuando descubrió algo a su espalda–: ¡Utanapishtim! ¡El prisionero se escapa!

James y Lucy se giraron también para ver al mortal atravesando una duna de arena a la carrera, en dirección al bosque. El vampiro que antes había cargado yacía abandonado en el suelo. Brigit echó a correr como un rayo hacia donde estaba Utanapishtim y alzó una mano con la palma hacia arriba, apuntando al prisionero con la intención de fulminarlo.

Pero el rey resucitado le cubrió la mano con la suya y se la bajó.

—No necesitábamos al prisionero.

—¿Quién diablos te crees que eres para haber tomado esa decisión? —le gritó Brigit.

Utanapishtim retrocedió un paso como sorprendido de sus palabras, por no hablar de su tono.

—Soy el rey. Y tú no eres más que una mujer. Recuérdalo.

Brigit se lo quedó mirando furiosa, mientras el coloso le sostenía la mirada, desafiante.

—Déjalo, Brigit —le susurró James—. De todas formas, no había espacio para él en la canoa.

—Yo lo necesitaba —liberándose de la manaza de Utanapishtim, le clavó un dedo en el pecho—. Será mejor que lleves cuidado, rey de pacotilla. No tienes la mejor idea del terreno que estás pisando.

Lucy asistió horrorizada a aquel diálogo, con ojos desorbitados por el miedo, hasta que Brigit dio media vuelta y volvió a su puesto detrás de la roca. Una vez allí volvió a cargarse su vampiro al hombro y continuó la marcha ladera abajo, hacia la playa que se extendía frente a ellos.

No habían transcurrido más que unas pocas horas cuando el denso banco de niebla que envolvía la isla apareció en el horizonte, a eso de la media tarde. James se lo quedó mirando con tal intensidad que Lucy supuso que estaría intentando captar las energías de sus parientes con el fin de alcanzarla y orientarse. Porque navegar a simple vista parecía una tarea del todo imposible.

A su lado, junto al timón, le preguntó:

–¿No dispone el barco de algún dispositivo que pueda ayudarte a localizar la costa y atracar con cierta seguridad?

–Sí, el yate está equipado con sonar –la miró con expresión aprobadora–. Es una buena idea.

–Y se me ocurre otra más –añadió ella–: ¿Podrían los vampiros bloquear las ondas del sonar para evitar que la isla sea detectada?

–No lo sé. Lo dudo. Pero dado que ignoro de lo que es capaz cada vampiro, no puedo asegurar nada –continuó escrutando la densa niebla, aguzando la vista–. No hay manera de atracar hasta que los vampiros despierten y Rhiannon pueda levantar el manto de niebla el tiempo suficiente para que pueda orientarme en la navegación –se encogió de hombros–. De todas formas, solamente supondrá un ligero retraso.

–Sí. Y este será un gran día para ti –sonrió al ver el brillo de sus ojos–. Volverás con tu gente habiendo cumplido tu misión. Como un gran héroe. Como el propio Gilgamesh, hace ya tanto tiempo. Los estás salvando, James. Y yo te debo una enorme disculpa.

–¿Por qué? –dejó de sonreír para mirarla sorprendido–. ¿Por ayudarme a conseguir lo imposible?

–Por haber dudado de ti. Por cuestionar tu criterio al decidir que cualquier medio estaba justificado para conseguir el fin que te proponías.

–Tú tuviste razón en parte –bajó la cabeza–. Lo de resucitar a los muertos no funcionó tan bien.

–Con los muertos mortales, sí. Pero tu hermana los devolvió a la tumba, que era donde tenían que estar, a excepción de aquella madre que al final tuvo la suerte de reunirse de nuevo con su marido e hijos. Todo salió bien al final. Durante todo el tiempo tuviste razón. Y yo lamento haber dudado de ti.

–Que no se vuelva a repetir, mujer –James pronunció la frase imitando el exótico acento de Utanapishtim, y Lucy rio con él, aunque solo después de lanzar una precavida mirada a su espalda.

Pero no había nadie a la vista. Exhausto, Utanapishtim dormía en uno de los camarotes. Brigit descansaba en otro, también agotada después de haber batallado durante toda la noche contra los vigilantes y de haber rescatado a los vampiros de las llamas. Los cuatro miembros supervivientes de su equipo yacían inconscientes en los otros dos camarotes.

Con lo cual estaban completamente solos los dos allí arriba...

James decidió echar el ancla y apagar los motores. La guió luego a la barra de las bebidas que había en cubierta, detrás del puente de mando, y sirvió dos copas de vino. Le tendió una.

–Por la victoria.

–Por la victoria –brindó Lucy, y bebió un largo trago.

–Lamento haber destruido aquel móvil.

–Pero sigues pensando que fue lo mejor.

–Sí. Sé que no estás de acuerdo.

Lucy asintió, sintiéndose un tanto culpable por conservar aún la versión electrónica del libro. Y, sin embargo, se sentía a la vez perfectamente justificada para escamotearle aquella información. Por el momento, al menos. Su teléfono estaba a buen recaudo dentro de su bolso, en uno de los camarotes. Se prometió que terminaría de leer el archivo y luego lo borraría, pese a que ignoraba si tendría al final la suficiente fuerza de voluntad para hacerlo.

–¿En qué piensas? Te has quedado pensativa –señaló James.

Lucy se esforzó por retomar la conversación.

–Yo... me estaba preguntando por qué Utanapishtim no regresó del mundo de los muertos de la misma manera que lo hicieron los otros, faltos de conciencia y de autocontrol.

–Creo que fue porque aquellos murieron realmente. No solo física, sino también espiritualmente: su alma o su espíritu, digámoslo así, ya había abandonado sus cuerpos para siempre. Supongo que, en el caso de la primera mujer, la muerte había sido tan reciente que pude conseguir que el alma regresara al cuerpo. Pero, con los otros, el alma no volvió. Resucité sus cuerpos, pero solo era carne animada. Sin espíritu.

—¿Y con Utanapishtim?

James bebió otro sorbo de vino mientras reflexionaba.

—Nunca llegó a morir. Quiero decir que su forma física sí, pero su espíritu permaneció... atrapado con sus cenizas, para continuar viviendo eternamente.

—Me pregunto —Lucy frunció el ceño— si habrá alguna forma de liberarlo. Si morirá algún día, quiero decir. No puede vivir eternamente.

—¿Por qué no? —replicó James—. O eso o regresa a su muerte en vida. ¿Te imaginas lo horrible que debió de haber sido? ¿Permanecer consciente pero encerrado durante tantos siglos? Enterrado en vida, literalmente.

—Es un milagro que no enloqueciera por completo —se estremeció—. Ni siquiera ahora parece que esté muy en sus cabales. A veces hay algo en sus ojos que... que me asusta, James.

Algo rozó ligeramente el casco del yate anclado y James corrió a la borda a echar un vistazo, maldiciendo entre dientes. Desde donde estaba, Lucy podía divisar ya la isla; apenas algunos retazos que aparecían de cuando en cuando entre la niebla.

—¿Crees que debería despertar a los demás?

—Déjales dormir un rato más, Lucy. Quedan unas tres horas para la puesta de sol, al fin y al cabo. Y la isla será un hervidero de gente para entonces. Quizá tú y yo deberíamos dormir también un poco.

Lucy bajó la cabeza, tímida.

—Ojalá pudiéramos desembarcar ya y encontrar un lugar acogedor en la isla para nuestra... siesta —pronunció con tono dulce—. Me muero de ganas de sentir terreno sólido bajo mi cuerpo.

—Y yo me muero de ganas de sentir tu cuerpo bajo el

mío –repuso él, y la atrajo de pronto a sus brazos, sonriente–. No he dejado de pensar en ello desde que...

–Yo tampoco, James –susurró.

Inclinó la cabeza y la besó en la boca. Se tomó su tiempo, deslizando la lengua y saboreándola meticulosamente.

–Todos los camarotes... –dijo Lucy entre besos– están... ocupados.

–Sabes tan bien... –sus manos se movían por su cuerpo, deslizándose hasta agarrarle las nalgas, apretándola contra sí–. No necesitamos un camarote.

–Tienes razón, no lo necesitamos –musitó ella–. El salón. Podemos cerrar la puerta.

–¿Qué tiene de malo aquí mismo? –le preguntó, pero no esperó su respuesta. Levantándola en brazos, bajó las escaleras, recorrió el pasillo flanqueado de camarotes y entró en el salón. Una vez allí, cerró la puerta con el pie y la tumbó sobre la inmaculada alfombra blanca.

Capítulo 20

–¡J.W! ¡Mueve el trasero! ¡El rey ha escapado!

–¿Qué? James se despertó lentamente después de haber disfrutado de un sueño reparador que había sido una auténtica delicia. Yacía boca arriba sobre la mullida alfombra, con la cabeza de Lucy reposando sobre su pecho. La colcha que habían retirado del sofá para taparse constituía su única ropa.

Se puso alerta mientras se concentraba en la voz de su hermana, al otro lado de la puerta cerrada.

–¿Brigit?

–¿Quieres levantarte de una vez? Tenemos un problema.

Lucy se había despertado también, y mientras se sentaba y se ponía a buscar su ropa, James se levantó por fin. Ya vestido con los vaqueros, le lanzó una rápida mirada para asegurarse de que estuviera decente y abrió la puerta.

–¿Qué pasa?

–Utanapishtim se ha ido –dijo Brigit–. Compruébalo tú mismo.

Señaló la puerta abierta del camarote adonde el Anciano se había retirado. James entró, vio la cama revuelta y luego un bolso volcado en el centro de la cama. El bolso de Lucy.

–Oh, no... –susurró Lucy–. Me lo quitó; lo había guardado en un armario en otro camarote. No es posible, no ha podido...

—¡Diablos! —James rebuscó en el contenido del bolso, regado sobre el colchón, y recogió el objeto en el que ella tenía clavada una mirada de auténtico espanto. Era su móvil, todavía encendido. Frunciendo el ceño, lo tomó y miró la pantalla. Había un archivo de texto abierto. Enseguida se dio cuenta de lo que era.

Alzando la mirada, se encontró con los aterrados ojos de Lucy.

—¿Tú tenías esto aquí? ¿Durante todo el tiempo?

—Iba a decírtelo, pero...

—¿Cuándo? Maldita sea, Lucy, ya te dije lo que pensaba de este libro. ¿Cómo has podido escondérmelo? Y además corriendo el riesgo de que Utanapishtim le pusiera las manos encima y se lo creyera a pie juntillas, para luego...

El trueno de una explosión lo interrumpió a mitad de frase. Los tres se quedaron callados, mirando hacia arriba.

James apartó a las dos mujeres y subió corriendo la escalera hasta cubierta... solo para descubrir que el barco estaba atracado.

—¿Quién diablos ha pilotado el yate hasta la costa?

—No lo sé —dijo Brigit—. Cuando me desperté, los vampiros que habíamos traído con nosotros tampoco estaban. Probablemente se levantaron con la puesta de sol y decidieron desembarcar en la isla. A lo mejor lo hicieron ellos.

—O Utanapishtim. Solo tenía que tocar el maldito barco para aprender a manejarlo —James estaba en la pasarela, que se apoyaba en un resalte rocoso de la costa.

Corrió a tierra y escrutó el horizonte buscando la columna de humo de la explosión anterior. Lo hizo a tiempo de distinguir el fogonazo de una segunda, seguida de gritos lejanos de dolor y angustia. Su familia.

—¿Qué diablos está haciendo? —rugió.

—¡Es mi poder! —gritó Brigit, que había corrido a reunirse con él.

Lucy se hallaba justo detrás cuando una tercera explosión hizo temblar el suelo bajo sus pies, y luego otra, otra...

Los ojos de Brigit estaban húmedos, contorsionado su rostro de terror.

–Tiene el mismo poder que yo. Puedo sentirlo. Dios... –cerró los ojos, doblándose sobre sí misma y abrazándose–. ¡Hay que detenerlo!

Incluso ella echó a correr, pese al dolor que parecía partirla en dos. Al otro lado de las rocas, atravesaron el bosque en dirección a las ruinas del castillo, donde habían estado acampados los refugiados. Cuando llegaron allí, el espectáculo que se ofreció a su vista fue desolador. El campamento estaba incendiado, y figuras vagamente familiares yacían abrasadas sobre la hierba... Utanapishtim había utilizado su inmenso poder contra su propia gente. Solamente quedaban brasas y cenizas.

–Algunos han logrado escapar –susurró Brigit, agarrándose al brazo de James.

Lucy se hallaba al otro lado, temblando, con lágrimas fluyendo como ríos por su rostro. James era constantemente consciente de su presencia, de todo lo que estaba sintiendo en aquellos momentos. Y, sin embargo, estaba furioso con ella.

Brigit señaló entonces la otra punta de la isla, la más boscosa.

–Se fueron por allí.

–Pero él no –James se esforzaba por encontrar algún indicio de Utanapishtim, por sentirlo–. Dios mío, ¿por qué habrá hecho esto?

–Tenemos que ir en busca de los supervivientes –le recordó Lucy–. Seguro que necesitan ayuda...

–Yo voy a por Utanapishtim –replicó él con tono sombrío. Su corazón había quedado reducido a puras cenizas, al igual que los vampiros que el Anciano había destruido–. Yo tengo la culpa –se le cerró la garganta–. Yo soy el culpable de esto.

–Tú no podías saberlo –intentó consolarlo Lucy–. Si él... absorbió toda la información que contenía ese libro... entonces debió de convencerse de que todo lo que decía sobre los vampiros era verdad. Diablos, si hasta se titulaba así: *La verdad*. Se ha creído todo lo que ha leído, piensa que él mismo ha engendrado una malvada raza de demonios sedientos de sangre... Se lo ha creído porque eso era lo que el libro decía sobre ellos... sobre vosotros.

James ladeó la cabeza, buscando su mirada.

–Y, aun así, lo conservaste. A pesar de mis advertencias, lo conservaste. Y ni siquiera me lo dijiste.

–Porque sabía que lo destruirías –susurró–. Quería terminar de leerlo primero. Pensé que quizá contendría alguna información que...

James se la quedó mirando fijamente con expresión incrédula, arrepentido de haber pensado y esperado que podría existir algo entre ellos. ¿Cómo no se había dado cuenta de que ella lo consideraba una especie distinta, una suerte de engendro inhumano? Ni siquiera confiaba lo suficiente en él como para contarle la verdad. Y, como resultado, su gente había muerto asesinada.

–¿Cómo pudiste traicionarme a mí y a mi gente de esta manera, Lucy? Yo creía que estabas de nuestro lado.

–Lo estoy –el dolor relampagueó en sus ojos; él lo vio y sintió una inmediata punzada de arrepentimiento–. Yo no quería que esto sucediera –dijo bajando la mirada, con las lágrimas brillando en sus pestañas.

Habían avanzado un buen trecho mientras hablaban, pero se detuvieron cuando Brigit señaló un punto delante de ella.

–¡Allí!

Justo en aquel instante, Utanapishtim surgió de las sombras y sus ojos lanzaron un rayo de luz blanca contra un arbusto cercano.

El arbusto explotó.

–Alabémosle todos como se merece cuando alza los

ojos y su mirada fulgura como el rayo –recitó de repente Lucy–. Era parte de la oración que rezó aquel día en el barco.

–Es igual que yo –musitó Brigit–. A eso se refería cuando me dijo que solamente sabía de otra persona que compartiera mi particular poder. Se estaba refiriendo a él mismo. Dios mío, es igual que yo.

Justo cuando lo estaba diciendo, Utanapishtim se volvió para descubrirlos; su reacción fue echar a correr de regreso a la costa. En cuestión de segundos, subió al yate y ejecutó la maniobra de desatraque como el más experto capitán.

–¡No podemos dejar que se escape! –gritó James–. ¡Está completamente desquiciado!

–Tenemos que saber qué más ha leído... –dijo Lucy–. Tenemos que averiguar lo que le ha impulsado a marcharse... –encendió su móvil mientras hablaba, para consultar el libro.

–Lo que tenemos que hacer es encontrar a los supervivientes... ¡Dios mío, mis padres estaban en esta isla! –gritó a su vez Brigit.

–Todo está aquí –afirmó Lucy, mirando la pantalla–. Yo no lo sabía, porque nunca pude terminar de leer el maldito libro... Los fragmentos perdidos de mi tablilla: alguien los tradujo. Todo fue un error, James... Utanapishtim no era el único que podía salvar a tu gente. Era el único que podía y puede destruirla... –sacudió la cabeza, con los ojos clavados en el móvil–. Todo está aquí. Según Folsom, el gobierno manipuló la tablilla allá por los años cincuenta. Debieron de contar con un equipo de traductores. Leyeron la tablilla entera y luego eliminaron las frases clave, rompiéndola y haciendo desaparecer determinados fragmentos. El resto lo dejaron en mi universidad y esperaron a sabiendas de que algún día alguien sería capaz de traducirla. Esa fui yo. Y a sabiendas también de la interpretación que tú le darías. Sabían que acabarías encontrando y resucitando a Utanapishtim, como sabían lo que sucedería cuando lo hicieras. Te tendieron una trampa, James. Te utilizaron para provocar la destrucción de tu propia gente. Y me utilizaron a mí también.

–¿Yo... resucité al único ser capaz de destruir a toda mi raza? –susurró, cayendo bruscamente de rodillas. Pasar de salvador a destructor de su propio pueblo en el transcurso de una hora era más de lo que podía soportar–. Dios mío, no.

–Y hay más –añadió Lucy, y empezó a leer en voz alta–: *No hay redención para el Anciano a no ser que deshaga todo lo que ha hecho, empezando con el más viejo de todos.*

–Así que romperá su maldición deshaciendo todo lo que ha hecho –murmuró James–. Cree que debe destruir la raza que inadvertidamente creó. Redimir su pecado contra los dioses destruyendo a su progenie. Y empezando por el más viejo de todos...

–Va detrás de Gilgamesh –dijo Brigit–. Pero yo creía que estaba aquí, en la isla.

–Debió de haberse marchado. Tenemos que ir tras él... y los demás también. Brigit, llévate a Lucy y ve en busca de los supervivientes, a ver si puedes averiguar dónde está Damien. Haz todo lo que puedas por ellos y después reúnete conmigo. Yo seguiré el rastro de Utanapishtim.

–Yo soy quien debería ir a por él –le recordó Brigit.

–Yo soy el culpable de esto –tomó a su hermana por los hombros, mirándola fijamente–. Dame por favor una oportunidad de enmendarlo –y se volvió luego hacia Lucy, con el corazón en los ojos–: Tenías razón. Aunque traicionaste mi confianza, aunque me traicionaste de una manera que todavía no sé si podré perdonarte... tú tenías razón, Lucy. Mi propia vanidad me cegó. Mi ciego empeño en cumplir lo que yo interpretaba era mi destino, en convertirme en héroe de mi pueblo. Todo con tal de encontrar algún sentido a mi maldita vida.

–Hay más cosas –alzó su móvil.

–No puede importarme menos lo que diga ese condenado libro –James se volvió y empezó a correr de vuelta a la costa, seguramente en busca de alguna embarcación. Brigit corría ya también en busca de los supervivientes del brutal ataque.

–¡Espera! –gritó, apresurándose tras él–. Voy contigo. Y si te opones, te advierto que pierdes el tiempo. No puedes impedírmelo –tenía lágrimas en los ojos.

James asintió, demasiado dolido y derrotado para discutir. No había salvado a su gente. En lugar de ello, la había llevado al borde del exterminio. Había estado tan ciego...

–Está bien –de inmediato desvió la mirada de su decidida expresión para posarla en su hermana, que continuaba alejándose.

Como si hubiera sentido aquella mirada, Brigit se detuvo en seco y se volvió para gritarle:

–Ten cuidado. Y tú también, profesora. Asegúrate de que mi hermano no haga nada estúpido, ¿de acuerdo?

–Haré lo que pueda.

Y dicho eso, Brigit se marchó, rastreando telepáticamente a los vampiros que habían escapado a la mirada letal de Utanapishtim.

James continuó corriendo hacia la costa, acompañado de Lucy, hasta que encontró una pequeña lancha fueraborda. Tras comprobar que el depósito de combustible estaba lleno, arrancó el motor y puso proa a tierra firme, siguiendo la estela que había dejado el yate.

–No es culpa tuya, y lo sabes –le dijo Lucy. Se había sentado en la proa, de cara a él.

–¿Cómo que no es culpa mía? –alzó la mirada al cielo, desesperado–. Dímelo, porque te aseguro que me gustaría saberlo.

–No me hables así, James –repuso, resentida por su tono–. Yo no soy tu enemigo.

–Me engañaste.

–Lo sé –bajó la cabeza–. Lo sé muy bien. Sé que lo estropeé todo. Dios mío, si a tu familia le ha pasado algo, yo...

–*Todos* son mi familia. Y te aseguro que les ha pasado algo.

–Tú no podías saberlo. La traducción estaba... incompleta. Así que la culpa fue mía –dijo–. Si me hubiese negado a publicar lo que tenía a falta de aquellos fragmentos perdidos...

–No, esta guerra habría terminado estallando de todas formas. Fue el libro de Folsom lo que la desató. Y tú no tenías nada que ver en ello.

–Ni tú tampoco –Lucy le sostuvo la mirada–. Dilo. Di que no fue culpa tuya.

James aspiró profundamente y asintió.

–No fue culpa mía –apretó los labios–. Puedo decirlo, pero eso no significa que me lo crea.

–Tenemos que ir a la universidad, James. Allí encontraremos lo que necesitamos, lo sé. La solución puede estar en las restantes piezas de la tablilla. Hay muchas partes que aún no han sido traducidas. Una de ellas debería explicar cómo podemos parar a Utanapishtim…

–Primero tengo que impedir que encuentre a Damien.

–Pero insisto en que no sabrás cómo pararlo. ¿Qué otros poderes puede que tenga? ¿Sabes acaso cómo matarlo?

–Alguien lo mató ya una vez, ¿recuerdas?

–¡Pero no murió! –replicó ella–. No realmente. Su cuerpo fue destruido, pero su alma permaneció atrapada, encerrada...

–E incapaz de hacer daño alguno. Si eso es lo mejor que podemos hacer, entonces...

–No podemos devolverlo a ese estado. Dios mío, James, eso sería inhumano...

Aquellas últimas palabras resonaron en el aire entre ellos. James no contestó, pero ella sabía que en ese asunto seguían enfrentados. Para él, el fin, que no era otro que borrar a Utanapishtim del mapa y proteger a su pueblo, justificaba los medios. Incluso aunque esos medios condenaran a un hombre a un infierno en vida, para toda la eternidad.

Para ella, en cambio, nada justificaba algo semejante. Nada. Bajó la cabeza y cerró los ojos, pero las lágrimas humedecieron sus pestañas de todas formas.

—Cuando lleguemos a tierra firme... me iré a mi casa –le anunció en voz baja.

—Te buscan Lucy. Te detendrán y...

—No pienso quedarme allí –sacudió la cabeza–. Yo solo... necesito volver a mi casa. Por última vez –lo miró–. Además, llevo muchos años cuidando muy bien de mí misma, ya lo sabes.

Con lo cual carecía de sentido que se preocupara por ella: eso era lo que le estaba diciendo. Él lo entendió. Así que se limitó a asentir con la cabeza y ya no dijo nada más.

Capítulo 21

Lucy tomó un autobús para Binghamton... dando un rodeo por Tombuctú. O esa impresión tuvo ella, porque tardó la mayor parte del día en llegar. Al menos fue capaz de comprar un billete con lo que le quedaba de calderilla, utilizando un nombre falso y convenciendo al taquillero de que había perdido su cédula de identidad y que se encontraba en un apuro. El hombre se había compadecido de ella.

Nunca se había imaginado capaz de embarcarse en un viaje como aquél. Un viaje que había arruinado su vida y su corazón, y que ahora tocaba a su fin después de no haber ganado absolutamente nada en el proceso. Y, sin embargo, no había terminado aún. No del todo. Pensaba llegar hasta el final e intentar arreglar las cosas de la única manera que sabía. Enmendar sus muchos errores.

Pensaba ir a la universidad, a su polvoriento y familiar despacho del sótano, para reencontrarse con sus queridas tablillas de arcilla. Pensaba sentarse allí a traducirlas hasta que encontrara una respuesta o se le acabaran los fragmentos.

O se le acabara el tiempo.

No sabía con seguridad si su casa estaba sometida a vigilancia. Suponía que lo habría estado, en un principio, pero quizá hubieran desistido después de haber esperado durante tantos días a que apareciera. Desde la estación de autobuses consiguió que la llevara un motorista, que la dejó más o menos cerca de su casa. Caminó luego por una calle que corría paralela a la suya, tomó por el corredor que había entre ambas y salió luego a su pequeño jardín trasero.

Permaneció allí durante un buen rato, oculta bajo los árboles, contemplando lo que había sido de su refugio. La diminuta casita de tablas, pintada de un blanco inmaculado, con sus contraventanas negras. Los maceteros de las ventanas estaban desbordados de malas hierbas, al igual que su antaño perfectamente podado césped. Había un buen montón de periódicos en los escalones de entrada. El buzón estaba lleno a rebosar. En conjunto, todo el lugar estaba hecho un desastre.

Pensó que aquella era la imagen exacta de lo que había pasado con su tranquila y organizada vida. Eso también se lo habían quitado. Se había pasado la última semana aterrada, desesperada, entusiasmada... pero viva, añadió para sus adentros. Más viva de lo que se había sentido nunca. Rebosante de emociones y sensaciones que jamás antes había soñado con experimentar. Sensaciones que incluían una tórrida y ciega pasión por un hombre que no se parecía en nada a cualquier otro que hubiera conocido. Ni que conocería nunca.

Indudablemente, James estaría resentido en aquel momento con ella, quizá incluso la odiaría, por haber arruinado su oportunidad de salvar a su pueblo. O, con mayor razón, por las vidas que se habían perdido por culpa de sus estúpidos errores. Primero por haber publicado demasiado pronto su traducción, inconsciente del mortal impacto que tendría sobre la raza de los vampiros. Y, en segundo lugar, y todavía menos excusable, por haber dejado aquel archivo de texto, el libro de Folsom, en su móvil y al alcance de Utanapishtim. No podía deshacer ninguno de aquellos errores. Pero quizá sí podría evitar que las cosas empeoraran aun más.

Desde el callejón en que se encontraba, permaneció durante unos minutos más observando la casa. Luego caminó sigilosamente a la sombra de los árboles para asomarse a su calle. Allí estaba, tal y como había temido: un sedán negro aparcado justamente al otro lado.

Pero aquel seguía siendo su hogar. Y, en aquel momento, lo necesitaba desesperadamente. Así que deshizo el camino y entró en el jardín trasero, agachándose durante todo el tiempo hasta que llegó hasta la puerta.

Insertó la llave en la cerradura, abrió y se deslizó sigilosamente en su casa, sintiéndose tan nerviosa como un vulgar ladrón. Cerrando la puerta a su espalda, se apoyó en ella y suspiró. El alivio de encontrarse de nuevo en su hogar la inundó de golpe. Si pudiera hacerse un ovillo y quedarse justo allí, escondida para siempre...

Pero no podía.

Se movió con extremado sigilo por la casa, sin encender una sola luz y evitando ser vista por las ventanas. Por muchas ganas que tuviera de disfrutar de su refugio, no tenía tiempo. Tenía que moverse rápido, y ser eficaz. Subió las escaleras hasta su dormitorio para recoger ropa limpia y empacar lo más esencial en una mochila que encontró en su armario. Un par de mudas, los papeles más importantes de la maleta de seguridad que guardaba bajo la cama, incluida su partida de nacimiento, la tarjeta de la seguridad social, su pasaporte, sus diplomas. Añadió un cepillo para el pelo y unos deportivos.

Entró luego en el cuarto de baño para tomar una ducha rápida, sin subir demasiado la temperatura del agua para evitar que se empañaran las ventanas de vapor y traicionara así su presencia.

Se recogió la húmeda melena hacia atrás con una banda negra, y guardó después varios artículos más en su mochila. Cepillo y pasta de dientes, desodorante. Lo más básico. Se puso luego unos pantalones de estilo militar y una camiseta negra, con gruesos calcetines acolchados y botas de montaña del mismo color. Completó su atuendo con una gorra caqui de béisbol y gafas de sol.

En el último momento guardó un petate vacío, en caso de que necesitara sacar algunas cosas de su despacho. Finalmente, deteniéndose en la cocina, metió también una caja de barras energéticas y varias botellas de té verde en la ya abultada mochila.

Después de descolgar una chaqueta del perchero de la puerta, volvió a salir al jardín trasero.

—Adiós, casa —susurró—. Me has ayudado mucho —pero había algo en su interior que le decía que había llegado la hora de abandonar aquel pequeño nido. Aquel escondite... porque eso era lo que había sido: un escondite, un capullo en el que secretamente se había escondido de la vida.

Sentía que la mujer que había salido de aquella casa no era la misma que la que la había abandonado tan poco tiempo atrás. Para nada. Ahora sabía cosas, había visto cosas que nunca había sabido ni visto antes. Había llegado a comprender cosas inimaginables. Había cambiado su visión de lo que era bueno o malo en el mundo. Había conocido todos los matices del gris, que no un crudo paisaje en blanco y negro.

A veces los fines justificaban los medios: James le había enseñado eso. Y le había enseñado, también, que seguía habiendo verdaderos héroes en el mundo. Él precisamente era uno de ellos, Lucy no tenía ninguna duda al respecto, por muy fútiles o contraproducentes que hubieran sido sus esfuerzos. Porque James había fracasado. Y creía que eso demostraba que las dudas que ella había albergado sobre él habían estado justificadas.

Pero ella sabía ahora que se había equivocado. James era un verdadero héroe: esperaba poder tener la oportunidad de decírselo algún día. Deseaba haber podido hacerlo aquella última vez, cuando tuvo que despedirse de él. Pero el dolor que había sentido en aquel momento la había dejado muda.

Estaba enamorada de él. Ahora estaba segura de ello.

Su bicicleta estaba apoyada en un lateral de la casa. La necesitaba, ya que le permitiría moverse con mayor rapidez y comodidad. Dejó su mochila en el suelo y se tendió boca abajo en el césped, para arrastrarse pegada al muro y alcanzar la rueda delantera. Fue acercando la bicicleta hacia ella lentamente, centímetro a centímetro, evitando cualquier movimiento brusco que pudiera traicionarla.

Finalmente se hizo con ella y, de vuelta en el jardín trasero, se incorporó de nuevo. Volvió a colgarse la mochila y se alejó por el callejón. Solo montó una vez que estuvo en la calle paralela, para dirigirse a la universidad. Y rezó durante todo el camino para poder confundirse con los estudiantes y acceder así al sótano del edificio sin que la descubrieran.

–Damien, gracias a Dios que te he encontrado... –James se quedó mirando aliviado al hombre que acababa de abrirle la puerta–. ¿Pero cómo es que has vuelto aquí, a tu propia casa? ¿Acaso no eres consciente del peligro que estás corriendo?

Damien, el primer vampiro verdadero, el antiguo rey Gilgamesh, lo miró con expresión sombría al tiempo que señalaba las maletas apiladas detrás de él. Cerró la puerta en cuanto hubo entrado James.

–Soy consciente y tomo precauciones. Shannon se ha quedado allí por seguridad, en caso de que los vigilantes terminen localizándome.

–¿Que se ha quedado...? –James cerró los ojos–. ¿Dónde?

–¿Qué?

–¿Dónde se ha quedado Shannon, Damien?

–En la isla, por supuesto. Quería venir conmigo, pero yo no se lo permití. Allí estaba a salvo.

–¿Y no has vuelto a saber nada de ella desde entonces?

–Acordamos no usar la comunicación mental como tú bien sabes, James –de repente entrecerró los ojos–. ¿Por qué? ¿Qué diablos está pasando?

James bajó la cabeza.

–Utanapishtim... está vivo. Yo... yo lo resucité.

–Por todos los dioses...

–Lo llevé a la isla. Pero él no... no está bien. No está en sus cabales, y se hizo con una copia del libro... aquel maldito libro de Folsom, y...

–¿Y qué? –Damien lo agarró de los hombros, mirándolo fijamente a los ojos–. No pudo haberlo leído... ni siquiera conoce la lengua.

–Ahora sí. Absorbe el conocimiento por contacto. Y, al parecer, se creyó lo que decía el libro.

–¿Y qué decía, exactamente?

–Que él había sido maldito por los dioses por haber creado la raza de los vampiros... y que solo podría redimirse borrándola de la faz de la tierra.

Damien esperó. En sus ojos había empezado a dibujarse ya lo que James estaba a punto de decirle.

–Atacó a su propia gente... los refugiados de la isla. Él... posee las mismas capacidades que Brigit. Puede fulminar cosas con el rayo de energía que proyectan sus ojos y...

–¿Dónde está Shannon? –de inmediato, Damien cerró los ojos y la convocó mentalmente.

–No te respondería ni aunque estuviera viva. No se arriesgará a descubrir la localización de la isla a los mortales.

Damien asintió, dándole la razón.

–Entonces tendrás que decírmelo tú. ¿Hubo supervivientes?

–Sí –respondió James con un nudo en la garganta–. Pero muchos fueron asesinados. Ni siquiera sé lo que fue de mi propia familia. Solo sabemos que un grupo escapó para dirigirse a la otra punta de la isla. Y que Utanapishtim abordó un yate y enfiló a tierra firme, en lugar de salir en su busca. Supuse que vendría directamente para acá.

—¿Por qué? ¿Qué es lo que querría de mí?

James se encogió de hombros.

—En el mismo pasaje del libro que hablaba de que solo podría redimirse exterminando a todos los vampiros, se decía también que necesitaría empezar primero por el mayor de todos. Y ese eres tú.

—Así que *vendrá* aquí.

—Si te localiza. Y parece que nos percibe a todos. Puede percibir a los vampiros, identificarlos. Y creo que también asumir sus poderes —lo miró a los ojos—. Me temo que, de hecho, ya los tiene.

Damien parpadeó asombrado.

—Y hay más —añadió James.

—No lo dudo. Y sé que te estás esforzando mucho por salvar a tu pueblo, a nuestro pueblo... pero en este momento mi única preocupación es Shannon.

—Los fragmentos perdidos de la tabilla, Damien... alguien los hizo desaparecer deliberadamente. La DPI los tiene, y dejaron el resto sabiendo que algún día serían traducidos y que nosotros llegaríamos a la conclusión de que Utanapishtim era nuestra única solución para salvar a nuestra raza. Pero lo cierto era precisamente lo opuesto. Resucitarlo significó provocar nuestra propia destrucción. Y yo lo hice, Damien. Yo lo hice. Yo les entregué a Utanapishtim para que os destruyera.

Suspirando, Damien le apretó los hombros.

—Tú no tenías manera alguna de saberlo. A mí también me engañaron, James. Y yo soy mucho más viejo y experimentado que tú.

—Dejé que mi vanidad...

—¡Bah! Tú eres el mejor de todos nosotros. Siempre lo has sido. Tú no hiciste esto por vanidad, James. Lo hiciste para salvar a tu gente porque sabías que era tu destino. Y te diré una cosa más, amigo mío: tu misión aún no había terminado —parpadeando extrañado como si se hubiera acordado de algo, le preguntó—: Y hablando de destino... ¿dónde está tu profesora?

—Se fue —desvió la mirada—. Hizo todo lo que pudo por nosotros... y ahora se ha marchado para intentar reconstruir su vida. O lo que queda de ella. Otro rastro de destrucción que he dejado a mi paso, me temo.

—No. Y tú no has terminado aún con ella, como tampoco has terminado con tu misión —le dio una fuerte palmada en un hombro—. Tengo que volver a la isla. He de encontrar a Shannon. No tengo tiempo para esperar aquí a que aparezca Utanapishtim.

—Si está decidido a encontrarte, te perseguirá a donde vayas. Te seguirá hasta la isla y terminará lo que empezó allí. Está loco, Damien.

—No me extraña. Ya lo estaba cuando lo conocí. Y murió poco después, así que no debió de cambiar tan...

—Nunca llegó a morir. Estuvo consciente, despierto, pero enterrado en vida. Siguió viviendo incluso después de que incineraran su cuerpo.

—¿Durante cinco mil años? —al ver que asentía con la cabeza, añadió—: Resucitaste a un monstruo. ¿Te das cuenta de ello?

—Cometí un error. Ahora lo sé.

—¿Y esperas que me quede aquí a esperar a que venga a por mí? ¿Sin saber siquiera si mi mujer está viva o muerta? ¿Y con las autoridades movilizando todos sus efectivos contra nosotros?

James parpadeó asombrado.

—¿Qué autoridades?

—Diablos, veo que no lo sabes. Hoy mismo, mientras dormíamos, el portavoz de la Casa Blanca afirmó que el gobierno reconocía formalmente la existencia de los vampiros. Y leyó un comunicado del propio presidente pidiendo a los vigilantes que cesaran en sus ataques.

—Eso no es más que una trampa.

–Indudablemente –convino Damien–. Han dictado órdenes de busca y captura para cada vampiro que se encuentre en el país... para protegernos, según dicen. Mantienen que nos han habilitado una casa de seguridad, y que quieren parlamentar con nuestros líderes. Nos piden que confiemos en ellos, han prometido que arrestarán a los vigilantes y que los procesarán por violación de nuestros derechos civiles.

–¿Y tú les crees?

–No, y acabo de enviar una declaración grabada en audio a una cadena local de televisión diciéndoselo precisamente. Me preguntaron por qué no podía mandarles un video –se sonrió como maravillado de la ignorancia de los mortales.

–Yo creía que todo el mundo sabía que los vampiros no aparecían en fotos ni películas...

–Pues parece que no todos. Pero los mortales no son tan estúpidos. Mientras tanto han estado acosando sigilosamente a miembros de los Elegidos.

–¿Qué? –James se había quedado estupefacto.

–Detesto hasta imaginarlo, pero llevan días desapareciendo: gente normal, con vidas perfectamente normales. El único denominador común de esas desapariciones es que todos comparten el antigeno. Es probable que ni siquiera ellos mismos sepan lo que eso significa. Oí también que piensan entrar en el campus de tu profesora para incautarse de los fragmentos de tablillas que pueda haber allí. Lo consideran información de alto interés nacional, según la Ley Patriótica.

–¿Cuándo? –inquirió James con el corazón encogido.

–Esta noche. ¿Por qué?

–Dios mío, no...

–¿Qué pasa?

–Lucy... creo que es más que probable que esté allí. En la universidad.

–Pues tienes que ir a buscarla, James. Y yo tengo que

viajar a esa isla y encontrar a Shannon –volviéndose para recoger una única mochila de todo su equipaje, Damien se dispuso a abandonar la casa.

Pero James lo detuvo poniéndole una mano en el hombro.

–Tenemos que encontrar a Utanapishtim, Damien. Tenemos que matarlo.

–¿Y cómo sugieres que hagamos eso? Matarlo, quiero decir.

–Lucy pensaba que la respuesta a esa pregunta estaría precisamente en aquellas tablillas... las piezas que aún no habían sido traducidas. Pero tú deberías saberlo, ya que lo hiciste la primera vez.

Damien asintió.

–Fue decapitado.

–Entonces consígueme un hacha.

Damien se quedó mirando a James como si fuera la primera vez que lo veía; luego salió de la casa y rodeó una esquina para acercarse a un montón de leña. Sacó un hacha del tocón en el que estaba clavada y se la tendió:

–Yo creía que eras un sanador, James. El gemelo bueno.

–Lo era. Pero él me quitó ese don.

–¿Estás seguro?

–Confiaba en estar equivocado, pero... sí eso creo. Sé en qué momento pudo haberlo hecho. Y después...

–Eso no importa. Sigues siendo bueno, no puedes dar la espalda de golpe a tu propio código moral de conducta. Créeme, yo lo sé.

–Mi presunta bondad ha costado las vidas de incontables vampiros. Quizá incluso la de mi propia familia. Estoy cansando de ser bueno –tomó el hacha de las manos de Damien.

–Quiero que te olvides de esto, James. Quiero que vayas a la universidad y encuentres a tu Lucy. Has hecho todo lo que has podido. Y tienes que saber que hay cosas más importantes que lo que llamas el bien supremo.

–¿Qué puede haber más importante que salvar a nuestra gente, Damien?

–El amor, James. El amor es más importante. Yo he vivido más que nadie en este planeta, aparte del propio Utanapishtim, y eso es lo único de lo que estoy seguro. El amor es... lo es todo, James. Todo.

James sintió que aquellas palabras se hundían en su corazón como flechas al rojo vivo, para permanecer allí clavadas, desangrándolo.

–Brigit partió en busca de los refugiados de la isla. Su intención era localizarlos, ayudarlos y volver luego conmigo. Esa será su primera parada. Cuando los encuentre, podrá darte noticias de Shannon. Dale otro par de horas de margen, ¿te parece?

–Bien.

James miró entonces el hacha.

–¿Seguro que no necesitarás esto?

–Tengo más. Si viene a por mí, estaré preparado. Vete ya. Encuentra la solución a esto si puedes, pero recuerda lo que te he dicho. Resuelve *esto* primero –le dijo, señalándose el corazón.

Capítulo 22

Lucy dejó su bicicleta en el aparcamiento más cercano a la Facultad de Arqueología y Antropología y caminó por entre los escasos coches que allí había, esperando que no la reconociera nadie. Al pasar por delante de uno, vio su propia imagen reflejada en la ventanilla y se detuvo tambaleante. No, no la reconocería nadie... porque apenas se reconocía ella a sí misma.

Pero era su propio reflejo el que le devolvía la mirada. Aunque no el antiguo, el de siempre. Nada que ver con la tímida, introvertida, erudita y habitualmente nerviosa profesora. Aquella mujer que la miraba era una aventurera, una vengadora, una mujer que se codeaba y luchaba al lado de vampiros.

Y en ese momento se estaba esforzando precisamente por salvar a aquella raza, que era lo mismo que James había intentado hacer. ¿En qué clase de persona se había convertido? ¿Acaso se había dejado contagiar por sus delirios de grandeza, infectar por su preciosa causa? ¿O se debería más bien a su tendencia a asistir a los desamparados y a solidarizarse con cualquier ser que sufriera persecución por ser diferente? Al fin y al cabo, ella siempre había sido diferente, también.

En aquel momento solo sabía que tenía que intentar compensar el daño que le había hecho a James, el trastorno que había provocado en sus planes. En su destino.

Continuó caminando. El edificio estaba cerrado por la temporada de verano, pero disponía de una llave. Todos los profesores del departamento tenían una para poder entrar y salir cuando lo necesitaran, aunque el uso de los despachos durante aquellos meses estaba desaconsejado. Era entonces cuando los equipos de limpieza se apoderaban del lugar, fregándolo todo a fondo, repintando cuando era necesario y reparando los suelos.

Se encaminó hacia la parte trasera, evitando la puerta principal, y rodeó el muelle de descarga con su gran portón, por el que entraban y salían varios trabajadores vestidos con monos. La pequeña puerta lateral, abierta en el muro de ladrillo y mucho más discreta, sería más adecuada. Deslizó su tarjeta en la cerradura y enseguida estuvo dentro, sin que nadie se hubiera apercibido de nada.

Evitó también con facilidad a los trabajadores mientras se dirigía a la escalera, y procuró hacer el menor ruido posible mientras abría la puerta y descendía al sótano. A sus dominios.

Tuvo que volver a usar su tarjeta para entrar en la mezcla de despacho y almacén que contenía todas las tablillas de arcillas por traducir. Contuvo el aliento nada más entrar, aunque solo tomó conciencia de ello cuando lo dejó escapar poco después, aliviada. Y era porque había esperado experimentar la misma extraña sensación que la había asaltado al entrar en su casa: la de un lugar al que había dejado de pertenecer. La de una etapa de su vida superada.

Pero la verdad era que seguía sintiéndose muy cómoda en aquel lugar. Encajaba perfectamente: tan bien como el viejo sombrero fedora que solía ponerse su padre. Ella nunca se había sentido merecedora de lucirlo, por cierto; pero lo conservaba en casa, sobre la chimenea, colgado sobre una fotografía enmarcada en la que aparecía ella con sus padres, posando los tres en el desierto.

Procuró desterrar aquellos dolorosos recuerdos familiares, ignorando por qué habían decidido asaltarla justo en aquel momento en que había tanto en juego. Vidas en juego, que solo ella podría salvar. O no.

Dejó su mochila sobre una silla, encendió las luces y se acercó a la pared del fondo, ocupada enteramente por archivadores. Flanqueaban una segunda puerta que llevaba a zonas del sótano donde nunca se internaban los alumnos y, al final, al muelle de descarga.

Cada cajón de los archivadores estaba etiquetado con un código alfanumérico en el que figuraba el yacimiento y la fecha de excavación. Conocía especialmente bien la sección de 1954, en el norte de Iraq. Se había pasado la mayor parte del tiempo trabajando con los cientos de tablillas que guardaba.

De hecho, había pasado incontables horas revisando fragmentos en busca de los que podrían pertenecer a la tablilla que había traducido. La que le había regalado su minuto de gloria antes de trastornar y destruir por completo su vida anterior. Había cerca de un centenar que quedaban por revisar. Sacó aquel cajón, lo llevó a la mesa y procedió a sacar cuidadosamente cada pieza. Tomó luego su lupa de gran aumento y su cepillo de cerdas duras, se caló su linterna frontal y se instaló en su silla de siempre.

En un gesto automático, buscó sus gafas antes de recordarse que ni las tenía ni las necesitaba. Gracias a James. El recuerdo de sus manos sanadoras la invadió por un momento, cálido y reconfortante. Se le llenaron los ojos de lágrimas al evocar la expresión de su rostro, pero se apresuró a enjugárselas.

Transcurrió un buen rato. Seguía allí, inclinada sobre un fragmento en el que había reconocido el nombre original de Utanapishtim, Ziasudra, cuando oyó voces en el pasillo.

—Abra esta puerta.

El tono era autoritario. Había escuchado antes aquella voz masculina... ¡el hombre de la cicatriz! Se levantó mientras recogía puñados de fragmentos de tablillas y se los guardaba en los bolsillos a toda prisa.

–Los objetos de esta habitación no tienen precio –oyó otra voz familiar, la de Frank Murray, uno de los decanos de la universidad–. Y puedo asegurarles que a ustedes no les servirán de nada. Sólo hay un puñado de gente en todo el mundo capaz de traducir...

–He dicho que abra la puerta.

–Ya voy...

Recogiendo su mochila, Lucy salió por la segunda puerta que cerró sigilosamente a su espalda. Dándose cuenta de que todavía llevaba el frontal, se lo arrancó y caminó rápidamente por el sótano hacia el muelle de descarga del fondo, por desgracia lleno de trabajadores en aquellos momentos.

Podía escuchar al hombre de la cicatriz y al decano detrás de ella; el primero estaba gritando, muy alterado. Evidentemente se había dado cuenta de que alguien más había estado en aquella habitación. No tardaría en perseguirla.

Subió la rampa que llevaba al muelle y, nada más salir, se escondió detrás de un camión grande que se hallaba aparcado. Era de noche, pero los trabajadores seguían allí. Solían hacer largas jornadas durante los meses de verano, para dejarlo todo preparado a la vuelta de las vacaciones. Nadie la había visto. Pero el hombre de la cicatriz se acercaba, seguido de una media docena de hombres. Tenía que desaparecer de allí.

Tomando una rápida decisión, se encaramó al estribo del camión, abrió la puerta del pasajero y se metió en la cabina. Se sentó en el suelo, entre los asientos, sin levantar la cabeza. Instalada de aquella incómoda manera, procedió rápidamente a transferir los fragmentos de tablilla de los bolsillos a la mochila. Guardó también allí su frontal y abrió otro compartimento para sacar su gorra de béisbol y sus gafas de sol.

Mientras lo hacía, detectó algo por el rabillo del ojo. Cuidadosamente guardados en una caja bajo el asiento, descubrió un par de monos de trabajo, unas gafas de protección y un casco de obrero. Se dispuso a ponerse el mono sobre su ropa, sonriéndose. Quizá lo de jugar a los héroes no fuera tan difícil, al fin y al cabo...

Quince minutos después bajaba del camión para dirigirse a los grupos de trabajadores, en lugar de rehuirlos, vestidos como iban todos de la misma guisa que ella.

–Quiero que registréis toda la zona –estaba ordenando el hombre de la cicatriz a tres de sus subordinados–. La profesora Lucy Lanfair es una fugitiva, y creo que la tenemos acorralada. ¡Vamos!

Lucy procuró mezclarse con los trabajadores hasta que vio que los agentes empezaban a interrogarlos uno a uno. Los trabajos habían cesado y los hombres de traje los fueron reuniendo en pequeños grupos alrededor del camión. Ella misma se encontró en uno de ellos.

–Muy bien. De aquí no se irá nadie sin que antes lo hayamos interrogado –anunció uno de los agentes–. No cometan ninguna tontería. Tenemos gente apostada en cada una de las salidas del campus. No les quitaremos mucho tiempo: considérenlo una forma de ayudar a su país. Una vez hayamos acabado, podrán marcharse inmediatamente.

De repente fue interrumpido por otro hombre, que salió del edificio con un pequeño grupo detrás.

–El edificio está limpio, señor. No hay nadie dentro.

–Id al siguiente –volvió a concentrarse en los trabajadores y señaló a un trabajador–. Tú serás el primero. Ven aquí.

Mientras el obrero se separaba del grupo, mascullando entre dientes, los otros se dedicaron a fumar a la vez que se quejaban de aquella última arbitrariedad del gobierno.

Lucy estaba atrapada. No podía marcharse sin que la interrogaran, y si la interrogaban, la descubrirían. Maldijo para sus adentros. ¿Qué podía hacer?

Entonces se le ocurrió algo. Los agentes del gobierno habían terminado de registrar el edificio, con lo que era más que probable que no volvieran a entrar. Así que si ella se las arreglaba para hacerlo, estaría a salvo: sería el último lugar en el que esperarían encontrarla.

Lo único que necesitaba, en realidad, era una distracción. Una manera de que focalizaran su atención en otra cosa mientras ella volvía a entrar en el edificio.

Segundos después, su deseo se vio satisfecho... pero de la peor manera posible.

–¿Qué diablos...? –exclamó alguien, y de pronto todas las cabezas se volvieron hacia el coloso de tez cobriza que se dirigía hacia ellos, vestido únicamente con una sábana.

Utanapishtim. ¿Qué estaría haciendo allí?

–¡Tú! –dijo uno de los de traje, señalándolo–. Quieto ahí. ¿Adónde diablos te crees que vas?

Utanapishtim entrecerró los ojos.

–A donde me da la gana, humano.

–Con que esas tenemos, ¿eh? –el agente se llevó una mano a la pistola–. Vas a tener que enseñarme tu documentación, amigo.

El rayo de luz surgió sin previo aviso. El agente federal se quedó inmóvil mientras su cuerpo empezaba a vibrar, aunque solo por un instante... porque enseguida explotó, escupiendo fragmentos por todas partes.

–Diablos –musitó Lucy mientras todo el mundo se ponía en movimiento, corriendo a refugiarse. Ella también corrió, agachándose, de regreso al edificio: nada más entrar, apoyó la espalda en la puerta. Jadeante, terriblemente asustada, se quitó el casco y las gafas de protección, que arrojó a un lado.

Cerró los ojos cuando escuchó el tiroteo. Odiaba tanto las armas...

Casi al momento, una sucesión de explosiones hizo temblar el edificio como si se tratara de una cadena de terremotos. En un impulso, se dirigió a su querido despacho del sótano... y casi lloró ante lo que vio allí.

Todos los cajones del archivador habían sido vaciados. Los cajones estaban regados por el suelo, boca abajo, desaparecido su contenido. Los hombres del gobierno tampoco habían sido muy cuidadosos. No habían tenido tiempo. Debían de haber volcado los montones de tablillas en cajas o sacos para transportarlas, rompiendo algunas. De esa manera, información probablemente crucial se había perdido para siempre. Una sola línea de caracteres podía cambiar completamente el significado de una traducción.

El daño sería irreparable. Para no hablar de las incontables horas de trabajo que había empleado en seleccionar y catalogar cada fragmento. Años de labor desperdiciados. Perdidos.

A excepción de aquellas pocas decenas de piezas que había logrado esconder en su mochila.

Sobreponiéndose al dolor, se dirigió hacia la puerta del pasillo. Su intención era subir las escaleras e intentar encontrar alguna salida o, por lo menos, algún lugar donde esconderse.

Pero antes de que pudiera abandonar el sótano, la puerta trasera saltó de sus goznes. Se giró en redondo, aterrada. Utanapishtim estaba allí, frente a ella.

Tomando aire, intentó dominar su temblor y lo miró a los ojos, con la barbilla bien alta.

—¿Cómo me has encontrado?

—Yo... —juntó las manos—, absorbí todo el conocimiento de la caja pequeña... en tu bolso.

Su móvil. Lucy asintió.

—Mi dirección, la del campus, probablemente mi agenda entera —cerró los ojos, sacudiendo lentamente la cabeza—. Nunca se me ocurrió —tragó saliva y se aclaró la garganta—. Si has venido a matarme, tengo una última voluntad, gran rey. Quiero que escuches mis palabras antes de morir. Porque eres víctima de un enorme equívoco.

—Yo no busco tu muerte, Lucy. Pero... deseo escuchar esas palabras.

—El libro que encontraste, el que leíste en la caja pequeña que sacaste de mi bolso... contenía tantas mentiras como verdades.

–Se llamaba *La verdad*.

–Cualquiera puede titular así un libro. No es más que un nombre. Yo podría llamar a mi perra «Inanna». ¿Lo convertiría eso en una diosa? –vio que se la quedaba mirando ceñudo, con expresión perpleja, y se dio cuenta de que estaba hablando demasiado rápido. Decidió ir más despacio–. La persona que escribió aquellas palabras odiaba a tu gente. Ese hombre se pasó la vida entera intentando exterminar a los vampiros. Pero ellos no son los monstruos que él decía que eran.

Utanapishtim bajó la cabeza, sin dejar de mirarla.

–Yo... los creé. Yo... desafié a los Anunaki, y sufrí... su ira durante cinco mil años.

–Lo sé, Utanapishtim, pero...

–¿Por qué me castigaron los dioses... si resulta que los vampiros eran buenos?

No tenía sentido decirle que los Anunaki no existían. Hasta ella misma lo dudaba, de hecho...

–Yo no conozco a los dioses, Utanapishtim. Pero conozco a tu gente, a tu pueblo. Yo solía pensar lo mismo que tú, pero ya no. Son buenos. Y son tuyos. Tienen tu misma sangre. Son tus hijos, Utanapishtim...

–Yo... no puedo desobedecer a los dioses. Otra vez... no –se estremeció mientras hablaban–. No volverán a condenarme a la muerte en vida. Yo solo quiero... la libertad –la miró–. Ya me reuniré con mis hijos en el otro mundo. En la tierra de los muertos. Es allí donde ellos pertenecen... y yo también.

Su dolor resultaba palpable en cada palabra. Le aterrorizaba la posibilidad de volver a aquel estado de muerte en vida. No era de extrañar que estuviera tan deseoso de exterminar a los suyos: todo con tal de no correr aquel riesgo.

–No tienes por qué destruirlos. Creo que podemos encontrar una manera de liberarte de esa maldición, si tú me permites...

–¡Basta! –rugió, y Lucy dio un respingo, alzando una mano para cubrirse la cara como si así pudiera protegerse de su rayo letal.

Pero el coloso se detuvo, lanzándole una mirada cargada de tristeza.

–No he venido a por ti, Lucy. Tú... sigues siendo una humana. He venido a por James.

–Él no está aquí.

–Lo estará pronto.

–¿Qué te hace pensar...?

–¿Adónde iría si no? ¿Es que no lo conoces, mujer? Tuyo es... su corazón.

Lucy parpadeó con los ojos llenos de lágrimas y desvió la vista.

–Te equivocas.

–No se equivoca –era James. Había entrado sigilosamente detrás de Utanapishtim y se encontraba en aquel instante junto a la puerta trasera, con un hacha en la mano–. Se equivoca en muchas cosas, pero en eso tiene toda la razón.

–James...

Susurró su nombre en un sollozo, deseosa de correr hacia él pero temiendo al mismo tiempo moverse.

–Has asesinado a muchos inocentes, Utanapishtim. La carnicería de ahí afuera es... brutal.

–Pero necesaria –el rey bajó ligeramente la cabeza y alzó una mano como para llevársela a la frente, deteniéndose en el último momento–. Ellos intentaron atraparme.

–Pudiste haberte escondido, esperar a tenderme una emboscada en algún lugar. Eso habría sido preferible a exterminar a tanto inocente.

–Yo... no tenía tiempo.

–Tenías todo el tiempo del mundo. Somos inmortales, y lo sabes. ¿Es que no te das cuenta, Utanapishtim? No estás pensando con claridad. Algo te pasa.

El coloso alzó rápidamente la cabeza y entrecerró los ojos.

–¿Tú... cuestionas las decisiones de tu rey?

–Tú no eres mi rey, Utanapishtim. Nunca lo fuiste.

–No lo provoques... –susurró Lucy. Había empezado a moverse, pegada a la pared, en un intento por acercarse a donde se hallaba James.

–Creías que no había pensado en esto, ¿verdad, James de los vampiros? Pues lo he hecho. Mi decisión está tomada.

–¡Has pensado en esto con una mente enferma, Utanapishtim! Estar encerrado durante tantos siglos, cautivo en aquella estatuilla de piedra, ha trastornado tu cerebro...

–Nada trastorna el cerebro de un rey. Yo soy como los Anunaki.

–Lo sé. Yo también creía que era como un rey. Durante un tiempo, estuve convencido de ello. Me dejé llevar por la vanidad. Pero no soy un dios, sino un hombre. Al igual que tú. Eres un hombre, Utanapishtim, y te has convertido en un asesino de inocentes. Lo que planeas hacer es un genocidio, y debes detenerte ahora mismo.

–Los dioses exigen...

–¡No me importa lo que los dioses exijan!

–¡Pues entonces muere! –el rey entrecerró de nuevo los ojos, que esa vez empezaron a brillar, fijos en James.

Pero Lucy salió disparada como un cohete, interponiéndose en la dirección del rayo de luz. Un único pensamiento, un único sentimiento la animaba: el de no poder ver cómo el hombre al que amaba saltaba en pedazos.

Lo último que oyó antes del zumbido que amenazó con reventarle la cabeza fue a James gritando su nombre.

Capítulo 23

James se había preparado mentalmente para resistir el impacto cuando los ojos de Utanapishtim comenzaron a brillar. Hasta que, como en una pesadilla proyectada a cámara lenta, vio a Lucy arrojarse en el camino del rayo letal.

Justo cuando se abalanzaba hacia ella, gritando su nombre, Lucy recibió el impacto del rayo de luz. Su cuerpo quedó rígido y empezó a vibrar. James se apresuró a sujetarla, advirtiendo de paso que la expresión de ira de Utanapishtim se había trocado en otra de horror, apagado ya el brillo de sus ojos.

Fue entonces cuando otro rayo surgió de detrás de James para impactar en el pecho del coloso, lanzándolo con fuerza contra la pared del fondo. De inmediato se volvió para descubrir sorprendido a su hermana... que entró en la habitación como una guerrera vengadora, hirviendo de furia.

Utanapishtim yacía en el suelo, derrotado, sorprendido, consternado incluso.

–Yo no quería hacerle daño... A Lucy no... –murmuraba.

Y añadió algo en sumerio. O en lo que James suponía era sumerio. No le importaba. Volvió a concentrarse en Lucy, arrodillándose rápidamente junto a ella. La levantó en brazos y le subió la camiseta, que estaba toda chamuscada. Su vientre presentaba una fea quemadura, una gran mancha negra, humeante, bajo la que se distinguía la carne viva.

De repente abrió los ojos y lo miró.

–Podrás curarte. Yo sé que podrás.

Sintió que se le llenaban los ojos de lágrimas, del miedo que tenía de no poder hacerlo. Colocó las manos sobre su vientre y esperó a que apareciera la luz. Cuando no lo hizo, parpadeó rápidamente varias veces.

Apareciendo por detrás, Brigit le puso una mano en el hombro.

–Hazlo, J.W. ¿A qué esperas?

–Lo estoy intentando.

–Pues esfuérzate más, hermanito. Se está muriendo.

Lo intentó, se concentró, rebuscó en su interior la fuente de energía que siempre había sido capaz de liberar, de canalizar, de proyectar sobre aquellos que la necesitaban. Y por segunda vez desde que tenía memoria, encontró un vacío. No había nada.

–No... puedo. Él me arrebató el don, allá en el yate. Lo descubrí cuando intenté curarte aquella vez en la iglesia y no pude... Lo que ocurría es que me resistía a creerlo.

Brigit se lo quedó mirando con los ojos muy abiertos mientras procesaba la información. Apretando los labios, asintió con gesto decidido.

–Pues vas a tener que hacerlo de la otra manera, hermano mayor.

–¿Qué otra manera? –de repente comprendió lo que quería decir–. Oh, no. Ni siquiera sé si puedo. O si ella querrá –lanzó una mirada en dirección a Utanapishtim, y solo entonces descubrió que había desaparecido–. Él me quitó mi poder, con lo que podrá usarlo... ¡Utanapishtim! ¿Dónde estás?

–Diablos, se ha largado. Voy tras él –dijo Brigit–. Mientras tanto, será mejor que se lo preguntes a ella, mientras todavía es capaz de contestarte. Es tiempo de sacar los colmillos o de callar para siempre, J.W.

–¡Espera, Brigit! Yo nunca...

Pero ya se había marchado. Y James quedó allí solo sosteniendo a la mujer que amaba. Sí, la *amaba*. Ahora lo sabía. Y ella se estaba muriendo. Se estaba muriendo en sus brazos.

–Lo siento, James –susurró Lucy–. No podía resignarme a destruir ese estúpido libro de Folsom. Los libros siempre han sido muy importantes para mí. Pero ahora sé que hay algo muchísimo más importante.

–El amor –dijo él–. El amor es más importante.

Lucy sonrió levemente, cerrando los ojos.

–Lo siento tanto... Lo he estropeado todo.

–No es verdad.

–Sí que lo es. Y ahora yo me estoy muriendo, tú has perdido tu poder y... todo podría haber sido tan maravilloso... –cerró los ojos, con las lágrimas brillando en sus largas pestañas–. Te amo, James.

–Yo también te amo.

–Ojalá pudiera quedarme contigo... Ahora me doy cuenta. Durante años me he sentido tan culpable de que mis padres murieran y yo no... Pero ahora... ahora entiendo que, si hubiera sido al revés, ellos no lo habrían soportado. Ahora entiendo lo que es amar a alguien más que a la propia vida. Estar dispuesta a sacrificarlo todo por otra persona. No habría podido vivir si hubieras muerto, James. Me siento tan feliz, tan orgullosa de haber sido capaz de evitarlo... de haber sido una heroína por una sola vez en mi vida –sonrió a través de las lágrimas–. Ahora sé lo que sintieron mis padres cuando murieron por mí. Seguro que murieron contentos de haber podido salvarme. Y es tan maravilloso poder entenderlo al fin, comprender lo que hicieron... Y todo gracias a ti, James. No soy una cobarde, después de todo.

James podía sentir el ardor de las lágrimas que resbalaban por su rostro.

–Tú nunca fuiste una cobarde... –al ver que empezaba a desmayarse, sacudió la cabeza–. No puedes abandonarme –susurró– No quiero seguir adelante sin ti, Lucy. Ni siquiera sé si podré. Tú eres... como la parte de mi persona que siempre he echado en falta. Tú me entiendes como ningún otro ser... y yo puedo convertirte en uno de nosotros. Uno de ellos. Tú eres una Elegida. Y eso quiere decir...

–Sé lo que quiere decir.

–Yo nunca he... pero puedo intentarlo.

Lucy volvió a abrir los ojos y se lo quedó mirado fijamente.

–Confío en ti. Confío en ti con mi vida, mi eterna e inmortal vida, James. Y me sentiría más que honrada de incorporarme a tu pueblo y a tu gente.

James cerró los ojos y convocó mentalmente la parte vampírica de su alma. Sintió que se le ajustaba la mandíbula para acomodar los largos colmillos, afilados como navajas de afeitar. Sintió el hambre incontenible que se imponía a su conciencia, a su buen juicio. Al bajar la mirada, descubrió en sus ojos el rojizo reflejo de los suyos. Por primera vez dio gracias a los dioses por aquella sobrenatural parte de su ser, la inmortal. Por primera vez amó y se reconcilió con aquella parte de sí mismo que durante tanto tiempo había rechazado y se había esforzado por ignorar. La parte que había odiado durante toda su vida.

La sed de sangre rugía en sus venas, y por primera vez la aceptó, en lugar de reprimirla con un sentimiento de asco: se rindió, se entregó a ella. Dejó que lo poseyera, lo excitara, lo devorara. Fue, en aquel instante, un verdadero vampiro. Y le encantó, algo que nunca antes le había sucedido. Porque solamente aquello lograría salvar la vida de Lucy. El vampiro que había en él era la única razón por la que podría conservarla.

Se inclinó sobre su cuello con un ronco gruñido de deseo. Abrió la boca y se lo lamió, acariciándole la piel con los dientes. Presionándoselo apenas, sintió el rumor del río de sangre que fluía por sus venas. Sintió su latido cada vez más rápido, mientras ella esperaba. Su corazón se aceleraba como el de un animalillo asustado, y eso le gustó. Solo entonces hundió los colmillos en su sangre y se embebió de ella.

La sensación fue exquisita. Su sangre lo llenó, calentando su cuerpo, tronando a través de su ser, convirtiéndose en poder, en energía, en fuerza. Retirándose, echó la cabeza hacia atrás y rugió como un león que celebrara la captura de una presa. Luego volvió a mirarla.

Estaba pálida como un fantasma y su pulso se había reducido hasta casi apagarse. La había consumido, secado.

Recogió el hacha que había dejado caer a su lado y deslizó la muñeca de la otra mano por su filo, cortándose una vena, para luego acercarla a la boca de Lucy.

–Mi sangre es tu sangre. Mi vida, tu vida. Bebe, Lucy. Bébeme y vuelve luego conmigo, amor mío.

Epílogo

Todo era diferente para cuando Lucy volvió a abrir los ojos y se encontró en los brazos de James. Él era diferente. Más fuerte, más triste, más sabio... y todo ello se reflejaba en sus ojos. Había aceptado a la bestia que habitaba en su interior. Se había reconciliado con ella para salvarle la vida.

Estaba, de hecho, descubriendo aquella parte vampírica de su ser casi al mismo tiempo que ella.

Porque ella también era diferente. Muy diferente.

—Me siento tan... rara.

—Lo sé —la acunó en sus brazos—. Has cambiado. Ahora eres una vampira.

Alzó la cabeza y parpadeó asombrada, mirando a su alrededor.

—Ya no estamos en la universidad.

—No. Tuviste que dormir el sueño de los inmortales mientras la transformación terminaba de hacer efecto. Y ahora estamos en la isla, pero no por mucho tiempo.

Sentándose, Lucy descubrió un fuego de campamento muy cerca de ella. Rhiannon removía las brasas con un palo, pensativa. Vio también a los otros. Los padres de James y de Brigit se encontraban allí: Edge y Amber Lily. Willem y Sarafina. La propia Brigit y varios más, en conjunto una veintena de personas.

–Sobrevivieron –susurró–. Tu familia, tus amigos. Están bien –sonrió a la gente que la rodeaba, aunque todos parecían muy tristes.

–Son... los únicos.

–¿Qué?

James asintió con expresión sombría, pero antes de que pudiera añadir algo, Rhiannon se les acercó.

–¿Está lista?

–Eso creo, sí.

Rhiannon la miró y, para inmensa sorpresa de Lucy, sonrió levemente y le tendió la mano.

–Bienvenida a tu nueva familia, Lucy Lanfair.

Lucy se la estrechó, y la reina vampira la ayudó a levantarse para acercarla a la fogata, con James a su lado.

–¡Atención! Esta es Lucy, nuestra nueva vampira y pareja de J.W –y procedió a presentarla a todos. Cuando hubo terminado, se volvió hacia ella y dijo–: Ya conoces los nombres de cada vampiro superviviente, mi pequeña. En vano hemos intentado comunicarnos mentalmente con los demás. Cada vampiro que conocemos de tierra firme ha sido exterminado por los vigilantes, o por Utanapishtim, en su cólera. Asimismo, los Elegidos están siendo secuestrados por el gobierno, y solo los dioses saben lo que pretenden hacer con ellos. Los refugiados de esta isla son los únicos vampiros que quedan vivos, por lo que sabemos.

Lucy fue incapaz de contener las lágrimas. No podía soportar el pensamiento de tanta muerte, y su dolor emocional se presentaba tan magnificado como todas sus percepciones. Aunque en aquel momento no tenía tiempo para reflexionar sobre el hecho de que fuera capaz de escuchar el aleteo de un insecto a un kilómetro de distancia. O de que pudiera oler el aroma de cada planta y el olor de cada animal de aquella isla, y distinguirlos también. Fue entonces cuando comprendió la razón de que se sintiera tan sumamente afectada: porque estaba sintiendo, *viviendo* el dolor de todos aquellos vampiros.

–Tenemos que decidir un curso de acción –le dijo James, apretándole la mano–. Pero aquí no. Me temo que estamos demasiado cerca de tierra firme, y evidentemente Utanapishtim será capaz de seguirnos la pista hasta aquí. Tenemos que irnos.

Damien se adelantó entonces, con una tablilla de barro en las manos. Lucy pensó que debía de haberla recuperado de las cenizas de la mansión Byram, donde ella la había visto por última vez. Eso le recordó los fragmentos que todavía llevaba en su mochila; la descubrió enseguida, apoyada en el tronco de un árbol, y suspiró de alivio.

–Los mortales creen que nos han exterminado a todos –dijo Damien–. Saben de la existencia de Utanapishtim, desde luego, aunque por supuesto la mayoría ignora quién es y lo que pretende. Lo único que saben es que algún tipo de criatura sobrenatural anda sembrando la destrucción a su paso.

–Y a nosotros nos conviene que sigan pensando eso –añadió Rhiannon–. Debemos permanecer escondidos, ocultando nuestra presencia con mayor cuidado de lo que lo hemos hecho hasta ahora. Si descubren que quedamos algunos, no volveremos a tener paz, ni los mortales tampoco, hasta que hayan acabado con el último de los nuestros. Navegaremos hacia el norte. Cuyler Jade posee una casa más arriba del círculo polar ártico. Allí estaremos a salvo, por el momento.

–¿Y qué pasa con Utanapishtim? –quiso saber Lucy–. Él puede rastrearos, seguiros... bueno, a *nosotros* –el simple pensamiento le hizo estremecerse.

Rhiannon se volvió hacia Damien, que alzó la tablilla y leyó:

–*Los dos que son opuestos y sin embargo el mismo. El uno la luz, el otro la oscuridad. El primero el destructor, el segundo la salvación.* Ahora lo entiendo... –se volvió para mirar directamente a Brigit, que enarcó las cejas con gesto sorprendido.

–Sí, niña mía –dijo Rhiannon con tono suave–. Tú eres quien está destinada a salvarnos a todos. Tú, con tu poder de destrucción, eres la única que puede acabar con Utanapishtim de una vez por todas. Es tu destino, y no el de tu hermano, convertirte en la salvadora de tu raza.

Brigit frunció el ceño, ladeando la cabeza.

–Bueno, pues estamos listos... Al fin y al cabo, yo soy la mala de los dos, ¿no? –intentó bromear.

Los vampiros se congregaron en torno al fuego. Alguien se puso a hablar de uno de los ausentes, a contar historias de sus hazañas; luego se animó otro, y otro más. Toda la noche se la pasaron hablando de aquellos que ya no estaban entre ellos, y James abrazó con fuerza a Lucy mientras los escuchaban.

Lucy no pudo menos que preguntarse por el futuro que la esperaría a ella, y a James. A los de su raza. Su *propia* raza.

Solamente sabía una cosa con seguridad. El tiempo que le restara de vida, lo pasaría con aquel hombre. El hombre que, para ella, era un auténtico ángel. El hombre al que amaba. El único al que había amado y amaría. Fuera ese tiempo corto o largo, estaba decidida a saborear cada segundo de su nueva vida.

Porque finalmente estaba viva: más de lo que lo había estado nunca. Y prefería morir al lado de aquellos seres sobrenaturales, en los brazos de aquel héroe sobrehumano, que volver a la sonámbula vida que había llevado hasta ahora.

Amaría y viviría con cada fibra de ser cada instante que le quedara, pasaría su vida al lado de aquel hombre a partir de ese momento... y para siempre.

Todo el mundo debería vivir así, pensó mientras volvía el rostro hacia él en busca de sus labios. Incluso los humanos normales y corrientes. De lo contrario, ¿qué sentido tenia vivir?